美人城手记

NOTES
OF
BEAUTY TOWN

陈崇正 著

SPM 南方传媒 花城出版社

中国 · 广州

图书在版编目（CIP）数据

美人城手记 / 陈崇正著. -- 广州 : 花城出版社,
2023.7
ISBN 978-7-5360-9982-1

Ⅰ. ①美… Ⅱ. ①陈… Ⅲ. ①幻想小说－中国－当代
Ⅳ. ①I247.5

中国国家版本馆CIP数据核字(2023)第088640号

出 版 人：张 懿
责任编辑：杜小烨　梁宝星
责任校对：汤　迪
技术编辑：凌春梅
装帧设计：史更生

书　　名　美人城手记
　　　　　MEIREN CHENG SHOUJI
出版发行　花城出版社
　　　　　（广州市环市东路水荫路 11 号）
经　　销　全国新华书店
印　　刷　深圳市福圣印刷有限公司
　　　　　（深圳市龙华区龙华街道龙苑大道联华工业区）
开　　本　880 毫米 ×1230 毫米　32 开
印　　张　11.375　2 插页
字　　数　174,000 字
版　　次　2023 年 7 月第 1 版　2023 年 7 月第 1 次印刷
定　　价　58.00 元

如发现印装质量问题，请直接与印刷厂联系调换。
购书热线：020-37604658　37602954
花城出版社网站：http://www.fcph.com.cn

目录

第 一 章

第 二 章

第 三 章

第 四 章

第 五 章

第 一 章

1. 陈星光：我有点兴味索然

　　我的所有想象，落在现实与虚构的边界之地，一座孤独的城立在那里，让人忘不掉过去，也看不到未来。跟美人城有关的所有记忆，我只能以"手记"的形式书写下来。"手记"是一种编码的方式，或者说，我和许多人一样，只活在"手记"之中，用大致相同的声音叙述我们的故事。在美人城的元宇宙世界里，真实只不过是构成故事的一种质地，而不是虚无的对立面。能在折叠的时空中虚构故事，成了这个世界唯一的真实。

我们的故事时间显示为20A6年。如果2016年是人工智能元年，那么20A6年就是一个遥远的年份。不过在这里，时间不过是一个假设。我告诉关立夏，现在已经是20A6年，但她不信。她要我拿出证据来，证明2016年为什么不是20A6年，是日历错了吗？我无言以对，也说不清楚我哪根筋出了问题。我只能说：

"那是'蓝色猫头鹰'告诉我的。"

"蓝色猫头鹰"是一位神秘侠客的名字。但是她显然没有听清楚，我这才意识到在美人城元宇宙里，"蓝色猫头鹰"是作为敏感词被过滤掉的。我将手中的长剑插在樱花树下的泥土里，轻轻地叹息了一声，在一块石头上坐下来。关立夏也把她的剑插在泥土里，她抱怨说，本来可以选择战争模式，为什么我非得选择武侠模式，一开始装备这么差，只有一把劣质的长剑，随时可能被杀掉，这样的游戏必输无疑。她喋喋不休，还说了很多话，我都没有留心去听。我凝望着不远处的碧河，虚拟世界中的碧河比现实中的碧河更美，让我仿佛回到了过去。

自从经历了那次失败的婚姻之后，关立夏浑身上下包围着一团怨气。今年元旦过后不久，小寒和大寒接连来了。大寒这一天，她来找我，我们在停顿客栈的茶室里见了面。那时我只知道她已经离了婚，日子过得并不好。我那阵子也好不到哪里去，正跟我的妻子出入各种不孕不育医院，希望能生个孩子，但遇到的都是破医生，啥都没生出来，夫妻两人倒是经常生病。也不知道他们给我们夫妻俩注射了什么药物，简直把我们的房事变成动物交配，毫无乐趣可言，必须准时上床，干活的时间也已经精确计算到分钟，我差不多快要被搞成阳痿了。关立夏就是在那个时候约我见面的，大家都过了而立之年，也没什么好隐瞒的，我们聊起年轻时候的事情，我坦诚地说，我读中学的时候很喜欢她，现在看到她的样貌气质也依然有靠近的冲动。当然也有一些话我没有坦诚说出，比如有一段时间我觉得她太功利了，她是穷人家庭走出来的女孩子，所选的男朋友都是有钱人，所以我压根就不在她的考虑之列，这事不能怪我。

　　关立夏木然望向窗外，顺着她的目光，可以看到烟波浩渺的碧河在静静流淌。那是在冬季，春节虽然临近，但根本就没有春天很快到来的意思。半步村似乎好久没有那么冷过，南方没有暖气，室内每一寸空气都散发寒意，我们缩在厚厚的衣服里面，隔桌对望，关立夏的眼神再一次躲开了。她应该明白我眼神里的意思，我想跟她做一次爱，完成中学时代想做而没有做的事情，俗称补课。

"你不明白，肖淼的死对我意味着什么。"她一句话浇灭了我所有的欲望。在这样寒冷的天气里，最不应该提及的名字就是肖淼。我、关立夏、肖淼三个人，号称半步村"龙卷风三人组"。这个名号听起来有点傻，但我们都很喜欢。那年我救过肖淼的命，从碧河里把这个不会游泳的姑娘捞出来，从此她对我一往情深，隔三岔五往我家里跑，送点什么吃的，或者帮我妈做家务。但她终究死在碧河里，就如她的名字里所预示的那样，死在水里，手脚和脖子都被捆了扎带，乳房露在水面上，脑袋后仰没入水中，在碧河里漂了一天一夜。肖淼出生时算了命，命中缺水，所以取名选了"淼"字。这个算命先生应该是骗子，肖淼命中没有缺水，而是太多水了。她是一个水汪汪的女孩，却有着洪水一样刚强的性格，跟男孩子打起架来，压根就不用动手，直接踢裆。必须承认她这"临门一脚"技法纯熟，一般男孩子都躲不过她这一脚，躲过第一脚也躲不了第二脚。所以她宣布喜欢我之后，整个中学阶段，我就丧失了跟其他女孩子眉来眼去的机会，我只能偷偷想念关立夏。幸好，关立夏属于"龙卷风三人组"，我们一起到美人城抓过鬼，所以多看她两眼，肖淼显然也不会在意。

肖淼活着的时候，曾直接批评说，关立夏什么都好，就是太俗——所说的"什么都好"，是指关立夏聪明。她是关多宝家四个女儿（立春、立夏、立秋、立冬）中的老二，也是最聪明的一个。小时候玩魔方，我们就没有人能玩得过她，魔方在她手里就像着了魔。背诵古诗古文，附近几条巷子的小孩没人能超得过她。她还有一个总能在饭桌上镇住所有人的才能，就是圆周率小数点后的数字她能背一百多个，即使你查了圆周率，眼睛也跟不上她嘴巴的速度，她最终都能一个数字都不差，简直吓人。而肖淼所说的"俗"，是指关立夏太物质，没办法，她家太穷了。

肖淼死后，关立夏有一阵子不再跟我联系。在我的理解中，她似乎在内心保持了某种洁癖，将我像财产一样划归死去的肖淼所有，她不愿意再跟我有任何交集，也不承认她在某个深夜曾经给我发过短信，告诉过我她内心深处潜藏的欲望。

　　而在这个冬天里，我轮完寒假值班就提前回到半步村。妻子并没有跟着我回来，我内心也不希望她一起，我需要一个独处的时间，来消化前段时间的动物交配节奏。国家全面二孩，推行了三十五年的独生子女政策宣告终结，后来居委会大妈还打电话催问我们打算何时要孩子，而我们口口声声说会积极配合完成生育指标，但妻子的肚子一直没有动静。妻子也不年轻了，她很焦虑，我们从来不敢在饭桌上谈论任何高龄产妇的问题。这段时间，我们夫妻之间的主要任务不是彼此相爱，而是制造后代，这样的生活真令人厌倦。所以我以回老家看望老母亲为借口，逃离了繁华的都市，来到碧河镇。我们的半步村如今也已经没有任何农村的模样，种田的人几乎没有，工厂早就把我们的居住区包围了。而美人城，巍然矗立在冒着烟的工厂和不冒烟的农民房中间，鹤立鸡群，显示了某种骄傲。在我们的祖国大地，说起我们的半步村并没有人知道，说起碧河镇，也没有人知道。但只要说起美人城，无论生活在北上广深，还是生活在穷乡僻壤，都会说："哦，原来是你们那里的公司，这款游戏谁不知道啊？我也会玩！"

我们在停顿客栈喝着茶，聊着往事，关立夏忽然提到肖淼。她把茶杯放下，眼泪突然簌簌落下，她说：

"如果我说，要不是因为我的一句话，肖淼也不会死，你会不会打死我？"

说这话的时候，肖淼走了差不多十年了，凶手也已经在警察面前自杀。那阵子半步村像中了魔咒一下死了好几个人，包括她的姐姐关立春，还有我的堂弟陈风来，我二叔陈大同也在变成疯子之后走失了，不知所终。

"你说了什么话？"

"我说陈星光在美人城上等你，说有话跟你说，好像很要紧。肖淼那年的愚人节骗过我，于是我打算也骗她一回，我想骗她白跑一趟。她当时正在她家火锅店里切牛肉，听了我的话，她放下刀，匆忙洗了一下手就往外跑。我看她那紧张的样子，就在后面笑。她跑了几步又回来，我以为我的笑声已经让她识破我的骗局，明白我是在逗她玩的，没想到这个傻姑娘是忘了把身上沾满肉屑的围裙拿下来。她放下围裙之后还很认真地问我说，我这个样子会不会很显胖，陈星光老是笑我胖，要不要去换件衣服？但她没换衣服，说怕你久等，于是一路小跑赶去美人城。这个秘密我埋藏了十年，没人知道她是因为我的一句玩笑话在美人城跟印然这个杀人犯碰上了……"

她越说越激动，涕泗横流，用了半包纸巾，在桌子上堆成一个白色的小山丘。

四周终于安静下来，一只蜻蜓从窗口经过，忽上忽下，最后停落在那盆茉莉花上。我不知道怎么安慰她，只能将她茶杯中已经变冷的茶倒掉，重新给添了热茶。她说谢谢。我说不用谢，其实我也有秘密。在肖淼遇害的前几天，我刚接到深圳一家公司的通知，让我随时去工作。我告诉了肖淼，肖淼隔了很久才回复短信跟我说，她深思熟虑，愿意放下一切，跟我一起去深圳。我说，我们可能需要当面谈谈。在肖淼那边，可能理解为谈谈如何去深圳；但在我这边，我是想谈谈劝她能留在半步村，留在她父亲身边，毕竟她是独生女。所以我理解关立夏描述的情景，肖淼一听我回来了，要找她谈谈，她就飞快赶过去，她也没有先打个电话问一问，以为到了美人城的城楼上就能看到我，谁知道在那里等待她的是黑色的死神。

我跟关立夏说："我理解你说的话，这事我们都有错。"我伸手去握她的手，她挣脱了。她说："我知道你们男人的脑子里在想什么，我在聊伤心往事，你们男人心里都在盘算如何脱掉女人的衣服！你们男人永远是这样，什么理解啊，同情啊，背后都是这个目的。"

我不知道怎么接话，不可否认我刚开始有这么个想法。我们约在我二叔的停顿客栈见面，天气冷，客栈里现在还有很多空房，我蚂蚁婶子是个通达的人，我带一个女人上去借用一下房间，她一定会装作什么都不知道。条件这么成熟的事情，如果说我完全没有这个念头那也挺虚伪的。但她提到肖淼之后，我确实性欲全无。我又不是小公狗，或者兴致勃勃的种猪，生活无休止的折腾已经把我阉割得差不多了，能有点干坏事的念头实属不易，所以我只能问她：

"那你想怎么样？"

"我想我们应该重组半步村'龙卷风三人组'，去挑战美人城密室那个游戏，"几乎没有停顿，她很快就接了我的话，让我感觉她这次来找我不是为了叙旧，而是有备而来，"如果我们能找到游戏里的密室，我们就能拥有祖先生留下的遗产。虽然你二叔不见了，但你毕竟是最知道你二叔的，而我曾经在香蕉林密室里头被困过，对密室中的通道多少有些了解，我们应该齐心协力来做这件事，一起赚钱。"

细细想来，这应该是关立夏第一次在我面前提到"赚钱"。赚钱这件事并不坏，我也很喜欢钱，但不知道为什么，这个词让我突然看到她面前白色茶杯内壁上唇膏留下的弧形红印。

我说："肖淼死了，我们的半步村'龙卷风三人组'早就不存在了，现在既不勇，也不猛，只剩我们俩，谁能跟我们凑成三人小组？"她笑着说："找你姐姐啊，我知道小界就是你姐姐，她在美人城里面工作好些年了，应该是高管了，什么都熟悉，如果她愿意加入，说不定能给我们开个后门什么的，这样我们不用一周就可以拿到钱，平分了，以后的日子就不用愁了。"她的眼睛里闪烁着熟悉的光芒，见我不说话，便把桌子上擦过眼泪的纸巾丢进脚边的垃圾桶。

那只蜻蜓又从窗口经过，但我不知道是不是原来那一只。我有点兴味索然，我用食指弹了弹杯壁说："这个以后再说吧。"我故意转移话题，谈了谈最近新闻里经常提到的人造子宫，便找了个借口，提前走了。我想，她那么聪明应该明白了我的意思，我不想跟她一起赚钱。如果不是后面发生的事情，我也不会在那年夏天跟她组队进入美人城元宇宙，开始正式接受《美人城世界》这款游戏中最高级别的悬赏项目：美人城密室挑战。

2. 关立夏：他们复活了鲁迅

　　我们老关家一直都是贫困户。记得我十三岁那年，巷子口那棵老凤凰树，看起来高大挺拔，却在一夜之间被台风刮倒。大树倒下来，将我们家的牛棚都砸塌了，牛棚里一头老水牛和一头小牛崽，被倒塌的土墙和彩条帆布活活闷死在土堆里。

　　牛死了，我的父母跪在牛旁边痛哭流涕。我们小时候的穷日子，就是由眼泪组成的乐章，悲剧多重奏不断出现：晒谷场上，一场大雨将我们家收割回来的稻谷全都冲走；偷瓜贼将我们瓜地里已经可以采摘的黄瓜全部摘走，连瓜藤也弄断了；母亲摔折了小腿，父亲翻箱倒柜将零钱凑起来带我母亲到医院去，钱不够，又挨家挨户找亲戚借钱，但亲戚哪里有什么钱啊，即使有钱看到我们家这样，也不会借给我们呀……这许多情景中，唯一的配乐是我父母的哭声。他们也明白哭没什么用，但眼泪就是忍都忍不住。我们四姐妹，小时候最常见的情景，就是父母为了几块钱的小事吵一个晚上，最后父亲怒火一上来，把饭桌都掀了，这时我母亲才会退让。等火气消退之后，他们两口子会一起蹲在地上捡饭粒，收拾破碎的盘碗。他们从来不会互相道歉，只会相对着默默流泪，心疼盘碗，也心疼粮食，一个说虽然脏了但可以喂猪，一个说其实洗洗再煮一下，人也可以吃。

　　牛死了，还可以卖给牛屠，牛屠是活牛屠宰场的简称。牛屠也收刚死的牛，只是价格不到活牛的四分之一；死牛也不能像活牛那样自己走到牛屠去，要用车运，所以还需要扣除车费。我父亲对着屠宰场的老板孙保尔哭，但对他哭没有什么用。屠宰场里的牛天天都对孙保尔哭，最后都被他给杀掉了。孙保尔说，就这个价格，行价，也没亏你的，你到底卖不卖？不卖你就出钱叫车来拉走，拉回家自己吃！我父亲抿着嘴不敢说话。只能卖呗，真要把牛拉回家来，我母亲估计还要哭晕过去。

　　牛死了，另一个直接的后果是我姐姐关立春说她不念书了，要出来打工。她辍学之后的第一个工作是在玩具厂，工资很低，但她说先做几个月再说。家里只有一辆自行车，不能被我姐骑走了，公交车也根本不会到村里来，所以只能由我每天接送她上下班，以保证家里有辆车可以运送各种东西。以前牛活着的时候，还能用它驮点肥料、农具什么的，偶尔我还能骑着它去游水。老牛可听话了，骑着它走路像坐车，骑着它游水像坐船。牛死了，自行车就成了我们家的牛。我记得我姐关立春领了第一个月工资回来那天，我骑着自行车去接她。出门之后才发现下着细雨，我姐站在大路边的公交车站等我，公交车的候车亭子窄，也不怎么能挡雨，她的半边衣服都被雨打湿了。我一看就明白，另外没被打湿的口袋里，一定装着这个月的工资。但我又猜错了，到家的时候，我才发现我姐四百块钱的工资是分成四个地方藏的，分别是鞋垫下面、袜子下面、口袋里面、钱包里面。她说她身上第一次带了这么多钱，觉得每个陌生人都在看着她，看着谁都像小偷。最后拿出来的时候才发现袜子下面的那张百元大钞因为被踩在脚底，又下雨，都有点裂开了。我们俩把那张百元大钞用胶水粘了好久才拼到一起，还讨论了半天说这还能不能花，会不会挨父母的骂。结果我父亲回来一听我们说就笑了，他说这世界上破了相的女人没人要，破了相的钱，只要它是钱，总会有人要的。他用那一百块给我姐买了第一辆自行车，作为她出来工作的奖励。我姐拿到车，兴奋成一朵花，带着我在村里转悠了好几圈。她将新车放在家里的天井里，又用关狮头鹅的竹子栅栏将车围起来，以防我妹妹关立秋和关立冬她们调皮捣蛋搞破坏。但最终，她的第一辆新车还是被小偷偷走了，可以想象，她哭得多么伤心。

总之，我们家就是爱流眼泪的一家。所以，他们总说我聪明，其实我只是比其他人更勤奋而已。我的全部努力只有一个原因，我要用好成绩保住我继续上学的可能性。我后面还有两个妹妹，只要家里经济跟不上，我免不了跟我姐姐一样出来打工，走上跟她类似的道路。我不允许自己成为一个打工妹。我需要自己掌握自己的命运，这是我小时候一遍遍写在日记里的话。只要我成绩好，我的父母就会不忍心让我辍学，他们一定希望我成为两个妹妹的榜样。有了这个目标，我家的墙上满满一面墙都贴了我的奖状，那是我父亲的骄傲。他有时候喝了两口酒，就会一把抓住我的肩膀，像一只温驯的羊那样把我抓到他的面前，边把酒气吹到我的脸上边说，看到这满墙的奖状，我就觉得我老关家有希望了，再苦再难，你爸也会挺下去。再多喝两口他又会说，立夏啊，你要是个男孩子该多好啊。他只要说这句话，我母亲就会赶紧走开去洗碗。她一直觉得生不出男孩是因为她没本事，一辈子都觉得让老关家绝后是她的罪，无论我怎么跟她解释染色体决定男女的原理，她都摇摇头，发出一声叹息。

我父亲向来对我寄予厚望，比如他对我和我姐的婚恋思路就完全不同。他希望我姐早点出嫁，找个安定富足的婆家，总担心她嫁得不好。其实我们四姐妹中，我姐是长得最标致的，从任何角度看都是个美人儿，她腿长、腰细，胸部不大不小，刚刚好，不像我，乳房像蒸笼里火力不足的馒头。对于我，父亲则是反复强调，不许太早谈恋爱，要以学业为重。他知道我姐喜欢陈星河，他也没说什么，如果我姐能嫁进老陈家，那他在半步村也算脸上有光。但我知道，父亲如果知道陈星河的弟弟陈星光喜欢我，毫无疑问，他应该会极力反对。首先是因为陈星光在大家眼里就是一只猴子，长得没有他哥哥方正；其次是他对我有更高的期待。这种期待迫使我要跟陈星光保持距离，如果我们两姐妹都嫁到老陈家，那似乎也不太对头，说不清楚。所以我只能一步步看着肖淼对陈星光紧追不舍，我也看着陈星光一点点长大，看着他从一只猴子变成直立行走的人类，看着他大笑着阔步前行的样子。我将他划分为那些本来属于我但没有得到的东西，比如一张本来可以夺得的奖状，只是必须拱手让人。

我走近孙得是另外一个情况。我在半步村长大，小时候的世界就是我们这个村子，由各种家长里短构成；而孙得是孙镇长的独子，看到他就像看到了整个碧河镇。我的心事我姐知道，她提醒我要当心："就像在果园里，你每次都想摘那些有风险的果子，摘不到可能就得从果树上摔下来。"她让我要当心，嫁到孙镇长家里，不一定是个追求幸福的好思路。我比较奇怪的是她会将我的感情理解为一种思路，但她自己的感情是完全没有思路可言的。她对陈星河像飞蛾扑火一般不顾一切，整个半步村都知道老关家的大妞风雨无阻给老陈家画画的臭小子送饭去了。但她不管。我有时候也很怀疑，我就做不到她那样，就没法不管不顾，不考虑周围人们的眼神和看法。从这个角度说，我羡慕我这个傻傻的姐姐，她除了为家里付出所有这一点之外，她可以安心做她自己。而我，可怜的关立夏，我必须被老关家当成男孩子来对待，在我父亲的想象中披上盔甲，骑上战马，为老关家杀出一条血路来。就因为我从小选择的角色，就是一个"聪明的小孩"。没有什么理由，"因为你比你姐姐聪明，而且为了你，你姐姐已经提前毕业出来赚钱了"，这句话几乎能解释一切的动因。

选择了孙得以后，我开始羡慕肖淼。她虽然不像我姐姐那样奋不顾身地扑上去，但是她的爱也十分勇敢。她选择一种润物细无声的策略，在一步步走近陈星光。我不知道自己将她的做法视为"策略"对她是否公平，但是，实际的情况就是，那个原本喜欢我的那片星空正在沦陷，成为肖淼的领土。这就像一盘棋，我不能所有棋子都要，我必须有所取舍。问题是，走近孙得之后我才发现这一切可能是我误判的开始。孙得能给我很多礼物，给我很多虚荣，但他自己其实就是一根蜡烛，只发出光，吃起来味道真是太难受了。你又没有理由要求一根蜡烛同时具备可以吃的属性，这对蜡烛来说也非常不公平。在一个亮堂堂的世界，有我味如嚼蜡的人生，对此我始料未及。

高考之后，我要去深圳上大学了，我只能跟孙得提出分手。这对我来说是理所当然的选择；但对他却成为难题——他那时候已经将我当成他这辈子唯一的那个人了。我说出这句话的时候，他站在那里，像一团熊熊燃烧的火焰突然被泼了冷水，变成焦黑的一团，冒出一缕白烟。那一刻，我还不能明白我毁掉了一个人。青年人孙得还没有变成中年人孙得，他那时还没有成为浪子。他爱玩爱闹，什么事情都喜欢冲锋陷阵，人群中总喜欢出风头，但他其实胆子极小，他内心是怯弱的，特别在独自面对我的时候，他是不堪一击的。他居然在我面前跪下，同时哇哇哭泣。他这个样子，一下子让我想起了我的父亲，我终于明白我为什么会走近孙得，因为他的灵魂构成大概跟我父亲关多宝是同一个配方。只要孙得变得跟我父亲一样穷，他就是我父亲那样的人，只能软弱哭泣。只因他的父亲是孙镇长，所以他身上有我父亲所有没的刀枪和盔甲。也许从根本上，我喜欢的是他的影子，一个人内核中那种怯弱的气息。他跪下哭泣的那一个瞬间，我心中万马奔腾，闪过无数个念头，其中包括飞起一脚将他踢翻在地。一个男人怎么可以跪下去哭泣呢？不可以的！我这个被当成男孩养的女孩都明白，我是不能下跪的，山崩地裂都要挺直腰杆，天塌下来都要顶着。

当然，如果知道他后来居然进了戒毒所，我那会儿应该对他好一点。但我已经没有心思再管那么多了，深圳大学的四年，是我努力挣脱自己作为一个村姑的四年。我必须一点点甩掉原来的土鳖气息，重新建立一个属于都市女性的气质。可以说，除了肖淼和陈星光，就是我们这个所谓的半步村"龙卷风三人组"之外，我几乎不再和以前的同学有任何联系。我躲开整个过去，彻底与之切割，我不愿意再回忆起以前的我，也不愿意再往后看。我努力去做家教，我从家教中赚到的钱已经足够维持我的生活、缴纳学费，甚至还可以寄钱回家。

为了赚钱，我每周需要做三份家教，每份去两次，相当于六回。除此以外，我还接受一些奇奇怪怪的兼职，包括帮别人代考各种试。我还帮人家做过两回英语四六级的枪手，不过那种拿自己学历和学位做赌注的生意也就是两回，我便不敢再接。

大学的时候我有过一次短暂的恋爱，跟一个男孩子吃过几次饭，但没有牵过手就分开了。分开的真实原因也很好笑，因为我闻到他身上有一股酸菜的味道，让我想起从前吃酸菜的日子，这让我无法忍受，真相就是这样，而我不敢明言。

我与过去最大的切割，是我完成了自己的成人礼。这事我不愿意对任何人提起，我的第一次是在大二去做家教时被一个家长夺走的。那天下午，我正在给小孩上课，孩子的妈妈走进房间，让我提前下课，她提着挎包急匆匆带着小孩去学钢琴，顺便去办事。她带着孩子走后，我才发现外面下着大雨，而孩子的爸爸在客厅泡茶，他说雨太大，喝杯普洱茶再走吧。我喝茶的时候，他问我一些学校的事情，还说他也是深圳大学毕业的，我应该叫他师兄。就这么聊开了，他讲了很多过去的事，我也安静听着。对我而言，我希望知道别人是如何累积财富的，而他只是一杯一杯给我倒茶。我无法确认普洱茶里面是否下了药，总之我浑身变得燥热，而微微秃顶的师兄变得不那么难看。他拉着我的手的时候，我居然没有拒绝。他的手在我身上游走，我有点迷乱，不知道什么时候已经丢盔弃甲，赤裸在他面前。他的舌头像一条火热的蛇一样游遍我的全身，他完全控制了我的欲望。这是个老手，我才明白自己全身都是张开的嘴巴，那么饥饿，那么需要灌溉。他的进入并没想象中那么痛，也没有那么爽，或者说痛感很快就被惊恐以及其他复杂的感觉消解了，甚至事后他都怀疑我不是处女。但我坚持这是我第一次，他给了我五千块。这是我人生中到那时为止最大的一笔收入，我收下了，回到宿舍在浴室里冲洗了好久。宿舍的好友见我那个样子，她是个过来人，似乎明白了什么。她并没有问我跟谁，而是问我有没有安全措施，我摇头，她说你得吃药，然后翻出两颗药递给我。整个事情就这样成为历史，我想努力忘掉它，我也不想告诉陈星光，师兄的舌头在我的大腿内侧滑动时，我嘴里轻轻喊了两声"星光"，把我自己都吓了一跳。那个男人将我那两声含含糊糊的叫喊听成了"喜欢"，理解成对他行为的鼓励，因而愈加兴奋，对此我也懒得解释了。

事情发生之后我就再没可能到他家去家教了。但他又约了我两回，都去了酒店，第二回给了两千块，第三回就只给了一千块。我发现自己不断在跌价，而身体里的欲望竟然也彻底苏醒了。第三回，我喉咙深处发出的回应真真切切是"喜欢"。之后，我就把他的电话拉黑了。我对着镜子狠狠打了自己一巴掌，对着镜子里那个人喊，关立夏，你就是个妓女。但我并没有继续痛恨我自己，如果我家能像其他女同学那么有钱，我也不至于如此。我出卖我自己，拿到的钱比我们家当年卖掉那两头牛的钱还多，也能抵我父亲关多宝大半年的劳动所得。如果时光再次回去，我也不会后悔我的选择。其他人无法理解我每次到深圳特区那些有钱人家里的感觉。我第一次去家教，在一个高档小区的二十层，我碰到人家家里的任何东西（真皮沙发、汝瓷杯子、自动感应洗手盆、冲水马桶），都非常担心碰坏了赔不起。我第一次走进人家的洗手间，在里面发了十几分钟的呆，学生还以为我拉肚子。他们家的厕所比我家的客厅还大，如果这才叫厕所，我们家那就是猪窝了。

我并不认为偶尔的妥协就是堕落。这个世界由金钱、权力形成的秩序已然如此，穷人身上并没有太多能被富人需要的东西。肖淼之所以能有资格整天对我抱怨这个，抱怨那个，是因为她父亲肖虎开了半步村最大的火锅店。牛肉火锅店的规模从最开始的四张桌子扩张到四十张，中间用了不到一年的时间。记得还是中学的时候，肖淼的瞎子爷爷病危，她老爹生意忙，根本就没有时间回来照顾他。那年暑假，肖虎看到我跟肖淼在一起，就给了我八百块，让我整个暑假陪肖淼一起照顾她的瞎子爷爷。我当然愿意啦。我点头同意以后，他想了想又抽了两张百元大钞，说凑个整数吧。我的小心脏怦怦跳了很久，后来想想，把一千块分成两次给，与一次性给出来相比，效果完全不同。所以肖虎真是一个精明的生意人，他在生意上没有理由不成功。他后来开了地下机器人工厂，也确实得佩服他有过人之处。人总是在自己的野心支配下走向属于自己的终点。

肖淼的死，我很难过。那天我到牛肉火锅店去，肖淼正在切牛肉。她站在一个四面都是玻璃的厨房里忙碌，在她的头顶挂着几只卤鹅。肖虎的主业从卤鹅店转到牛肉火锅店，卤鹅现在成为火锅店里的特色菜。挂在铁钩上的卤鹅，是一具具躯壳，我猜也许是受到这个的启发，很多年以后，肖虎一家后来的业务才会从牛肉火锅转移到自动餐饮系统，再到人工智能厨房，后来与刀爷合作开设机器人和智能躯体的地下黑工厂。

那天，记忆中的肖淼穿着红色的围裙，手持牛肉刀在切肉，她的动作又快又稳，虎父无犬女，一看就知道是一块接掌父亲火锅生意的好料。我突然羡慕陈星光，他如果能跟肖淼在一起，明显比跟我在一起会更加合适，他以后再也不用担心经济问题。作为一个穷怕了的人，我最担心的是重新回到贫穷。一种非常沮丧的感觉重新涌上心头——我父亲希望我通过读书来改变人生，改变我们这个家，但我发现读完书回来，一切并没有不同。至少在这个小世界里，我依然比不上肖淼，她这个独生女拥有一个牛肉构成的王国，而我家里只有一头老牛。如果我是一个男人的话，毫无疑问，我会跟陈星光成为竞争对手，娶了肖淼，继承他们家的火锅店。

肖淼看到了我，笑了一下。我隔着玻璃窗，对她喊："大奶子白鹅淼！"这是我骂她的方式，一句话全命中她的要害。她看着手上的刀和肉，头也没抬，手也没停，嘴巴上回敬说："太平公主立夏殿下，有什么吩咐？"我突然心中闪过一个念头，骗她说，陈星光昨天回来了，让你现在去美人城城楼上等他，他有话跟你商量。她停下来，抬头呆呆看着我："我知道他昨天放暑假回来了呀，他真的约我了吗？"她放下刀，走出来，手在围裙上擦了擦，又到水龙头处洗了洗，伸头去照镜子，跑出去，突然又跑回来，她忘记脱掉围裙，想了想，她拉着我的手说，陪我一起去吧。我挣脱她说，你们约会，我去当什么电灯泡。

她说：“我有点紧张，你还是陪我去，大不了你躲起来，我允许你偷听我们说话，反正回来我也想跟你商量，我是不是应该离开这里跟星光去深圳……”

“你要去深圳？跟陈星光？”

这下有点玩大了，我又不能再说我是骗她的，那就陪她到城楼上散散心吧。废墟中的美人城其实挺美的，周边长了很多芦苇，还有狗尾草。如果蹲下身，从狗尾草摇曳的缝隙去看夕阳和满天的霞光，画面比电脑桌面图片还漂亮。城楼上东侧的墙壁上画了一只巨大的凤凰，凤凰的眼睛很像一个女人忧郁的眼睛，正盯着我们看。我们聊了一会儿天，我正打算告诉她这只是一个骗局，这时突然就听到楼梯传来脚步声，这家伙突然就紧张了，开始把我推到大柱子后面，让我蹲下，不许发出声音。当然，我知道不会那么巧，来的人不可能是陈星光，一定是其他人。

我听肖淼有点失望地说：“大师好！”

“只有你一个人，刚才我看着是两个人上来的呀？”

“她有事先走了，印然大师您有什么事呢？”她把印然两个字说得很响亮，我知道这是说给我听的。

“你想干什么！”她一声大叫。我吓得不敢动弹。

过了好久，都没有声音，我探出头来，只见肖淼躺倒在地，手脚都已经被扎带捆住，嘴里被塞了一块棕色的布团。她的膝盖提到胸前，拼命抵挡着。肖淼总算把嘴里的布用舌头顶出来，她大喊一声："跑！"我赶紧撒腿就往楼下跑，印然见状就要来追，肖淼收在胸前的双脚向前一踹，刚好把他绊倒，等他爬起来，我已经跑下两层楼，出了美人城。只听城楼上肖淼在喊："她没看清你是谁，你别去追她……"然后就什么都听不见了，一定是那块布团又重新被塞进她的嘴里。

我一口气跑回了家，把自己关进房间里，趴在窗口看他是不是追来了，会不会来杀我灭口。很快太阳下山，天也黑了下来。我想着应该跟谁说这件事，到她家跟肖虎说吗？我走出家门会不会危险？肖虎会问我，你怎么可以独自跑掉了，我怎么回答？每个人都会这么问我，你怎么可以独自跑掉了？

"关立夏，你是个浑蛋！你怎么能独自逃跑？"一个声音在骂我，是从我自己口里说出来的。

父母陆续从田里回来，我听到他们开始做饭。我母亲来敲过两次门，问我在做什么，我都支吾应付了。我心里浮想联翩，我想这么长时间过去，印然大师应该已经强奸了肖淼，强奸完之后，应该就把她放回家。这个假大师应该不会像师兄那样给钱，纵然给了钱，肖淼也不会要。肖淼应该哭哭啼啼走路回家，她一定恨死我了。但是，凭什么我就必须被伤害，肖淼就应该跟陈星光温存。不对，毕竟是我骗她到废墟里去的……我是不是应该出门去帮她买避孕药，关心一下她，但半步村去哪里买避孕药？如果让人知道老关家的女儿来买避孕药，那还要不要活？母亲又来拍门，叫我吃晚饭。我只能开门出去。我估算这会儿肖淼应该回到家里，也跟我一样要去吃晚饭了。她一定非常气愤，我如果到她家里去，她一定会对我破口大骂，她会宣布跟我绝交。我妈说，立夏，发什么呆呢，快吃饭！就你最慢，吃完饭自己洗碗去！我洗了碗，走出门外，巷子里一片漆黑，我看哪里都像埋伏了准备杀人灭口的凶手。那天晚上我姐姐关立春并没有回来吃饭，她很晚才回到家里，我跟她住一间房，我终于憋不住了，把事情的经过跟她说了一遍。我开始以为她一定会非常激动，没想到她果然是大姐，沉吟片刻，非常沉稳地问我说：

"这事你还跟谁讲过了吗？"

我摇摇头说还没有，我想印然大师应该不会对肖淼怎么样，最多猥亵一下就应该会放掉了，因为他都知道有第三者在场了，他还敢怎么样？他难道还敢胡来？除非他是个疯子。我在内心一遍遍说服自己，不断在证明我行为的合理性。

关立春突然流下泪来，她抱着我说："好妹妹，这事我来处理，你也别对其他人说了。我不想你受到任何伤害，我不希望家里有任何人受到伤害。"我隐约明白她的意思，如果我做了什么，家里可能会有人有危险。

我后来才知道，关立春流泪的时候，肖淼已经不在人世。这个刚烈的人踢了印然的下裆，然后就被勒死丢进了碧河。不久后，我姐姐关立春吊死在美人城的城楼上，她在她上吊的地方摆了很多自己采摘的野菊花。很多人都咒骂她，只有我知道这些野菊花她不是献给自己，而是献给死去的肖淼，还有同样在城楼上曾被强奸的自己，一个在过去死掉的关立春。她也用她的死帮我背负了骂名，我如果及时报警，不是躲起来而是带着更多的人去救肖淼，她可能也还活着。她临死的时候也一定还在等待，等待奇迹出现，等待我带着一队人马突然赶到。在此后的日子里，我无数次梦见自己带队去救肖淼，有时骑着马，有时开着车，都刚好赶到，经历一番厮杀，每次醒来都满头大汗。现实中我什么都没有做，我不配做她的朋友。她死了，我也只能保护我自己，我过于理智，或者说过于愚蠢，我太自私，并没有站出来告诉警察谁是凶手。如果我那样做了，或许陈风来就不会蒙冤而死，我姐姐也就不会在美人城城楼之上自杀。

我才是这个悲剧的根本因由。

如果非得要原谅我自己，那么，只能怪我出生于这个酷爱流泪的家族。我不得不将这一切归因于我父亲关多宝基因里的怯弱，我和我姐姐都是这个怯弱基因的受害者。如果不是因为怯弱，不是这个哭泣家族的烂基因，我后来的婚姻也不至于如此不堪。我也许不会离婚，不会那么需要钱，也就不用再去求陈星光带着我一起去参加美人城元宇宙的"密室挑战"游戏，想通过虚拟空间里的一次搏杀赢回属于我的人生筹码。

在停顿客栈，我告诉陈星光，美人城里的人工智能和量子计算已经达到惊人的技术水平，万物互联的共同意识已经形成，虚拟人脑技术从某种意义上复活了鲁迅和王小波，让机器用他们的腔调写文章。钟小界也参与了项目，据说她开发了一个产品叫"灵感"，能够将人的思想"读"出来，变成一份份的"手记"。但这么神奇的事情，陈星光居然不为所动，他找了个借口结束了我们的重聚，如风吹散烟雾般逃离了。那时无聊的春节还没到来，天很冷，碧河上吹来的风像飞刀，我一个人走出停顿客栈，树下那条叫长生的老黄狗看着我。我突然间想到了永恒的死。大概只有死，才是终极的解脱。我想起我姐姐关立春，难道我们姐妹俩的命运竟然如此相同，无论中间有多少不同形式的挣扎，最终都要做出相同的选择吗？

3. 陈星光：有一些悲伤是无形的

肖淼死后，我去过美人城的城楼上，就在那幅巨大的凤凰壁画下面，反复琢磨她在此的所有遭遇，反复猜测印然是得逞之后才将昏迷的肖淼扛到木宜寺，抑或是没有得逞，逼迫肖淼自己走上木宜寺。木宜寺在栖霞山上，要知道，如果扛着一个人走这样的山路，除非有过人的神力，或者有其他帮凶，一般人应该是做不到的。最有可能的情况是他让肖淼自己走到山上去，但他用什么话让肖淼乖乖就范？我回想起她以往对我的种种好，她不管不顾，一往情深，我突然明白，这样的感情并不是每个人都能拥有，即使年轻时候拥有了这一回，也不可复得。时间推着我们往前走，时间也让我们越来越不干脆利落，我们有了思虑，有了牵绊，也有了不再勇敢的借口。肖淼的死让我内心冰凉，悲伤的思绪像无处不在的水一样浸泡着我。我进一步开始思考悲伤的形态，有的悲伤像水，有的悲伤像火，有的悲伤像猛虎，有的悲伤如大象，有的悲伤则如蚁咬蚕食，还有一些悲伤是无形的，看不见摸不着，但一直在。肖淼的死则如水雾一样弥漫，如空气一样长久，让人感觉连呼吸都是痛的。

美人城的城墙高十米左右，以城墙为基座建筑起来的城楼又向上生长。城楼东南西北各有一座，东城楼视野最好，也最雄伟，在上面可以看到碧河，也能俯瞰整个半步村，登高望远，视野开阔。我绕着美人城四方城楼走了一圈，仰望着这四座城楼，隐约感觉他们也是四种不同类型的悲伤。再登上城楼，察看城楼里和城墙上的已经有点斑驳的壁画，我突然在这些优雅的美女画像中也读懂了某种不容易察觉的悲伤。后来我再次登临美人城，和关立夏一起参与美人城元宇宙的"密室挑战"游戏，我重新走过这些壁画，大部分壁画还在，包括那幅展翅欲飞的凤凰，都被小心地保护了下来。我在想，如果我是美人城的主人祖先生，凝视着凤凰忧郁的眼神，对这些壁画我应该也会有另外的理解。我隐隐觉得他应该跟我一样，也从中看到了某种无法言喻的情绪。从这个角度来看，我似乎一直都没有完全读懂我的父亲陈大康，就如我一直没读懂他的画。我父亲的头颅已经被小界带入美人城，如果没有猜错，他一定还存在于美人城密室中的某个地方。这些年来，祖先生几乎用他毕生之力在经营美人城，用他的智慧在改造我二叔留下的香蕉林密室。我在一个宣传片中看到美人城的地下密室已经安装了电梯，地面建筑基本在，原来废墟的元素被加以利用，斑驳的墙面都被保留，只是用钢材和特殊玻璃加固了结构，半透明的软管像血管一样遍布整个美人城，将各种闪烁着蓝色光芒的箱体连接了起来。

对于为什么会将这么高科技的项目放在半步村的美人城废墟，这么一个地图上都找不到的地方，各种民间专家都有不同的猜测。主流的猜测有两种：一是美人城的项目带有军事目的，所以找个偏远的地方安全；二是据说在美人城废墟下面发现了一种特殊的原料"黑姜"，带有某种反重力特性，所以美人城里的黑科技只是幌子，重要的是保护这些反重力物质，类似于一个科研博物馆。不过这一切只是道听途说，更多人相信的是作为商业巨头的祖先生，对他早年下放的半步村有青春的记忆，才把企业总部搬到这里来。

那年春节之前，我和关立夏在停顿客栈里聊天，她终于表明这次聊天的一项主要内容，是希望邀请我一起参加美人城游戏的"密室挑战"。那个冬天很冷，关立夏还说要打开窗，这样可以望见远处的碧河，这让停顿客栈的茶室里更加寒冷。那个时候，我二叔依旧疯疯癫癫，经常一转眼就不知道跑哪里去了，有时几天半月都没有回来，在外面风餐露宿、居无定所，有时假装被人追杀正在逃亡，有时是跟着戏班到处去演出，他坚信自己能找到陈风来。他为了看清所有人，还专门在胸前挂着一个望远镜，用来观察远方的情况。他就这样在外面流窜了好些年，学了不少把戏和魔术，把停顿客栈全丢给我蚂蚁婶子来经营。蚂蚁婶子个头小、力气大，她除了对我二叔一点办法都没有之外，对付客栈里的一切都游刃有余，包括一些爱耍流氓的赖账游客，她都知道怎么收拾他们。她在停顿客栈住宿功能的基础上，增加了订餐服务，近两年又在一楼角落里弄了两个小单间作为茶室，让一些人可以到里面喝茶聊天，比较私密。

我和关立夏在茶室里聊天的时候，我的蚂蚁婶子忙这忙那。我中途出去上了个厕所，看见她正蹲在走廊下面修理一辆破旧的自行车，老黄狗长生趴在旁边看着她。我说这自行车都这么老了，换一辆吧，修它干吗！

镇上都已经有了共享单车啦。她笑笑说，这车是你二叔疯掉以前不知道谁放到客栈门口的，还是全新的，当时你弟弟陈风来可高兴了，天天用手去拨车轮子玩，有一回还夹到手，老东西了，修修就好了。我也就不再说什么了，蚂蚁婶子修的不是自行车，而是一段难忘的回忆。这些年，我也一直在思考记忆究竟是什么东西，宇宙苍茫中一个人对另一个人的惦念究竟意味着什么。

我出去上厕所这会儿，关立夏刚好也接了一个电话。挂了电话她叹了一口气，环顾四周才说："停顿客栈真不错，周围的树木长高了，看起来比我们当年在这里抄歌词的时候还漂亮。这里其实还能经营得更好，如果我们挑战成功，拿到美人城的资源的话，你完全可以开一家梦境存储网吧，你看，你们这一楼大厅多宽敞，放十几台机子应该没问题。"她眼睛里全是未来，像熊熊燃烧的火焰。关立夏无疑是十分会聊天的，她不断在帮我描画未来，并将我的未来和我们进入美人城这件事建立联系。也就是说，我如果帮助她成功完成挑战，这件事便会给我带来各种好处。

"你母亲也不用再卖包子了，"她双手的手指交叉在一起，撑在下巴下面，"你可以成为一家梦境存储网吧的老板，整天就坐在这客栈里数钱就可以了，这世界必然是穷者越穷，富者越富……"

"这客栈不是我的，是我二叔陈大同的，我二叔跑不见了，现在是我蚂蚁婶子的。"

其实我如果将客栈大厅用来做梦境网吧，我二叔绝对不会有什么意见。但我不喜欢这样谈生意一样地聊天，它让我想起一切交易。"谈业务"这个词在我脑海里闪过，不由得让我感到厌恶，甚至让我感觉只要我答应帮助她赢得美人城游戏的"密室挑战"，她随时可以答应跟我到客栈楼上做我喜欢做的事情。

我借故离开停顿客栈，逃离是我最拿手的生活技能。回到家里，我母亲正在天井里调面粉。我父亲去世以后，家里没有木工和壁画的生意，也就没有了收入，所以我们在巷子口开了一家包子铺，最初这个包子铺也没有名字，铺面正对着美人城，大家都叫它美人城包子铺，叫起来也顺口，就干脆做了一块招牌。逢年过节祭祖拜神时包子铺生意就好，家里就连楼梯上都摆满了蒸笼和包子。但无论多挤，原来我父亲用来当作工作室的那间房从来不会用来摆包子。按照碧河当地的风俗，死人用过的东西要全部扔掉，不然会不吉利。但我母亲不仅不愿意将房间里的各种木匠工具扔掉，而且不允许任何人去挪动它们，红木角尺、手工锯、木工刨、木锉刀、手工凿等一应工具依旧摆放在那里，仿佛哪一天我父亲重新醒来，就可以走进那个原来属于他的工作室，哼哧哼哧地干起活来。重新走进这个房间，我心中一惊，仿佛时间把这里都冰封了。我不小心踢到了地上的一袋螺丝，发出声响，我母亲在天井里喊："别乱碰，毛手毛脚的！"我都三十多岁的人了，她还是把我当成一只莽撞的猴子。她说我父亲每天深夜都会回来，她半夜里经常能听到刨木头的声音。她初一、十五都会吃斋拜神，但不是祈求神灵保佑她长命百岁，而是希望神明对我父亲好一点，宽恕他以前做过的错事。

我认为我父亲也没做过什么错事。他在我没出生的时候想溺死我那刚出生的姐姐小界，因为她是个女娃，而且还兔唇，据说看起来奇丑无比，且奄奄一息，觉得侥幸活下来也是个拖累。但后来小界被正好在碧河上捕鱼的铁吉祥捞走了，活了下来。所以我认为，老天的偶然挽救了这一切，这件事不应该作为我父亲的一件错事。但我母亲不这么看，她说我姐活下来是她的造化，但我父亲作的孽，老天都看在眼里。只要作了恶，总是要被老天清算。在她眼里，我们是被神诅咒的一家，我哥哥是个同性恋，而我又生不出儿子。我二叔好不容易生了个儿子，却是个傻子，阴差阳错又被冤枉成杀人魔王，被我二叔亲手杀掉了。

"你说，这是不是老天在诅咒这个家？"

她说我二叔当年就是因为我父亲溺婴的事，说他是个杀人凶手，为此与他决裂多年，兄弟一直不和，见面也几乎不说话。到头来我二叔自己也做了杀人凶手，还把自己唯一一个儿子冤杀了，自己也疯掉了。

"你说，老陈家得作了多大的孽？整个村子都知道老陈家要断子绝孙了！"

她说这句话时，我哥带着我嫂子刚好走进来。我嫂子苏婉听到了，大声质问道：

"老妈你在说谁断子绝孙？我们家好好的，明年就给你生个白胖孙子！"

"好啊。"我母亲的声音弱了下去，她曾经见过我嫂子苏婉在美人城旁边操练病人，几百号病人蹲在地上同时喊她"教官"。她手持皮鞭，雄赳赳、气昂昂，站在操场的中央，看哪个不顺眼就打哪个，毫不手软。所以她见了女教官苏婉都有点怕她，但背后又对我哥说，那么多好姑娘你不找，你偏找了个女魔王。

我哥和嫂子刚上楼，母亲就压着声音对我说："白胖孙子？我的孙子又不是哪吒，会从天上掉下来？"她又怕我嫂子听见，还回头看了一眼楼梯，发现确实上了楼，才继续搅拌她的包子馅。她怕我嫂子，但我嫂子又确实是她跟我哥斗智斗勇，反复争取才娶进门的。

那一年，我父亲陈大康的葬礼在新落成的陈氏宗祠里举行。我父亲的头是被我姐割下来带进美人城里的，所以躺在灵堂上的是一具无头的尸体，为了不那么吓人，身上盖了白色的被单。我父亲生前常常独来独往，独自做事，独自发呆，但死后来祭奠他的人倒是挺多的。有人跟他学过木工，有人跟他学过画画，有人得过他的恩惠，有人仰慕他的才华，再加上他是陈家默认的族长，还有的人比较好奇想看看无头的尸体，所以陈氏宗祠挤得满满的。来的人都这么安慰我的母亲："因为他的脑袋还活着，所以不能算是真的死去，人类很快会实现永生，我们都不用那么伤心。"

真正伤心的是我大哥，他站在陈氏宗祠前面，抬头望着屋角的飞檐，看了很久，才迈进陈氏宗祠。他想起当时被我父亲一脚踢出陈氏宗祠的情景，他在地上滚了两滚才站起来，那时就暗自发誓永生不踏进陈氏宗祠半步。但是父亲毕竟已经死了，他还是跨过了门槛，像个女人一样号啕大哭起来。在半步村，没有人见过一个男人会像他这样哭，天崩地裂地哭。他的哭声让每个人都感到难过，又让我母亲觉得丢脸。

就在这时，大家发现除了屋里我大哥陈星河的哭声之外，室外似乎也有哭声，大家向外面张望了很久，才发现我二叔坐在祠堂大门的飞檐上哭，没人看见他爬上去，也不知道他是怎么爬上去的。疯子陈大同和我哥陈星河两种长短不一的哭声，形成了二重奏，让整个祠堂的气氛显得又诡异又滑稽。二叔哭完之后，就用望远镜仔细观察祠堂里的每一个人。

我大哥陈星河哭得几乎昏倒过去，大概半个小时他才站起来，摇摇晃晃向外走，走到祠堂外。这时人们发现我二叔也不哭了，他不知道什么时候已经从屋顶下来，一直跟在我大哥后面，模仿着我大哥一摇一摆走路的样子。

我大哥刚走，小界就来了。她一身黑衣，扎着马尾辫子，看起来干净利索。她居然带了吊唁的钱，找我登记签名。我们跟她解释说，家里人不用来吊唁，也不用拿钱，家里人要做的是在别人来吊唁的时候陪着表示感谢。但小界摇了摇头，把钱放下，然后自己拿过纸笔登记了名字：钟小界。她在我父亲的灵前磕了三个响头，再跟我妈拥抱了一下，拍了拍她的背，然后站在祠堂中间，环视四周，那些因为好奇而看向她的目光纷纷如树叶掉落，她一言不发，掉头走了，整个过程不过十分钟，也没有流下一滴眼泪。我母亲看到留下的名字居然不是姓陈，而是姓钟，她这才明白她的意思——钟小界到现在为止还没有完全原谅陈大康当年对她的遗弃，我母亲难过地流下眼泪。

在钟小界后面前来吊唁的人竟然是祖少爷。他拜了三拜之后才有人认出他来，纷纷跟他套近乎，但他谁都没理，直接走到我那个泪眼蒙胧的母亲面前，深深鞠了一躬，说："婶婶节哀，我代表我父母向您问好！"我母亲去扶他，他也握住我母亲的手，然后凑到她耳朵边说："不用担心，过阵子我把星河的女朋友给您送来！"

大概一年之后，祖少爷第二次将苏婉送来，居然真的直接送到了半步村我们家里，他隆重将苏婉介绍给我妈，说这是陈星河的女朋友。那时苏婉衣着笔挺，言谈举止落落大方，眉眼温柔，没有半点霸气。我母亲见了自然喜欢得不得了，激动之情，溢于言表。

但我大哥并不想结婚，他约我一起去钓鱼，彼时夕阳染红了碧河，他跟我说：

"星光，我就是不想结婚，一辈子这样过下去，难道不行吗？"

"为了获得更大的自由，你最好直接把儿子给生了。"我一脸坏笑建议道。

"圈套！想让我上钩，没门！"他甩下钓鱼竿就走了。

在大家都为大哥捡到一个媳妇而高兴的时候，我大哥的这种想法显得很危险。这直接导致了他和我老妈的矛盾升级。那是我父亲的周年祭上，很多亲戚朋友围在客厅的圆桌前折纸钱和纸马，话题就是大哥婚礼的筹办。为这场婚礼，我老妈已经跟三姑六婆讨论过无数次。她容光焕发，仿佛这个话题总能让她一洗"大儿子是变态，小儿子是畸形儿"的奇耻大辱。但我大哥这时候却默默站起来，说我不想结婚。所有人都安静下来，看着他，也看着我老妈。

沉默片刻之后，我母亲提高嗓门："你不知道外面的人怎么说你吗？人家说那个喜欢男人的变态居然都能找到女人！你就是个变态！这么好的姑娘你不结婚，你难道要让你早死的老爹断子绝孙？"

"喜欢男人怎么了？我爸也喜欢男人！"

"啪！"我母亲那一巴掌力气可真够大的，客厅里前来参加周年祭的亲戚都听得清清楚楚。打完这一耳光，我母亲还想打第二巴掌，仅仅因为我大哥陈星河竟然还敢抬起头来瞪着她。但这一次被大伙儿拦住了。陈星河知道自己说错话，低着头一言不发走掉了。他感到难过的不是挨了耳光，而是挨了耳光意味着他无法拒绝一场婚礼。

婚礼还是风风光光地办了。半步村的婚礼烦琐之至，我母亲当然是希望在婚礼之前见一见苏婉的父母，然后要上门提亲，再下聘迎娶，结果她自始至终都没有见过女方家长，婚事的程序就稀里糊涂向前推进，等到婚礼的那一天，将苏婉送进门的，是一个自称破爷的人，他后面跟着两排身穿黑西装的人，还戴着黑色的墨镜，把我母亲吓了一跳。整个婚礼比想象中隆重。破爷来了，破爷那个行动不便的老母亲竟然也亲自来了，然后我母亲就看到许多奇奇怪怪的官员突然都来了，围坐在破爷旁边。整个婚礼已经超出了我母亲的控制，出现了许多本来不应该出现的人。唯一的安慰是破爷的老母亲，她颤巍巍地走上前来，握着我母亲的手。我母亲赶紧扶她坐下，她要我母亲坐在她身边，依然拉着我母亲的手。她的手劲出奇地大，把我母亲的手握得很痛，但也不好把手抽回来。我母亲只能忍耐着疼痛，微笑着问我母亲她高寿，她耳朵不好使，完全听不见。破爷看见了，用一个手势，乐队之类的声音就全部停了下来，整个酒店大堂显得十分安静。我母亲再问一遍："您贵庚？"破爷的母亲依然没反应过来，破爷补充问道："雪姐是问您，多少岁啦？"她这才笑了，伸出一个手指，说："九十一了。"然后也不管别人再说什么，她接着说：

"我腿脚不好，眼睛也不好，也不知道这儿是哪里，但我儿子说今天是苏婉的婚礼，我就一定要来。苏婉一直跟在我身边，十年了，这孩子不容易，小时候穷苦，受了太多的罪，念书时在学校里被人打，打了还拍照片，威胁她去干坏事，太不容易了。我这样说，你能明白吗？"

我母亲点了点头。

"不，你不明白，"老人家摇了摇头，"你不能假装你明白，我是说，我这么老了，也不知道能活到哪一天，人啊，说死就死，但我求求你，对我们苏婉好，你能明白吗？"

这一回，我母亲除了点头，还说了一句话："我一定！"

老人家终于松开她的手，我母亲眼泪都出来了。老人家伸出手来在桌上摸："给我一杯茶，我要以茶代酒敬你！"破爷一个眼色，马上有一个人将两杯茶递上去。老人家手颤抖着，茶杯里的茶都溢出来半杯。她自己感觉到了，说了一声浪费茶水，后举杯，跟我母亲碰杯。

"婆媳关系，向来都不好，反正也不要求好，只求别互相欺负，和睦最重要。"

老人家将我母亲的手拉过来，在她耳边说："她父母都死了，死得很惨，她今天大喜，我得给她做主，我希望她幸福。"她以为自己已经说了悄悄话，但其实她耳朵不好使，声音还是很大。苏婉在不远处坐着，听到这句话就哭出声来。

这是我们见到苏婉唯一的一次放声哭泣，哭声暴露了她内心最柔软的伤口，不过很快她又将自己重新包裹起来。而在此后的日子里，每个人看到的都是霸气侧漏的女教官苏婉。一个时而欢笑时而哭泣的婚礼总算办完，我大哥像个演员一样配合着完成每一个步骤，看起来像个机器人。

4. 关立夏：缝隙里突然长出花来

　　美人城的城楼很高，我好多年没有上去了。我姐姐关立春就是从上面被我父亲关多宝背下来的，一直背回了家里。据说她死的时候双目圆睁，舌头伸出老长，专门煮死人饭的胖子安哥花了很长时间才将她的舌头弄到口腔里去，还让我母亲在旁边说了很多好话，才让她的双眼闭上。我母亲不让我们姐妹三个靠近，怕被吓到以后会做噩梦；直到她恢复了常态，才让我们过去看她。我们都哭，只有老三关立秋不哭。关立秋那年已经在上大学了，她从小就有轻微的口吃。我见过很多结巴，大多生性自卑，但我们老三非但不自卑，还是真正的勇士。话说得不利索，她就诉之于行动，所以她性格很火暴，一瞪眼全班同学都怕她。别看脸蛋清秀，她从小就喜欢看电视里的摔跤节目，上了高中之后瞒着我们偷偷练泰拳，肚子上有八块腹肌，一般的男孩子跟她过不了三招。她有一回在街上追贼被全程拍下，还上了电视，在电视里她两脚连环踢直接把那个小偷踢倒在地，半天都爬不起来。她飞踢的视频现在网络上还能找到，网友们都在评论区叫她"飞腿"。

老三关立秋只说了一句：

"姐姐，太……太傻。"

没错，我姐姐就是傻，难怪陈星光他们给她取了个绰号叫"傻春"。人世间有太多的自杀方式，她为什么选择最为令人难过的一种，一个大美女死后竟然是这么吓人，面目狰狞，这无异于自我惩罚。如果是我，我宁可找一个无人的悬崖，野花遍地，一跳了之。而且悬崖下面最好就是大海，连尸首都不用弄回来见人。不过话说回来，那是我当时的想法，后来我逐渐明白，我如果面对我姐那样的情况，不一定能如此明白自己该如何应对。人终究是情绪的动物，比如还是说老三吧，见到我姐躺在那里的时候，她一滴泪都没有流，回头一个人关在厕所里号啕大哭，在巷子里都能听到她的哭声。只有老四关立冬例外，她向来是控制情绪的高手，一如既往的冷静，没有声音，没有言语；她眉头紧锁的时候，额头上的胎记会变成四角星的形状。我们流泪的时候，老四关立冬一个人喂了猪，喂了鹅，还替母亲把饭菜什么都做好了。

我姐死了，陈星光的母亲来过我们家，陪我母亲坐着说了很多话，她建议说丧事就到陈氏祠堂办，说这是陈大康叔叔的意思。我们老关家在半步村人口少，不到十户人，压根就没有祠堂，遇到办丧事，基本凑合在自家天井里摆弄，场面不好看。我也明白老陈家的意思，是把我姐当成没过门的媳妇了，能进陈氏祠堂，也是她的一个心愿。我姐的事被传开之后，无数人都骂她脏，但老陈家能做出借祠堂这样的举动，算是很仗义，我父母都被感动得泪眼汪汪。只有老三关立秋不这么看，她私下说想打死陈星河，如果陈星河不是个变态，能接受我姐姐的情感，那么就不会有后面的所有悲剧。我姐葬礼那天下着大雨，我专门让关立冬盯着关立秋，以防她真的出手伤人，这孩子憋着一股劲，怕是会下狠手。我预判陈星河一定会来，如果关立秋闹出什么动静，那场面就不好看了。我交代关立冬做事的时候，我才发现自己十分自然地接替了我姐的角色，以往家里有什么事情，都是我姐作为我们四个人的头目，负责协调各种关系。我姐没了，现在我成了最大的孩子，这种转变悄然发生，又如此令人悲伤。

葬礼那天下着很大的雨，陈星河来了，撑着一把大黑伞，站在雨中，如一朵蘑菇。但他没有进祠堂。祠堂落成庆典那天，他被他父亲从祠堂里踢出来，我们都说陈大康出脚太狠，把儿子踢得直打滚。他没有进来，他在距离祠堂还有十来米的地方站住了，老三关立秋一直等着他走过来，拳头都攥得紧紧的，但他没有。他在大雨中收了伞，仿佛飘泼的大雨并不存在，他在雨中跪下，头慢慢弯向地面，顶在地上，跪着不动，大概有一分钟，才站起来，撑伞，重新消失在雨幕里。

也就是在这个瞬间，我们的老三，飞腿关立秋，在内心深处某个缝隙里突然长出花来，她背离了我对她的想象，在一个烈日炎炎的午后来到陈星河的刺青店。她后来告诉我，说她不知道自己为什么会这么做，她对这个男人一无所知，她又想打他，又想了解他，甚至，她可能在内心深处希望接过我姐关立春的接力棒，替我姐好好爱他。总之，她说那个撑着伞的男人收起了伞，在雨中长跪不起的画面，直接让她松开了拳头，内心似乎明白了一些更为深沉的东西。而这东西究竟是什么，她又说不上来。

关立秋说，她用一个学期在拳馆兼职培训小孩赚到的钱，去了拉萨，还去了尼泊尔的加德满都、博卡拉、奇特旺国家森林公园、巴德岗古城，玩了一圈回来，只觉得内心还是空落落的，直到她推开刺青店的玻璃门，才明白自己究竟想要干什么。

关立秋说，外面烈日炎炎，刺青店里的空调开得很大，她进去时，店里并没有什么客人，陈星河正坐在床上修剪指甲，眼睛都没有抬一下。他的十指纤长，跟女孩子的手指并无两样。墙上挂满了各种图片，都是人体的不同部位，上面都刺着佛像。关立秋对陈星河说，她想在手臂上刺上"卑鄙"二字，但陈星河说他只刺佛像和自己设计的几何曲线，不刺其他字体和图案。关立秋说，那就刺一尊佛像，佛像上写着"卑鄙"二字。她说她看到陈星河眼神之中有恼怒之气，面相如金刚，她居然怯了，明白自己说错了话。陈星河接着说："关立春如果活着，绝对不会同意你这么做。"他从关立春的角度考虑问题，语气坚定，让关立秋感觉自己是个无理取闹的小孩。于是她决定继续无理取闹下去，她伸出一只手，对陈星河说，我想看我姐的绝笔信。陈星河迟疑了一下，这个要求似乎也说得通，信虽然是写给他的，但毕竟这是关立春最后的话，关立秋自然有资格看。

他站起来，弯腰在床底下拉出一个拉杆箱，打开箱子，取出三个铁盒子（就是装月饼那种铁盒子，盒子上还画了嫦娥和月亮），小心翼翼从其中的一只盒子里取了四封信，递给她。

关立秋又说："你这……这儿有……有酒吗？"

陈星河打量了她一下，似乎在判断她的年龄，然后才给她倒了一杯红酒。她把那杯红酒推到陈星河面前，伸手把他手中的瓶子抢过来，举起瓶喝了几大口，这才开始看信。关立秋反射弧比较长，看信的时候一脸严肃，不动声色，看完之后，她靠墙坐在地板上，抱着红酒默默垂泪。那天下午，她喝了陈星河仅有的三瓶红酒，然后呼呼大睡，还说了不少梦话。醒来时已经是深夜，睡眼蒙眬中，她看到陈星河坐在画板前画画，把睡觉的她当作模特。这不是趁人没注意偷看人家吗？她顿时大恼，过去就想打他，但回头看了一眼那幅画，呆住了。画中人侧身而睡，在光线半明半暗之间留下一个背影，楚楚动人。那个背影真的是自己吗？同时，她又瞥见陈星河的下裆居然撑起了帐篷，这个流氓行为让她脸红心跳，但与其他脸红心跳的女孩子不同，她竟然没有逃避，而是伸手去抓。

接下来，她就把他给办了。这个过程怎么发生的，她没有详细告诉我。但大概也可以猜想老三这种性格的人，估计是老鹰抓小鸡般把瘦弱的陈星河拎到床上，扒了衣服就把他办了。

"替我姐办的，事情也……也没那……那么复……复杂。"她说。她又补充说，就跟旅途中和喜欢的驴友睡了一样，但又有一点不一样吧。她可能需要慢慢想，才会明白有什么不一样，为什么这一睡会让她多了苏婉这一个敌人，或者说朋友。那时苏婉还没正式成为陈星河的老婆，但她很快就会回来，和我们老三成为死对头。

如果要将我跟老三关立秋做一个比较，也会发现很多好玩的东西。老三在她的人生历程中睡过的男人应该是我的十倍以上，跟我不一样，她思虑单纯，而我对很多问题，往往想太多了。比如说，当时小界将她父亲陈大康的头带进美人城，老三关立秋就大惊失色，说有人被"割头"了，但我就会查询这个手术的全称，叫"头颅冷冻记忆萃取术"。对她来说，是一个人没头了，但我则是会琢磨是什么情况，然后就发现这种负责"割头"的美人城分设机构遍布全国。那时候美人城已经被修整一新，在围墙外面和四方城门口都挂了两块牌子，第一块牌子写着"科技沉迷成瘾治疗中心"，另一个牌子是"美人城虚拟现实研究院"。所以，我认为这一切就是一盘大棋，但我老三对此的总结是一句话：割掉别人头颅的，都不是什么好人，一定是个坏公司。很难说清楚我们对事物进行判断的直觉哪个更接近真相。但美人城"永生梦想"的宣传广告，和各种房地产广告一起，成为碧河镇最为显眼的宣传景观。在未来十多年的时间里，房地产热潮出于各种原因逐渐退去，而只有人类永生的梦想一直牵引着每个人欲望的方向。

就欲望而言，我们姐妹俩的欲望结构也各不相同。关立秋的欲望诉求十分直接，要或者不要，想或者不想，她是清楚的，而我一直都弄不清楚我自己究竟要的是什么。我总以为我们这个家需要钱，我们家被贫穷所伤，穷怕了，所以我希望能有更多钱。赚钱是我一个重要的人生驱动力，包括在选择丈夫的时候，我本来可以选择和一个帅气美好的男人一起奋斗，但我最终还是选择了一个比我大六岁的男人，他有房有车，在大都市如鱼得水，他懂得小女生的所有心思。他长得不好看，但殷实的物质基础给了我一种强大的安全感。结婚之后他对我不错，说话温柔，会主动去洗碗、晾衣服，但当我了解到他的资产以及负债的情况时，我吃了一惊。我慢慢告诉自己说，大概都市人的财富都是"钱生钱"积累起来的，欠别人一些钱并没有什么大不了的。

但噩梦的到来比我想象中要快。2015年股灾发生了，我丈夫因为融资加杠杆，被强行平仓。我知道我们破产了，却不知道这还不算最坏的。此后一个月总有人开车来接他去出差，后来我才知道，他卖掉了车子，抵押了房子，被所谓的朋友带去澳门赌场。他强烈想赢回原来拥有的一切时，魔鬼已经悄然进入他的内心。我看到他颓然推开了家门走进来，眼中血红的光芒还未散尽，头发却在一夜之间白了一截。我们离婚的时候他自觉承担了债务的大头，但即使是分给我的那小部分债务也让我连续失眠，陷入了人生最为困顿的境地。我的丈夫在离婚之后的一个星期，因为不堪高利贷的各种折磨，终于跳楼自杀了。听到这个消息的时候，我哭了，哭的不是他的死，而是这个死鬼如果要死，为什么不把所有的债务都带走，非得分给我一些！

我第一个电话打给了关立秋，哭得一塌糊涂。关立秋弄明白了什么事之后，说：

"立夏，我觉得很坏，但还不是……不是……不是最坏的，你要……要防止它变得……变得更坏。"她一直都这样，叫立春姐姐，叫我就直呼其名，叫我立夏。她说，她可以把她最喜欢的仙人掌送给我。仙人掌是她最喜欢的花卉，仙人掌也是我们之间的暗号，代表着团结和勇气。那一年我们为了一盆仙人掌争得死去活来，我们在彼此的争斗中都将自己当成了女侠，最后，是她妥协了，将那盆仙人掌送给了我。后来为了鼓励她迎接考试，我又许诺只要她考到班级的前十五名，就把仙人掌送给她。这个游戏其实也有点无聊，但童年时代就是这样，仙人掌作为一个符号已经成为我们最大的暗号，只有碰到很大的事情，我们才会提起仙人掌。

我租住的单间公寓的木门坏掉了，夏末的风吹开了我的房门，从阳台上刮过去的风又帮我把门关上了。我坐在阳台上看着下面一群熊孩子在滑滑梯，他们嘻嘻哈哈，互相打闹，从来不知道夕阳正在两栋高楼之间一点一点慢慢落下去。

这时候孙得给我打电话，手机一直响着，我不太想伸手去碰它。但孙得这家伙穷追不舍，电话响了四次，我终于还是接了。

"谢天谢地，你再不接电话我就报警了！"还是那个油腔滑调的样子，他有一搭没一搭地聊了些无关痛痒的事情，我有气无力地应答着。他突然说：

"立夏，你要哭就哭出来吧。"

我意识到他已经知道我的情况。然后他又说：

"我怎么按了门铃，你家半天都没人开门呀？"

"你不要来！"

"我已经来了。"他确实已经来了，只是跑到我原来跟丈夫住的那套房子去按门铃，那当然按不开了，房子卖了，钥匙都给了别人。他终于搞清楚情况，说马上打车过来。晚上九点，万家灯火通明的时候，他拎着一个破旧的旅行包终于出现在我的单间公寓里。如果说我不会感动，那也是骗人的。他说在楼下买了小笼包和豆浆，一起吃吧。我们坐在房间里唯一的一张桌子前面吃包子。咬了几口，我的眼泪终于还是控制不住地往下落。在孙得面前落泪，却让我不禁回想起当年他在我面前跪下的情景。他没说什么，继续吃他的包子，吃完了他到阳台的洗手盆洗了手，然后才说：

"你如果想哭，就继续哭，反正我吃饱了，这会儿有力气陪你说话。"

他这么一说，我只能擦干眼泪，把剩下的包子吃完。这时我才发现被我忽略了太久的胃发出轻微的疼痛，幸好温热的豆浆补充了进去，全身终于开始变得舒坦。孙得说，你说说吧，具体什么情况，关立秋跟我说得不清不楚，我都担心死了，想着你这鬼脾气，我只能跑来一趟。我打量着他，他的发际线大撤退，中间的头发也有点稀疏了，人还是又高又瘦，小肚子却不争气地凸出来，脸上的皮肤已经有点像橘子皮，这一切透露出来的信息是：他这些年混得真不容易。

他点了一根烟，也递给我一根，我说我不抽。他抽着烟，听我说完了整个情况。我以为他会跟我一起骂我前夫，没想到他吐出一个烟圈，幽幽说了一句：

"人生中无论什么安排，都是老天最好的安排。其实我觉得这个债务，也未尝不是你前夫送给你的一份礼物。"

这句话在瞬间击中了我，我脸上一热，我突然发现我读完大学，人生境界居然还不如那个从戒毒所出来的孙得。我居然在人生困顿之中陷入了愤怒和抱怨的循环，不知不觉走向了我从前最讨厌的那种人格。

孙得继续说："如果没有这份礼物，你又怎么会有奋斗的方向和决心呢？"他建议我回碧河镇看看，他说他开了一家梦境存储网吧，我可以去看看，可以参股一起经营。

夜不知不觉已经深了，房间只有一张床，孙得开始在看房间里哪里还能睡觉，他最后决定就躺在刚才吃饭的那张桌子上过一夜。我说我们可以一起睡床。

"我不能乘人之危。"他笑着说，态度倒是很坚决。

"不，我希望你今晚乘人之危，我需要你乘人之危。"说出这句话时，我吃了一惊，总觉得这个情景曾经在什么时候发生过，便如一个重复发生的梦。

第二章

1. 关立夏：像一条受伤的鱼

　　我选择在夜深人静的时候回到碧河镇，像一条受伤的鱼潜回熟悉的水域。其实即使是在白天，碧河镇还是十分安静的，谁也没法想象在十年之后的2026年，一种叫"美人鱼币"的虚拟货币在碧河镇启动首发的盛况。那时，东州市碧河镇在每个人心目中的重要性，仅次于北上广深，甚至在有些人看来，这里就是宇宙的中心。

孙得的有所得梦境网吧跟陈星河的刺青店就在同一条街上，只隔了一段斜坡，相距四五间店面的样子。孙得说"有所得"三个字是他手写的，然后再用荧光灯挂上去。孙得在二楼给我安排了房间，房间很小，家具也简单，一床一桌一椅一柜，十平方米左右，满满当当布置了各种生活用品，但看起来还算温馨，看来他早就准备我来此长住。我睡下，他离开，窗外路灯的光正好照在窗帘上，从窗帘的缝隙里漏进来的一线光，在天花板上形成一个扇形的光影。人在故地，我内心却有一种漂泊之感。周遭一片安静，在安静之中又总能听到隐隐约约的说话声，有时大声有时小声，像是在吵架。小镇的生活充满了人的味道，不像大都市那样冷漠，大门一关，即使邻居也老死不相往来。

第二天我才知道帮我收拾好床铺的不是孙得，昨夜吵架的也不是别人，而是一个叫孙敏的女人。孙得的右眼被打了一拳，整个眼圈像个卤蛋。他本来还想解释什么，看我笑了，便尴尬地低下头。我说你应该早点告诉我，你已经有老婆了。他说，只是女朋友，还没登记，我本来想说，但又怕你有道德负担。我说，你替我考虑得还挺周到的。孙得说，我现在就活在瘰盂里。

孙敏坐在柜台那边，嘴里叼着一根牙签，我当然不知道她以前是个妓女，还拿到了陈星河的处男之身。她现在有点发福，但脸蛋比较小，人也高挑，看起来还不算太坏。她看到我，礼节性地挥手打个招呼，然后继续低头做事。我对孙得说，不错嘛，名字般配，人也般配。孙得说，凑合着过日子呗，我从戒毒所出来，我老爹已经被枪毙了，家里情况什么样，你也能猜得到，我不谋个出路怎么行。

他说带我参观参观，我说好。这时我环顾四周，才发现他的梦境网吧没有一台电脑。孙得说这原来是一家修车厂，被他改装成这样，店面算是比较大，后面用来住人的房间是两层的，前面的空间都是上下两层打通，层高应该有六七米。在我面前，一排排跟图书馆里书架类似的不锈钢箱体横向陈列着，只是这些箱体比书架大多了，上面都是一个个的抽屉，这又有点像太平间。不锈钢箱体从地面一直连接到天花板，中间留出了通道。我说："孙得，你的网吧怎么有点像中药铺，不，有点像医院的停尸房，空调又这么冷，阴风阵阵。"他说："别说得那么难听，这些可都是未来科技的前沿产品，我只提供场地，美人城那边有专人过来安装，这相当于加盟店。"我说："现在都谁来你这儿上网，没电脑怎么上啊？"他说："这里严格意义不是网吧。有句话说，有钱人割头，没钱人卖梦，这些柜子就是用来收集梦境的。人家到我这儿来，躺进柜子里，睡觉做梦，然后我会根据他梦境的不同成色，给他们不同的钱。"

"敢情以前的穷人卖血，现在的穷人卖梦？"

"说对了，到我们这里来卖梦，基本得预约，你看这一大早，柜子基本是满的。"

说话间，就进来一个人，到柜台处找孙敏："敏姐，你看我今天精气神都不错，就给我进去做做梦吧？"

"葱油饼，你给老娘滚蛋！你每次来都做噩梦，噩梦人家收购去干吗，你说？"

"噩梦可以拿去惩罚犯人嘛……"这个叫葱油饼的瘦小中年男子小声辩解，又苦苦哀求，说再给一次机会。孙敏看了我一眼，可能觉得她再这样为难人家，被我看到有点不太好，手一挥，让一个工作人员把他接了进去。我赶紧跟过去，想看看整个卖梦的流程。孙得赶紧跟上来，跟说我，他现在进去，先简单冲洗一下，换上我们的衣服，然后要注射催梦剂，一种化学物质，据说是一种太空蚂蚁的唾液，反正没人知道是什么东西，然后躺进铁柜子里去做梦，这个过程的所有梦境就会被收集和储存。

"储存在哪儿？"

孙得带我走到最里面的一面墙，那面墙被涂成蓝色，大概是用颜色跟前面的不锈钢箱体区分开来。他打开墙上的一只小抽屉，抽屉里都是低温环境，冒着白雾，在白雾缭绕中，我看到整整齐齐摆放着若干拳头大小的圆柱形罐子。孙得取出一只罐子，递给我看了一眼，罐子材质应该是不锈钢的，从上方的玻璃盖子看进去，里面又泛着蓝光，应该也是一种流体。孙得很快将罐子放回抽屉里，并小心翼翼地关上了。他说，不能在常温下面停留太久，否则梦会坏掉，这些应该也是太空蚂蚁唾液，听说发明这种太空蚂蚁唾液的科学家这几年应该就会拿诺贝尔奖。我将信将疑，只能朝他吐吐舌头，耸耸肩膀。

这时那个叫葱油饼的家伙从一扇门里面走出来，果然已经换好了衣服，他走路摇摇晃晃，看来已经注射了药剂。工作人员扶着他走上一架活动的梯子，梯子顶部有一个平台，他们上去以后，平台被慢慢升高，升到某个高度就停了下来。工作人员拉开大抽屉，抽屉里是一张蓝色的皮质床，葱油饼就半眯着眼睛躺进去，脚在里头，头朝外头，抽屉被推进去一半，工作人员又在他头上戴上笨重的头套，样子像一顶加大款的安全帽。

"他到时做了梦，那个梦就被装进那个蓝罐子里？"看到这个人躺进柜子里，我才觉得孙得不像是在跟我开玩笑。

"是啊，以后美人城方面应该会大力推广这种网吧，但目前还处于小规模试验阶段，不太成熟，所以我们的利润还不错，应该有百分之四十左右的利润，高的可以拿到百分之六十。"

"你这不会是传销组织吧？想拉我入伙？"

孙得连连摆手说："你别不信，记得那个陈大康吗？他就是被女儿割了头，把头带进了美人城，他应该会成为美人城第一个永生的头颅，也就是第一个永生的人类，我听说他们一直还捂着没有发布消息，因为内部有一些争议，但相信两年内就会有爆炸性的消息出来，我们将迎来一个完全人工智能的时代。"

"但你说的这些跟我有什么关系呢？"

"当然有关系，"他眼睛亮了起来，似乎我终于问到了重点，"你知道元宇宙中《美人城世界》这款游戏吗？”

我说：“当然知道啊，身边很多人都在玩。美人城公司应该是世界上最黑心的公司，在元宇宙中推出了一款如此火爆的网络游戏，几乎全民都在玩，就单单这款游戏的收益他们都赚翻了。但他们并不满足，居然还弄了一个监狱，把沉迷于网络游戏的年轻人都关进去，很多人看到小孩上了瘾，管不住，戒不了，就将孩子送到里面去进行戒断疗法。这样一来一回，一边制毒一边治病，两头都赚。”

孙得摇摇头说：“也不能这么理解，他们严格来说是两伙人在经营，元宇宙中虚拟现实的网络游戏是祖先生创建的，网瘾戒断公司的实际控制人是破爷，怎么说呢，互相需要，互相捆绑吧。”

“还是不抱怨这些，回到正题。刚才说到跟你有关系，你现在不是需要钱吗？正好美人城元宇宙的游戏广播里最近刚好发布了一个公告，招募‘美人城密室’挑战者，只要能通过挑战，找到美人城世界里的一个密室，打开密室，获得里面的一串密码，那么就能获得大概五百万的奖金。”

“五百万？”五百万对富人来说不是什么大钱，但对我来说就不一样了。

孙得把手机递给我，他说："这个消息在元宇宙上都刷屏了，你居然都不知道，整天沉浸在自己的情绪里。"

"但我又不会玩游戏。"我突然觉得自己快跟不上这个时代了。

孙得说："不需要你会玩，最近有很多人都去参加美人城'密室挑战'，但是基本是第一关都没过就被刷了下来。我研究了好些天，觉得这里面还是有些门道的。"

孙得把我带到角落里的沙发上坐下，同时递给我一张画得乱七八糟的地图。孙得说，他花了很多时间在元宇宙中研究《美人城世界》这个游戏，发现"密室挑战"的地形环境，就是当年的香蕉林密室，也就是最初物理概念上的美人城密室，一个封闭的地下空间，首先得能熟悉这个地下密室，不会迷路，才能找到游戏密室。他看着我，他当然知道我当年在陈大同的香蕉林密室中逃出来，还帮肖虎绘制了地图。他继续说："但是，光有你是不行的，还得带上陈星光。"

"为什么得带上他？"

"我也是一种直觉，你想想破爷这些年把苏婉硬塞给陈星河做老婆，听说近期又想讨好陈星光，你说什么原因？破爷早就发现祖家跟陈家关系向来非同寻常，你想，陈大康现在是美人城里的第一颗头颅，第一颗头颅具有许多后来的头颅所没有的特殊权限。还有，陈星光的姐姐小界不是就在美人城里工作吗？她是祖先生的首席工程师，这什么概念，就是说，陈星光才是破解美人城'密室挑战'的一把钥匙，但钥匙是不会自己去开锁的，只有你，才是拿到这把钥匙的唯一人选。"

　　"不过，这跟你又有什么关系呢？"

　　"当然有关系啦，我老婆……呃，我女朋友可是玩游戏的一级高手，她完全可以加入你们的战队，你们不是有半步村'龙卷风三人组'嘛，你就用这个打动陈星光，让他重组三人小组，肖淼不是死了吗，那就还需要一个人。我都想好了，你可以先让陈星光去拉小界加入，小界是里面的工作人员，当然会拒绝，然后你再提出让孙敏加入，这样他应该会同意……"

　　"我明白了。你跟我说，我前夫留给我的债务是一份礼物，完全是在扯淡，我看这是送给你的一份礼物吧！"

他听了这话突然翻脸，一句话就将我从充满科技幻想的未来拉回现实："关立夏我告诉你，你也别把话说得那么难听，大家都是为了生活，你也不是什么正人君子！你欠谁的钱你自己心里清楚，那些人是好惹的吗？你要不知好歹，别说是卖去当妓女，就是被砍掉手脚、剪掉舌头、挖掉鼻子，然后放到闹市去乞讨，那都是随时可能发生的事！"

2. 陈星光：真实与虚幻的分界点

年关将至，在这年与年的分界线上，我觉得自己也站在真实与虚幻的分界点上。我取了车钥匙和钱包，正打算出门，开车去高铁车站接我的妻子回家过年。关立秋在这个时候一跃跳进我们家，她看到我还在，就笑了：

"二少爷，你要……要出门啊？我找你有事……事！"

这家伙人爽朗，向来跟我关系还算不错。我边穿着鞋袜边问：

"啥事？请我喝喜酒？你这长不大的鬼丫头！"

其实她也老大不小了，但跟我在一起，还是习惯打打闹闹。

但这时，她脸上的笑容突然消失了，变得乌云密布。我顺着她的眼光看去，只见我嫂子苏婉正站在楼梯上，眼睛直勾勾地看着她。我一看这情形不对，两只袜子只穿了一只，另一只拿在手里，套上鞋子，就站起来拉着关立秋往外走："我们有什么事到外面说去，边走边说。"那年我嫂子还没过门，有一回就在刺青店里和关立秋碰个正着。关立秋其实也没做什么，只是无聊，在刺青店里看我哥陈星河给佛像画稿添加几何图案。但只是一个眼神，两个人居然就都充满了杀气。当然，杀气这个词是别人描述给我听的，反正两人从刺青店里打到店外，街上都围满了人，武打的场面据说比电影还好看，总之叫好之声不绝。她们两人，一个快，一个狠，一个擅长用腿，一个擅长用拳，每一招都不是虚的，打了半天，难分难解，但两人也都嘴青鼻肿，谁也没少吃苦头。最后，她们突然看见我哥陈星河拉着行李箱从旁边走过，看都不看她们一眼，两个人都慌了，苏婉去追；关立秋站在原地，看着他们的背影，然后朝相反的方向走掉了。次年，我哥陈星河就跟苏婉结婚了，自此关立秋就再也没有去过刺青店。这次突然狭路相逢，我当然害怕她们打起来把我们家里的盆盆罐罐都给砸烂了，赶紧拉着关立秋往外走。

我们在一棵老槐树下站定，我背靠大树，金鸡独立，终于把鞋子穿上。关立秋这个反应弧奇长的人这会儿突然一股怒火冲天，绕到树的那一边，对着老槐树拳打脚踢，打下了一大块树皮。打完之后，她舒服了，这才问我，能否借她一点钱。我问多少，她说几千。几千块我还是有的，但还是得问她要做什么用。她支支吾吾，低头半天才说，关立冬出了点事，她得陪她去一下医院，但让我不能告诉立夏，说立夏现在自己都顾不过来。我问是生什么病，她又支支吾吾，半天以后突然提高音量说：

"去堕胎啦！你……你问那么多，给……给不给钱嘛！"

我看一眼她的小腹。她哎呀一声说：

"立冬！"

我跟关立冬接触很少，她非常内向，不爱说话，小时候见她穿着背心，额头和后背上都有很明显的胎记，形状也很特别。她毕业后在东州戏剧团工作，据说她很喜欢摆弄星盘，研究《易经》，还会玩塔罗牌，擅长算命占卜，中西合璧，技术一流。有一阵子竟然向戏剧团提出辞职，在碧河镇上摆了个摊，生意不错，很多人婚嫁入宅之事都会问她，但后来不知道为什么就不见人影了。反正她就是喜欢神神鬼鬼、性格古怪的那类人。

我给了钱，也不敢问是谁的孩子，问了关立秋一定也不会说。但我不用问，几天之后，祖家的丑闻很快就传到了半步村。关立秋来找我借钱当天，祖少爷的车去东州人民医院堵截关立冬，他的好几个手下都被关立秋打折了手骨，费了九牛二虎之力才把关立冬抢走。有人拍了打斗的视频传到网络上，飞腿关立秋还真是名不虚传，每个动作都快准狠，干净利落，毫不含糊。

那天关立秋走后我就开车去接妻子，她从车站出来，依旧是脸色苍白的样子。我们的话不多，她只说不太舒服，想吐，现在不想坐车，能不能陪她去走走。我说车站附近也没什么好走的，我们还是先上车，到别的地方走。她也只能上车，车开到一处花市，她就喊停车。我们俩下车散步，她走在前面，我跟在后面。花市摆在路边，以年橘居多，还有水仙和报春花，花花绿绿，让人眼花缭乱。这大概就是熟悉的春的味道，我突然想起了肖淼，有一年也缠着让我带她来逛花市，但我以各种借口推掉了，不想去。结果她一个人买了两大盆年橘送到我家里来，然后站在两盆橘子中间对着我笑。

"发什么呆呢！过来帮忙，搬到车上去。"妻子买了两盆玫瑰，还有两盆好几种颜色的菊花。

外面偶尔几声的鞭炮声宣告了除夕已经到了。今年的年夜饭倒是挺热闹，我和大哥陈星河都带着妻子在家里过，母亲切了满满的两盘卤鹅肉端上来。嫂子苏婉对我妻子说："这个年，我会给你们带来一个巨大的惊喜！"就在这时，门口传来敲门声，但其实门是没有关的。半步村还是沿袭着农村的习惯，白天都不会关门闭户的。我母亲擦了擦手，到门口去看，只见钟小界站在门口，手里提着水果，后面跟了一个六七岁的小男孩。

"快进来！快进来！"我母亲激动得不知道说什么好，她的眼睛一直没离开过那个男孩。小界当然知道她的意思，她对那个男孩说："星空，叫外婆。"

我母亲的泪当场就流了下来："还是个男孩！"我母亲左摸右摸，几乎想把星空全身都摸个遍，突然想起来又问："他姓……"

"姓陈。"

"姓陈好！姓陈好！"这顿饭我母亲的眼睛就没有离开过陈星空。

这是我姐钟小界第一次到我家过除夕，也是她第一次将七岁的陈星空带到我们家里来。对于孩子的父亲，我们所知甚少，只知道星空的父亲叫陈临。小界说，当时追的人也不少，选择很多，但她就想要个姓陈的。"还是觉得应该还给陈家一个娃，算是礼物。"说这句话时，她的声音低下去了，然后说，"陈星空可能要在这里住一段时间。"我母亲巴不得呢！连声说好，也就来不及问她要将孩子留在这里的原因。

我妻子这个时候回头看了一眼苏婉，问她："这就是你给我们的惊喜？"

苏婉说："当然不是，还有更大的惊喜。"

家里突然来了一个孩子，一切似乎都被打破了。我母亲比以前更加忙碌，但所有的事情就是围着陈星空转，要不要吃这个，要不要吃那个。陈星空都说随便。陈星空特别安静，话也不多，他的唯一爱好是下棋，象棋和围棋都下。只要有一台平板电脑可以下棋，他甚至连饭都可以不吃。

陈星空下棋的时候，我母亲就在旁边坐着，左右端详，然后喃喃自语道："样子是有点像，可惜是个外孙。"然后她的眼睛就看向了苏婉和我妻子。

苏婉诡异一笑，过了两天，她把一个八岁的小男孩带了过来，说送给我做儿子。没想到的是，我妻子当场表示拒绝，她独自上楼，边走边说，她不需要宠物，我们要孩子，我们会自己生。这就很尴尬了，苏婉当场僵在那里，看着我母亲，我母亲转头看着我，我不知道该看谁，也没有谁可以看，只能一把将孩子拉过来，抱到膝盖上。那孩子像一只胆怯的小鸟，眼睛呆呆看着地板，一直不敢抬头。苏婉看到这个情形，开始介绍，她说："这孩子叫达瓦，今年八岁，父亲死得早，不久前母亲也去世了，留下他孤苦伶仃一个人，还有一套大房子，破爷见他可怜，就让我找个好人家，刚好……不是，是汉族，父亲姓达，他的妈妈我也认识，达瓦出生时哭声震天，把屋顶的一片瓦都震下来掉地上碎掉了，所以叫他达瓦，如果你收养了，就叫陈达瓦，这是个挺好的名字。"

这时候母亲也发话了："我看，留下来就留下来吧，我包子铺的生意也养得起小孩，不用你们拿工资回来养，这么乖巧的小孩，他来了星空也可以有个伴，一个陈星空，一个陈达瓦，你们那早死的老爹要是看到，该多高兴！"

我母亲只要聊天的时候把我父亲搬出来说事，一般我们也就不会去跟她较劲，这事就这么定了。但将陈达瓦看成一个乖巧的孩子，这完全是一个错误的判断。不到一个星期，这家伙熟悉了环境之后，简直就是个破坏大王，到处惹事，弄得鸡飞狗跳。我看着倒挺乐呵，但我妻子受不了，收拾了包裹就回去了。我内心突然萌发了一个想法，我应该也留在半步村陪着陈达瓦一起成长，不应该再回去跟着妻子去看各种不孕不育医生，吃各种不孕不育药物，掐指算着日期和时辰准时勃起、开始交配。我受不了那样的生活，陈达瓦的到来让我看到了一种从那样的生活解放出来的可能性。至于离婚与否，不过是一张纸片，如果感情都没了，那个反倒不重要。

我一直到3月3日开学那天才返回去上班，但就在上班的第二天，我妻子突然晕倒，她的同事打电话让我到医院去。我去了，很快也见到检验结果。三个月没同房，她却怀孕一个月了。我当天就递交了辞职信，简单收拾了一下行李就连夜回到半步村，成为人类婚姻联盟中一名愤怒的逃兵。

关立秋刚好给我打电话，听说我要回来很惊讶，我直截了当地告诉她，你的星光哥哥被人戴绿帽了。她还没明白过来怎么回事，跟我聊了一会儿之后才开始骂我妻子是乌龟王八蛋。

关立秋还是挺好玩的，如果不是她喜欢的是我哥陈星河，我娶她当老婆也不错。只是如果娶了她，家里的杯盘碗碟都得换成金属或者塑料的，哪天她跟苏婉要是动起手来，我怕损失惨重。

关立秋说，我听你说话，感觉你回到半步村好像心情还不坏。我说还是挺坏的吧，我马上就评副教授了，但也好，不用再看那帮孙子的脸色，去他妈的副教授！她也口齿不清跟着我骂了一通，然后才说，另外告诉你一件事，你的小界姐姐让我到美人城里工作，主要是保护一个人，名字我不能说，小界还说以后会介绍我加入"人类帝国军团"，我猜是一个很好玩的俱乐部吧，但以后可能不太自由了，我喜欢小界的干脆，挺对我胃口的，跟着她，总觉得自己做什么事情都是正确的。

3. 关立夏：我想抱着她哭一会儿

　　没有人告诉我老四关立冬的事，直到她和祖少爷已经公布了婚礼的时间。我对着关立秋发了一通脾气，但是没有用，关立秋就是一头驴，她认定的事情就会一声不吭，我骂她，她不说话，也不生气，反正她知道我不可能动手打她，大概整个半步村都没人打得过她。

　　我们三姐妹都先后出来工作，父母也就逐渐不再耕田种地，并非他们不想去种，而是已经没有耕地了，半步村的土地都建成了工厂和楼房。我们家也跟着建了房子，他们就在房子旁边的一小块空地上种种菜，多年的农耕生活已经成为一种兴趣和需要，他们暂时摆脱不掉而已。他们的主要工作是到肖虎的牛肉火锅店去打扫卫生和洗碗，收入比以前种地更为可观，也稳定，不用担心刮风下雨、下冰雹来捣蛋，以前有时一场大风就会毁掉半年的收成。年纪大了之后，他们对什么小事都有些小脾气，但对大事都变得没脾气。关立冬要结婚了，这当然是大事，他们听说要嫁给祖少爷，都说好啊好啊。然后他们又问关立秋，要不要先跟你姐说一声啊？关立秋立即表示，关立夏最近刚离婚，前夫跳楼，还欠一屁股债，情绪不太稳定，还是先别烦她，等事情都差不多了，再跟她说也来得及。

我明显感觉到自己的负债状态已经让我在这个家里快要丧失任何话语权了。我不能骂我父母，也不能骂大着肚子的关立冬，我只能找关立秋出气，骂了她足足有半个小时。等我骂完了，关立秋才说：

"那么，立夏大人，您是同……同意结婚，还……还是反对？"

"我还能反对吗？她都大着肚子结婚，我还能反对吗？"

"立夏万……万岁！"

她跳起来亲了我一口，然后高呼一声万岁就走掉了，口吃的结果是把我变成万万岁。我又好气又好笑，那个瞬间好希望她别那么快走，我想抱着她哭一会儿。我们是哭泣家族嘛，眼泪是常态。我们四姐妹，老大死了，我婚姻不顺，老四快结婚了，就剩下她还像个野孩子一样，到处乱跑，也不知道将来会怎么样。这些年，我在外打拼，一事无成，还弄了一身债回来；老四有点神神道道，整天只沉浸在她自己的世界里。只有关立秋，像定海神针一样，在家照顾爹娘。因为她的拳脚名声在外，村里谁也不敢对我们老关家怎么样。也是她总是在关立春的生日和忌日都准时到她坟上去看她，给她带去鲜花，有时候是关立春最爱的野菊花，有时候是绝笔信里提及的百合花，每次她都帮关立春把坟前清理得干干净净，再陪关立春说会儿话。她还是口吃，一句话在她嘴里说出来总比别人更艰难，但我想，如果关立春地下有知，真能听到她絮絮叨叨的声音，应该会高兴坏了。我也是后来才知道，我骂完她的那天，她喊了一声万岁就跑出去了，也是一路小跑，跑到关立春的坟前，去告诉她立冬将要结婚的消息。她跟我大姐说，立夏也同意了，仿佛我有权力不同意立冬结婚一样。

只有孙得对关立冬的婚事有不同看法。他说，祖少爷之所以娶关立冬，正是觉得关立冬身上那种神秘的力量能帮助他找到自己的父亲祖先生。祖先生失踪已经半年了，没有人知道他去了哪里。这件事开始是被封锁消息，但最终还是被所有人都知道了。至于孙得所说的神秘力量，其实也是时灵时不灵。比如小时候有一回我们几个姐妹一起走，在路上看到有个大黄鸭玩具，我们想捡，就被关立冬制止了，她说这个玩具是一个穿红衣服的男孩不小心掉的，他马上会来找的。我们将信将疑等了一分钟，果然从巷子里就蹿出一个穿红色球衣的小男孩，将地上大黄鸭一捡，又跑进巷子里去。关立冬胆子极小，夜里她就一定是躲在家里，不敢出去。即使是白天，她走路也喜欢弯着走，仿佛怕撞到什么看不见的人。她也不去庙里拜神，只是遇到碧河桥头写着"石敢当"三个字的那块石头，她就会鞠个躬。她的声名远播的一次，是肖虎家的大黑狗小黑丢了，小黑是肖虎的女儿肖淼活着的时候抱回来养的，肖淼死的时候小黑还是小狗，肖虎虽然后来娶了两个老婆，在村里建了两栋四层的房子分别安顿了两个家，两个老婆也都给他生了女儿，大女儿叫肖红，小女儿叫肖紫，但肖淼还是他永远的痛。他一直喜欢小黑，火锅店的几十号员工也都喜欢小黑。狗丢了，我父亲就说让我们家立冬来帮忙找找。立冬来了，她在火锅店转了一圈，手伸进小黑的食盆里摸了摸，又到小黑睡觉的纸箱里摸了摸，闭上眼睛，眼睛睁开的时候就告诉肖虎，小黑被夹在两根竹子中间，卡住了。这个提示已经非常具体了，村里种了竹子的地方也不多，小黑果然很快就被找到了。然后肖虎的两个女儿就都被板子打了手心，是她们合谋将小黑举到竹子中间，让两根竹子卡住它的肚子，四脚凌空，再迟些就被夹死了。关立冬自此声名大噪，经常有人上门来问些奇奇怪怪的事情，多与鬼神相关。关立冬只能尽量帮忙，她反复强调并不是每次都能说对，说对了也不一定对事情有帮助，有时她也什么都不说，或者撒个小谎，等客人走了她才说，有些事还是不要知道真相比较开心。有一回她还说，立春和肖淼的死都属于命中注定，她们不得不如此，她们站在某个关键的节点上，她反复推演过，没有比这个更好的结局。

"就像围棋的黑白子，黑子和黑子互换位置没有关系，黑子和白子换了位置就会打破平衡。"立冬说。

立冬的婚礼是西式的，场面不大但布置得很新潮。祖先生果然不在，只有祖少爷的母亲米小年在大厅的平台上坐着，脸上看不出是高兴还是不高兴。大厅空旷，慢慢被人填满，角落里有一把大提琴，拉出奔放的旋律。在大提琴后面走出来五个膝盖那么高的机器人，向人群一鞠躬，然后居然腾空而起，在空中随着音乐跳舞。虽然说是小规模邀请嘉宾，但是别墅的大厅里还是来了很多人。陈星光、陈星河兄弟俩也都来了，关立秋拉着他们跟我们坐在长桌的这头。破爷陪着一些重要人物坐在长桌的那头，他一定要陈星河坐到他旁边去，我这才发现苏婉也在他们那头入座了。

神父终于出现在二楼夹层的平台上，然后新郎新娘也分别被带上来。关立秋陪同着大着肚子的关立冬走上平台，新郎新娘说完了愿意，互相交换了戒指，在新郎亲吻新娘的时候大家都鼓掌，我们的父母也咧着嘴笑，只有关立秋自己控制不住在那里哭，所有人都在笑她，她也不管不顾。她反射弧还是比别人长，等下了平台她才突然觉得刚才失态了，羞得满脸通红，独自坐在角落里喝汤。祖少爷带着关立冬来给每一桌宾客敬酒，关立冬喝不了酒，只能端着茶杯。祖少爷要陈星河和关立秋端着酒杯陪同，关立秋开始不干，但立冬一咬嘴唇，她也就只能跟着。一圈走下来，祖少爷走路已经有点不稳了，只能由陈星河架着他。这时破爷才端着酒杯走过来截住他，敬了一杯，他手一扬，在他那桌的一个国字脸大胡子就走过来，破爷介绍说：

"这是刀哥，以后他会成为刀爷，也就是我的接班人了，今天祖少爷大喜的日子，我也借这个机会，将刀哥隆重介绍给大家，你们年轻人互相认识一下，以后这个世界，终究是你们年轻人的，我和你爸爸，都老了，来，干杯！"

大家都看向刀哥，他宽大的额头上刺了一个"刀"字，看起来奇丑无比。

大家也都很聪明，不叫刀哥，直接喊刀爷。刀爷举起杯中酒，一饮而尽，说这一杯祝祖少爷夫妇白头偕老，也祝祖少爷早日找到祖先生。提到祖先生，祖少爷脸上原来绽放开的笑容凝住了。刀爷似乎完全没有看到他脸色的变化，接着说：

"延泽兄弟，今儿借着酒意，做大哥的想说几句掏心窝子的话，不知道行不行？"然后就不管行不行，他开始接着说，"美人城是个好项目，但我们心里清楚，也是个大忽悠，美人城就是谎言之城，你们做的是死人生意，骗那些怕死的富人花了大价钱将人头割下来存放到你们这个坟墓里，然后在全国各地弄几个梦境网吧，声称可以收集梦，让那些人头每天做美梦，等待被激活。谁见过梦能被收集？这都是鬼扯！这个谎言的泡沫迟早是要破的，祖家这么大的家业，也别毁在你老弟手上。我说啊，干脆把美人城卖给我们，也不分四方城和外城，统一管理，你说多好！"

祖少爷的眼睛渐渐眯成一条线，硬生生在脸上挤出一个笑容来："新官上任三把火啊，破爷从来都不敢做的事，刀爷今天一杯酒就想做完了，酒要一口一口喝嘛，不要着急，来我们兄弟干一个！"

刀爷哈哈大笑：

"破爷常说兄弟是人中龙凤，今日我这么开个玩笑，试探一下，果然是虎父无犬子啊！不过我还是认为，美人城集团最核心的资产，我看还不是《美人城》这款网络游戏，这些虚拟现实什么的都不重要，"他凑近祖少爷的耳边，声音忽高忽低，"更重要的是地底下的东西，那些黑色的玩意儿，未来大有可为啊！"

祖少爷摇摇头，说："大哥，今儿兄弟大婚，我们只喝喜酒，不聊业务，行不？"

刀爷又仰天大笑，举起杯来，又和祖少爷喝了一杯酒。他一手搂着祖少爷的肩膀，一手指着在空中跳舞的机器人玩具，冷笑两声，说："这些假玩意儿不好玩，哥哥今天给你带来一些真艺术，想不想看？"

祖少爷一听有好玩的，连连点头。刀爷做了一个手势，围坐在他那一桌的一男一女便站起身来，将身上的西装当场脱下，原来里头早就穿了紧身衣，男黑女白，像两颗围棋的棋子。男的将头上的假发也摘下来，脖子上挂上一串念珠，女的取出一条长长的红色丝巾，便上场了。大厅的灯光被调暗，只留两盏灯照着他们。大提琴手也换了刀爷的人，一阵急促的音乐上来，场上白女不动，黑男表演了一段武术，应该是少林功夫，大家纷纷叫好。然后音乐开始由急转缓，黑男的动作慢下来，慢得有点艰难，涩滞感十足，这时白女腾空一跃开始独舞，她脚尖点地，动作行云流水，重力在她身上仿佛不存在了一样。

　　这时白女突然开始随着音乐幽幽唱道：

　　　　我住碧河头，君住碧河尾
　　　　只是时间的拼图打乱了一切
　　　　从河西走廊开始重新填充
　　　　大军推迟了屠城的日子
　　　　你的王在大殿上痛饮
　　　　背着龟壳的将军站在城头

一切不尽如人意都被允许重来

　　黑男还是凝滞不动的动作，只是不断甩动脖子上的念珠，唱道：

　　　　我住碧河头，君住碧河尾
　　　　于是我还原了矮山和溪流，还原了
　　　　杯盏中劣质红酒倒映的月光
　　　　还原了蚂蚁的苦难和唇膏的颜色
　　　　顺手为一匹老马安装了泪滴
　　　　只可惜刮的都是东风，雨如烈酒
　　　　虚弱的老故事无法调频
　　　　我说借我一些踏雪无痕的腔调
　　　　我说借我一杆上阵杀敌的旧铁枪
　　　　唉，只有槐树声称认得皇帝
　　　　从南边来的女子，带泪的你
　　　　马蹄无声，一场牵挂耗尽了一生

　　女唱：

我住碧河头，君住碧河尾

在雨夜里遇见应该遇见的人

偏偏设置了明晃晃的月光

一个杀人夜，鲜血宣布了恩断义绝

这些都只有碧河记得

当然还有你，你就站在碧河水边

一言不发，只是笑

爱你的人在远方征战沙场

那匹老马在流泪，北风往南吹

谁也修改不了谁的轨迹

唇印也是，铁枪也是

绝望清洗了所有蚂蚁的情事

那些留在矮山与溪流之间的细节

铁器横空处还未说完的话

电话那边还有多少儿女情长

忘了吧，安心做乌龟的情人

戈壁滩上尸横遍野，死者两手空空

男女合唱：

我住碧河头，君住碧河尾

或者一切都可以归咎于隐喻的子宫

这仓皇遍历的往事，都怪碧河

未曾完整预言今日种种的因果

那些为爱而伤的，用谎言重新填充

只有你，一直站在树的阴影里

只有你，似笑非笑

看不清你的脸，看不清你的言不由衷

　　在我看来，这种过于先锋的艺术形式大厅里大部分人应该也没看明白。但大家还是热烈鼓掌，大声喝彩，就生怕别人觉得自己看不懂。黑白男女走下来，大家都围上去，举杯敬酒。米小年竟然十分难得地走到人群里来，她站在那里，仿佛背后就是大江大河，她举着酒杯敬两位演员："这音乐好，动作配合也好，真是让人想到了过往，我想问一下，不知道这歌词二位是哪里得来的？"

　　黑男微微欠身，眼睛直视着她："我师父是印然大师。"

　　米小年"哦"了一声，身体动了一下，也许是玻璃杯太滑，手中的杯子脱手滑落。但杯子的滑落居然没有随之发出玻璃破碎的脆响。杯子在离地二十厘米的地方被一个人稳稳接住了，杯中的酒水一滴都没有洒出来。众人发出一声惊呼，这时才看到一个戴着棒球帽的八字胡手中举着玻璃杯，稳稳递给米小年。米小年接过杯子，什么也没说，转身离开。

刀爷问祖少爷："这位是……"

"没来得及给大家介绍，这位是寇偃师，刚才的曲子太悲伤了，我也想让寇偃师给我们露两手。偃师，请吧。"

寇偃师是个小个子，看起来像个日本人，夸张的八字胡覆盖了面部的大部分，他不说话，脸上也没什么表情。大厅周围的墙上挂满了婚庆的气球，他走过去，从墙上取下红和黄两个气球，然后掏出一把切水果的小刀，举起来。大家的眼睛都聚集在小刀上，但接下来的动作，就快得没有人能看得见。几秒之后，只见两只不同颜色的气球都变成透明的了。这时大家才明白，寇偃师用小刀将两只气球都削得极薄了，但气球并没有破。接下来，寇偃师示意大家安静，然后他右手拿刀，左手的食指伸出来，举在空中。大家以为他要开始变魔术，但他竟然在众目睽睽之下将自己左手的食指切下来，没有流血，动作自然，像在切一根胡萝卜。他把那根断指和小刀一起放到口袋里，然后用右手捂住左手，只听一阵吱吱打印机之声响起，左手的食指就仿佛凭空生长出来，把大家看得目瞪口呆。接着他将自己的左手变得像皮带一样柔软，绕过自己的身体一周，右手伸出，抖了一下，手臂陡然变长，将空中飞舞的那五个小机器人都拎在手里。他张开嘴巴，将五个小机器人依次靠近那张长满胡子的嘴巴上方，小机器人就变得跟面条一样柔顺，快速滑进他的嘴巴里。

吃完了五个小机器人，寇偃师摘下棒球帽，向大家深深鞠了躬，转身走进电梯里。大家这才发现他不但没有头发，头顶透明的头罩里面赫然都是各种发着蓝光的金属零件。

没错，这也是一个机器人！

祖少爷轻轻拍了拍刀爷的肩膀，说："科技才是第一生产力。"

4. 陈星光：那就是上帝洗牌了

4月11日是陈达瓦八岁的生日。我提前两天问他，你想要什么礼物，我给你买。他不知道看了什么动画片，说要一只木马。

"木马？"我一时没有反应过来。

他说是木头做的马，骑上去能摇晃的。我这才明白过来，但我不知道哪里能买到木马，网购显然也是来不及了。我小时候其实玩过，是父亲陈大康亲手做的，我就在旁边看着他做。我的眼睛望向了那扇门，家里有了小孩以后，母亲就把父亲的工作室锁了起来，不让他们进去胡闹，那些工具有的比较锋利，小孩进去怕有危险。我拿了钥匙打开门，里面木头和工具一应俱全，但是要凭空做出一只木马来，我还真不知道从何下手。我想应该找找父亲有没有留下什么图纸，照着图纸的尺寸鼓捣几块木板拼上去，也许还能行。于是我打开他角落里的那个书柜，说是书柜，其实里头的书没有几本，倒是堆放了一些图纸材料，以前他从来不让我们碰书柜里的东西，因为里面有许多侨批，后来家里的这些华侨基本断了联络。我拿着手电筒慢慢翻找着，里面有一只檀木匣子，不但上锁，还贴了封条，上面有我父亲陈大康的亲笔签名，显然是不让动。除此之外，一本封皮很硬的红色笔记本引起了我的注意，打开翻了翻，里面夹了很多单据，只是记录了平日家庭收支的本子，倒是扉页正反面都写满了繁体的字，是用圆珠笔写的，字迹挺拔有力，内文跟我父亲那种十分克制的字迹不同。细看原来是誊抄了张若虚的《春江花月夜》整首诗，三十六句，一字不落全写上了：

春江潮水连海平，海上明月共潮生。

滟滟随波千万里，何处春江无月明！

江流宛转绕芳甸，月照花林皆似霰；

空里流霜不觉飞，汀上白沙看不见。

江天一色无纤尘，皎皎空中孤月轮。

江畔何人初见月？江月何年初照人？

人生代代无穷已，江月年年只相似。

不知江月待何人，但见长江送流水。

白云一片去悠悠，青枫浦上不胜愁。

谁家今夜扁舟子？何处相思明月楼？

可怜楼上月徘徊，应照离人妆镜台。

玉户帘中卷不去，捣衣砧上拂还来。

此时相望不相闻，愿逐月华流照君。

鸿雁长飞光不度，鱼龙潜跃水成文。

昨夜闲潭梦落花，可怜春半不还家。

江水流春去欲尽，江潭落月复西斜。

斜月沉沉藏海雾，碣石潇湘无限路。

不知乘月几人归，落月摇情满江树。

　　这首古诗我估计我们全家都会背诵，因为小时候我和我哥陈星河都被父亲时不时就抽查背诵，那时调皮，总记不住，没少挨打。父亲打人用他做木工的木尺，打在手心痛死了，特别在冬天，手心来三下，整个手就好像不是自己的了。我母亲心疼我们挨打，常常每天清早叫我们提前起床背古诗，特别是这一首，背诵默写错一个字都得挨尺子，久而久之几乎连她也会了。所以这首诗歌虽然好，但害我挨了那么多打，一看就讨厌。不过现在看这圆珠笔的字虽然已经有点渗开了，但字写得好，看起来也不是太讨厌。我心想这默写古诗的工作这么累，谁兴致这么高？翻到背面，看上面又写了几行字：

大康兄：

　　知青岁月，激情飞扬，今日一别也不知何时能彻夜长谈通宵欢饮，敬录我最喜欢的诗人张若虚诗一首，聊表寸心。每读此诗眼前便浮现明月当空、碧河荡漾之景象，令人神伤！我兄江湖珍重，他日把酒剪烛，定是鲲鹏在天之时。

　　　　　　　　　　　　　　　　弟　祖德治

　　这几句话酸溜溜的，意思不难理解，倒是这"祖德治"究竟是何人？我心中一惊，姓祖的人不多，莫非就是祖先生！这么说来祖先生早年就跟我父亲是好友，兄弟相称说明关系还不错，但为什么自从我记事开始，从来不见他来过我家？有可能是时空阻隔、日渐生疏，也有可能是后来闹掰了，我父亲是一个眼睛看到天上的人，从来不攀附权贵，要不然跟祖先生套个近乎，我们家大概也不至于这么穷。

我正发呆，旁边的陈达瓦已经自己搬了木板开始鼓捣。我将本子放进抽屉，跟他一起做木马，瞬间感到一种时间的循环。我母亲回来一看门开了，正想发火，弄明白我是在帮陈达瓦做木马，笑了："你就应该学点木工，你哥学了画画，你要是能当木匠，你老爹的手艺也算后继有人了。"不过她太乐观了，那天什么图纸都没找到，我做出来的木马，连陈达瓦都嫌弃。但他见陈星空要过来玩，马上就坐上去，说自己很喜欢。陈星空本来是很安静乖僻的小孩，以前跟着小界那么安静，天天都专注下棋，现在被陈达瓦每天勾搭着互相打闹，大概也因为小了一岁，总见他跟在陈达瓦屁股后面玩，如果小界回来看到了，一定说我们都把孩子带坏了。不过我母亲却很高兴，说星空最近开朗了，男孩活络点挺好的。

陈达瓦生日那天，我母亲从一大早就一直乐呵呵地忙这忙那，这些年都没见她这么开心过。午饭前她还专门准备了蛋糕，陈达瓦高兴坏了，大声说他要一块最大的，今天他生日，大家当然都让着他，最大块也不是问题。问题是他知道陈星空一直盯着蛋糕上的草莓，就故意把上面有草莓的那一块切走，陈星空可就不干了。两人于是打起来，蛋糕就成了武器。我看场面失控，想揍陈达瓦，我母亲当然不同意我打小孩，这么闹腾一下，时间飞快过去，吃完中午饭已经是午后两点钟。整天在家里待着我都成孩子王了，曾经有一篇文章说男人整天跟孩子在一起，雄激素分泌就会下降，难怪最近总是意兴阑珊，于是我扛着钓鱼竿就出门了。我走了一段才发现陈达瓦在后面跟着来了，我知道撵不走他，只能让他跟着。他一路上也没闲着，采集了一把狗尾草，顺手还打死了一只蜻蜓。

我们在碧河边钓鱼，我心里一直琢磨着后面也得再找份工作赚钱养家。我大学的专业是人类学，幸好辅修了一门文学，也拿了文学的学士学位，算双学士，这些年进了那个大专院校，从辅导员混到讲师，该大专并没有人类学，我教他们大学语文，有时候其他老师请假，我还得去代课，什么教育学、心理学、马列文论课，我都上过。工资低，日子艰辛，常常被那些拿了博士学位的同事瞧不上。为了让他们别看不起我，我自己通过同等学力考试读了在职硕士学位，还不行，又读了在职博士，但正因为太过于刻苦读书，跟领导关系也没处理好，到离职那天博士也没毕业，职称没评上，依然还是个讲师。然而，每次回到半步村，左邻右舍都叫我陈教授，觉得我特别有学问，这反倒让我有点放不下架子去干别的事情。比如"陈星光教授摆摊卖猪肉"这样的乡村新闻，估计会让我母亲抬不起头。但我现在又想不通自己能干点什么事，这里并不需要人类学专家。蚂蚁婶子倒是希望我去帮忙看着停顿客栈，前几天，老黄狗长生死了，蚂蚁婶子哭了很久，我是应该多去陪陪她。我正浮想联翩，陈达瓦玩了一会儿就嫌钓鱼太无聊，他问我们能不能下水去游泳。我说现在还不行，水有点凉，没有人会在这时候下水游泳，等过个把月天气热了，我可以教你学游泳。他翘着嘴说：

"你骗人，那不是有个人在游泳吗？"

"在哪儿？"我并没有看到水中有人。

他的手指着碧河桥闸的方向，那里水面上铺满了水葫芦，但一个人影也没有。我说你看见鬼了吧。话刚说完，一阵凉风吹来，我不禁打了一个冷战，想起了肖淼当年浮在水面的样子。我说要不你拿着钓鱼竿，我过去看看谁在游泳。他一把抓住我说，别走，我一个人害怕。我说要不我们就回去吧，不钓鱼了。他又犹豫了，说想看人游泳。我没接话，抬起钓鱼竿一看，鱼饵都被吃掉了，但鱼并没有上钩。陈达瓦又在喊，快看，他游过来了！我抬头望去，大江茫茫，哪有什么人！我伸手捏了一下他的脸蛋说，陈达瓦你不许撒谎骗人哦。陈达瓦有点委屈说，那个人头出现了一下就不见了，真的有个人。为了表达他的愤怒，他捡起一块石头就往水里丢。就在这时，在我们脚下的水底真的冒出一个人头，哈哈大笑，险些把我吓尿了。

我定神一看，大叫一声："二叔！"

我二叔陈大同在水里做个鬼脸说："是我！是我！你们看不见！看不见！"这个疯子喊了几句，又钻到水里去了，再次见他的头露出水面，已经离岸很远，他探了几次头到水面换气，人很快就到了桥闸那边。我不禁感慨这五十多岁的人，体力真好。他不知道什么时候回到半步村，他的到来倒是直接让我变成二叔。陈达瓦从过年到我们家里来之后，从来都没有叫过我，他知道我不是他爸爸，他说他爸爸死了，他不记得他的样子，当然也就不会叫我爸爸；他听我喊一个疯子"二叔"之后，突然觉得这个称呼比较好玩，一路上都在叫我二叔。我开始觉得别扭，后来想想，只要他愿意，叫什么都行。回到家他也这么喊着：

"二叔，你渴不渴，要不要喝水？二叔，这里有椅子，请坐！"

他这么一喊，陈星空也跟着喊，两人这时候达成了统一战线，团结起来对抗我。我觉得有必要到停顿客栈告诉我蚂蚁婶子关于陈大同出现在碧河里的消息，免得她一直担心。两个熊孩子就跟在我后面，一路喊我"二叔"，让人哭笑不得。路上遇到关多宝，他笑呵呵地说："猴子，后面跟着二师兄和沙师弟，要去找你们的师父吗？"我还没接话，后面这两个家伙就说是啊是啊，然后哈哈大笑。

到了停顿客栈，一眼就看到我二叔陈大同衣衫整洁，正坐在门前的台阶上端着一只大碗在吃饭。他看到我就喊："星光，你来了，后面还跟着两只小猴子？"

"咦，二叔，你好了，不疯了？"

"这孩子怎么说话的，我什么时候疯了？"

后面两个熊孩子一听我喊"二叔"，就跟着喊，对着我喊两声，又对着陈大同喊两声，很开心。一看两个小孩这么好玩，我二叔就放下饭碗，不吃饭了。他一边抱着一个，哈哈大笑了几声，然后突然问我：

"陈风来呢？他没跟着你过来？"

陈风来已经去世十年了，如果活着，应该是个二十几岁的小伙子了。

蚂蚁婶子在喂猫，听到他又说疯话，喊了一声："陈大同，你瞎嚷嚷什么呢？快让星光进来喝茶。"

陈大同显然很怕蚂蚁婶子，他赶紧放下两个孩子，捧着大碗就进去了。进了门槛以后，他腾出一只手来，把食指放在嘴唇上，"嘘"了一声说，等一下给你们看好玩的。

蚂蚁婶子给我泡了茶，我说本来是来告诉她在碧河里看见我二叔在游泳的事，没想到他自己早回家了。蚂蚁婶子说：

"唉，回来两天了，在外面饿得皮包骨头，家里现在相当于他的加油站，回来加满油又会出去疯。这两天又嚷嚷说要去炸掉美人城，我这整天是提心吊胆啊，总怕他惹出什么事来。"

我二叔陈大同听到蚂蚁婶子这么说，一下子就来了劲，说："没错，就是应该把美人城炸掉，你看看你老爹、他爷爷、我大哥，头被割下来放在美人城里面。

你想想，这人头泡在水里，我们就假设人头还活着，插着各种管，连着各种线，眼睛看不见，耳朵听不见，鼻子闻不到，如果脑袋睡得着那还好，等于是个植物人；万一脑袋是清醒的，那简直就是受刑，变成'人彘'嘛！'人彘'你知道吗？……挺好，知道我就不用给你科普……他们说会喂人头吃各种梦，即使是梦境一个连接着另一个，万一里面有个员工是坏蛋，给你播放循环的噩梦，那岂不是人间地狱啊！有钱人的人头就在里面做春梦，钱少的人头在里面做烂梦，穷人的人头就进不去咯，你说说，这不是阶级分化吗？这难道不应该炸掉吗？"

我说："这个社会本来就是三六九等，哪有什么绝对的公平，富人拥有特权，穷人忍饥受冻，这都是社会常识了，如果都要炸掉抹平，那么这个世界上的医院、学校、监狱、法院等全部要炸掉，那就是上帝洗牌了。"

"我说你这只猴子，你要从一颗死人头的角度考虑问题，这颗死人头它有喜怒哀乐，它需要能拥抱孩子和爱人，它需要到菜市场闻闻肉味，它还需要在足球场上奔跑……"

"这些在梦里也能做到啊！"

这话让我二叔无言以对，他就说："不跟你鬼扯了，反正这美人城就是一座谎言的城堡，整天骗那些死人头，那些死人头即使活着也不知道今夕何夕，我觉得要为死人头鸣不平，最好的方法就是炸掉它！"

两个小孩早就缠着他要好玩的，他就取出几张白纸，给他们折纸鸟，并给这些纸鸟取了名字，叫灵犀鸟。灵犀鸟折好以后，被他放在嘴边一吹，居然开始腾空而起，在他的指尖上空展翅飞翔。这个魔术简直把两个小孩吓到了，目瞪口呆望着我二叔。我二叔就咯咯笑着，样子非常得意。

我在半步村的平静生活大概就是这样。如果不是关立冬在婚礼上在我手中塞了一张字条，我应该也不会走进美人城，去参加什么美人城密室'挑战游戏'。婚礼在祖家的别墅里举行，来了不少人，但整个婚礼的气氛怪怪的。我大哥陈星河也认同我的看法，他点点头说，是怪怪的。但具体怪在哪里，我们谁也说不出来。我们只能说，这个婚礼很特别。结婚多么开心的事，结果他们一家人都郁郁寡欢，祖先生据说失踪半年，米小年心不在焉，祖少爷和关立冬经常互相凝视，眼神都富含深意。敬酒环节还不知道哪里跑出来一个刀爷，操着东北口音，跟祖少爷你一句、我一句互怼。祖少爷一个南方人在东北人面前说话，每一句都格外吃力，仿佛用上了全身的力气才将一句话从肚子里挤出来。然后刀爷也不知道从什么地方弄来两个跳舞的，都装神弄鬼，穿着紧身衣，一对黑白男女。黑白男女在祖少爷的婚礼上举行了一场艺术的性爱，随着音乐的节奏轻轻摇摆，慢慢晃动，酝酿高潮，偶尔还念几句装腔作势的诗歌，把尾音拉得很长，他们大概以为拉长尾音那就是艺术的最高境界了。

我确实有点看不惯这种小人，人家结婚的时候，还来砸场子。最后祖少爷有点冲动，居然弄了个机器人上台，表演了机器人下手的快准狠，还有打印断指等新技能。也不知道这个机器人是不是美人城在研发的，抑或是从外国采购进来的样品。甚至我都怀疑那个叫寇偃师的机器人或许就真的是一个魔术师，所有都是障眼法，只是要让刀爷对机器人的开发进度产生误判。美人城现在技术水准我们都无法知晓，无论如何，我总感觉在一群黑道面前展示自己的科技实力有点冒险，据说破爷当年就一直想吞并掉整个美人城，只是祖先生也不是省油的灯，一直没能让他们得逞。现在破爷宣布要退休了，让给刀爷来做，刀爷看起来比破爷还要心狠手辣，我比较担心祖家的安危。

东州豪门互相倾轧的事情时有发生，从20世纪90年代至今，已经有好几个大家族在各种权力的游戏中化作时代巨轮碾碎之后的粉尘，随风飘散，成了老人们教育子孙后代的反面案例。在这种情况下，我觉得更要谨慎行事，避其锋芒，不应该在公开场合跟他们黑道人物争这些脸面上的事情。

宴会行将结束，宾客陆续告辞。我和大哥陈星河也打算回去，他开着一辆二手车，打算送我们几个回半步村。这时关立冬挺着肚子出现在二大厅的二楼走廊，她叫住了我们，对我笑了一下说："星光哥，最近命犯桃花了吧？"她缓缓走下楼梯，来到我们身边，右手还是举着一只高脚杯，杯中装着半杯白开水，她同我们每个人再次碰杯，最后才来到我面前，笑吟吟地对我说：

"我最近梦见你了，梦见你未来会变成一个勇敢的侠客！"她伸出左手拉着我的右手，然后将我的右手翻过来，"让我看看你的手背，你握拳！"

这时我才发现她手里有一团纸，已经压在我右手的手心，握拳时正好将纸团抓住。她看着我，又看看我的手背，我当然明白了。她突然说："错了，男左女右，我应该看你的左手。"她放开我的右手，抓起我的左手。我很自然就将右手放进了裤兜里，微笑着听她胡说八道了一通，大意是最近几个月会有桃花运，也可能是桃花劫。她边说还边拿眼睛去看关立夏，把大家都逗笑了。关立夏脸上也红了一下，赶紧说：

"立冬你这不厚道，结了婚、有了孩子，脸皮也变厚了，以前几天都不说一句话的人，今晚话这么多！"

大家马上更正她，说真实的情况是有了孩子再结婚，属于先上车后补票，这样的次序是当下的潮流，属于正常操作。旁边的关立秋情商最低，还补了一句："当然，我们立冬这样是最……最保险的，不像星光哥，结……结了婚那么久才发现问题，也……也不知道是谁……谁的问……"她突然意识到这样说似乎不太妥当，这不等于当着大家的面揭我的伤疤吗？她嘴巴赶紧刹车，但话说了一半，反而留下尴尬的空白。关立夏慌忙救场："立冬你就别拉着星光的手了，你没机会了，把机会留给我们这些离异人士吧！"她放下架子的自嘲，反而给大家一个起哄的机会。立冬被她这么一说，才发现一直拉着我的手，赶紧放开手。在松手的一刹那，我才发现大概是因为太紧张，她的手心全是汗。

又嘻嘻哈哈说了一阵子，我们才起身告辞。刀爷和破爷也跟在我们后面出来，他们是最后一拨客人了，出来时还交代用人要锁好门，防止财物丢失什么的，那样子真是非常搞笑，像一群强盗在吩咐地主家的家丁要看好门，防止强盗来偷。刀爷不知道什么时候跟了上来，搭着我大哥陈星河的肩膀说："这可是刺青店的大老板呀，我手下许多人都很赞赏你的手艺，他们说你画的图案中暗藏了逢赌必输的密码，久闻大名！今天算是认识了，不过，你的相好祖少爷结婚了，你心里不好受吧？"我大哥陈星河冷冷一笑："刀爷这回可真看走眼了，我自己逢赌必输，祖少爷吃喝嫖赌样样擅长，还真是个十足的直男。虽然说我们是好朋友，但我也没有义务把他掰弯，刀爷您也不必过于关心我们这些小商小贩了。"这几句话说得我心中暗暗佩服，应对得很好。

刀爷的司机将车停在喷水池前面，破爷示意他上车，他这才放开我大哥的肩膀，挥手说了一声告辞。

我大哥开车送我回半步村。我嫂子苏婉坐在副驾驶座，我坐在后座，她突然转头来问我：

"刚刚关立冬找你聊那些话是什么意思？有什么特别的含义吗？"

我说："关立冬说话都是神神道道，没几句正常，你要愿意琢磨她的话，那可能得先把《周易》翻一翻，不读个滚瓜烂熟，估计是听不明白她在说什么。"

到了碧河镇苏婉提前下车，我大哥继续开车单独送我回去。我这才将那团纸从裤袋里掏出来。那应该是厕所里的卫生纸，用签字笔歪歪扭扭写了几行字：

　　星光哥：祖家注定有此一劫，破局之人是你。请和立夏同去参加美人城游戏，拿到钥匙，不可落入恶人之手。我家人电话网络已被监视，暂无危险，有事面谈。此信阅后即焚。

立冬　顿首

我将这封短信读了三遍，心中充满疑问。陈星河问看的是什么，怎么那么严肃。我在后视镜中看到他的眼睛，犹豫了一下，还是回答说没什么。我将那张卫生纸撕碎，伸手撒出窗外，从指缝滑过的夜风将纸片吹散在风中。

"猴子，你这一脸狡猾的笑，一定有心事。"

陈星河随手往后座抛了一根烟，但我没有点。我问他，你说一个会占卜的人是不是总是能逢凶化吉？他说，你读的书比我多，一定听过善《易》者不卜，擅长占卜者一般都算不准自己的命，就像医生总是救不了自己一样。他见我没有再接话，又说：

"我觉得关立夏不错，有机会你要珍惜，我觉得有一些感情是修炼出来的，不是一时的激情，而是双方长时间的重新发现。"

"好久没有和你单独说话，我发现你修炼得越来越文绉绉了。我觉得你应该到大学里讲讲青少年情圣必修课。"

"过奖了，既然你都表扬我了，我就得继续讲课。到了你这个年龄寻找伴侣，假设基本谈得来，长相过得去，那么接下来更多是要看对方身上有什么品质是你无法忍受的，而不是去看对方有什么优点，我这么说你能明白吗？专心点听讲，别看手机。我是说关立夏当然不会没有缺点，但这么多年，她身上的缺点你一定很清楚了，其实可以……"

"我说老哥，你就不用担心我了，我们男女之间的事，就不用你们来指导啦！"

他笑了，食指在方向盘上轻轻敲着："喂，猴子，我是你亲哥，能不能给点面子，假装你听完很受教！你从小就偷我的钱，抢我的东西吃，偷看我的日记，我这些都还没找你算账！"

突然说起小时候的事，我也笑了，想起那次我偷看我大哥的日记，还挨了他的打。他拧着我的胳膊，把我的头按到墙上，他骂我死猴子，我就骂他变态狂，因为他在日记里怀疑自己喜欢男人。他狠狠揍了我，不过揍完以后，他又觉得打痛我了，找我道歉，我没理他。他大概怕我将他日记里的内容说出去，竟然表现出以往没有的亲和。为了收买我，他十分慷慨宣布要将他的康巴匕首送给我。我简直不相信自己的耳朵，但我必须相信自己的眼睛。"我不相信你，你这个吝啬鬼，到时一定又会要回去。"我摇摇头看着他。他看我不信，撕了一张作业纸，用笔写上："将最珍贵的康巴匕首无偿赠予弟弟陈星光，并保证永不讨回。"然后就真的小心翼翼打开他抽屉上的大锁头，毫不犹豫地将那把有着纯银刀鞘的康巴匕首交给我。我简直爱死了刀柄上镶嵌着的那颗红色透明的珠子了！"不能用它伤人，不然我不但讨回来，我还会打死你！"他捏着他的拳头，"你也要保证，保证永不泄密。"我立刻满口答应，他那点小心思，其实我早就知道了，我不是第一次偷看他的日记，当然也不会是最后一次。我不会告诉他我是如何打开他抽屉的锁头的——根本用不着打开，将桌子挪开，背面那块木板早就松动，我的小手伸进去，摸到什么就拿什么。我还从那儿偷过他十块钱，他发现了，还是将我揍了一顿，却拿我没办法。

车的前方是无边无际的夜，车灯昏暗，永远照不见前路。我突然觉得夜色如一口黑锅倒扣下来，刚好将我们兄弟俩笼罩在一起，这样的情景如此珍贵，值得在时光的轮回中被一再重现。

一个人能成为什么样的人，这个问题跟人类终极能成为怎么样的人类一样无解。我和关立夏也许都在小心翼翼地试探着彼此的底线，那些我们彼此无法忍耐的劣质斑点。而未来是莫测的，谁又知道我们不会成为更坏的人呢？就如同我们现在这辆车，我们以为是平稳行进，但怎么知道这样的前进不是另一种形式的陷落呢？我有点乱。我叹了一口气，我大哥说你唉声叹气的坏习惯得改。我对他说：

"我觉得应该跟关立夏去参加美人城的游戏，看能不能拿到游戏的奖金。"

话刚出口，我就觉得此情此景连同这句话，我似乎已经讲过无数遍。

5. 关立夏：脚下的路在重复和延伸

　　洗完澡，我浑身赤裸，站在镜子前，细细凝视着自己：头发，眼睛，嘴唇，下巴，锁骨，乳晕。我的手覆盖在乳房上，它小巧玲珑，努力向上翘，期待被触摸。我的手往下滑，腹部还算平整，肚脐边上有颗小黑痣，小腹上有点赘肉，但相对于三十四岁的年龄，我的腰部轮廓还算不错。我的手滑进腹股沟，一小撮阴毛阻挡了手的去路。我只能双臂交叉往上摸回肩膀处，仿佛和另一个孤独的自己紧紧相拥。

　　卫生间的门"砰砰砰"，响了三声，孙敏在外面喊："洗完了没？我都过来看过三四趟，还在洗啊？水不用钱啊？"

　　我火速穿了衣服，寻思着孙敏如果还站在外面，要跟她说句什么话才不会尴尬。幸好开门出来，她不在，我一手抱着衣服，一手用毛巾擦着湿漉漉的头发，在走廊走了十来步，身后卫生间的门就被很用力地关上了。

我回到自己的房间里，用吹风筒吹头发，热风吹过头皮，洗发水的香味在房间里弥漫。虚掩的房门被推开，孙得出现在门口，他说在楼下喊了你很多声，你怎么都没听见。我说吹头发呢，吹风筒声音太大，没听到。他说有人找你，陈星光，你见不见？我想了一下说，你让他等一下。显然，孙得把他拦住在门口了，不让他直接到房间里来找我。我继续低头吹头发，在想孙得为什么不直接带陈星光上来找我。再抬头时，我发现孙得还没有走，眼睛看着我的胸。低头一看，刚才走太急，头发没擦干，湿漉漉的水垂落下来，白色吊带裙被弄湿，差不多变成半透明的了。我伸出脚轻轻一踢，把门关上了。

陈星光站在有所得梦境网吧前面，两手插在牛仔裤的裤袋里，抬头望天。夏天的天空蓝得透亮，一条细长的飞机云切开了这片蓝。我以为他嘴上叼着一支烟，但他什么都没做。我问，为什么不先打个电话或者发个信息。他说他刚好路过，顺便就过来看看。他故意说得很随意，但我却听出来了，他是专程过来找我的。整个世界都在忙碌着，现在就剩下我们两个失业人员无所事事，刚好路过与专程前来，也就变得没有区别了。我问，去哪儿？他说，随便。于是我们就沿着碧河镇的主干道往碧河的方向走，说找一家咖啡馆坐坐，但对于碧河镇，我们现在谁都不熟悉，初中之后两人都离开了，出外求学和工作，成为故乡草木的叛徒，碧河镇上哪里会有一家咖啡馆，还真不知道。马路上不时有汽车呼啸而过，还有摩托车和自行车也跑得比我们快。我不知道陈星光会怎么看我，大概会觉得我是一个非常庸俗的女人，不过我就是一个从土里长出来的女人，从来都未曾高贵过。我就是我，赤身裸体的质感如此，穿上衣服的质感还是如此。而他，那年骑着单车从我身边一闪而过的乡间少年，我还记得他那件单薄的白衬衫，如今他的发际线也在往后退，不是太明显，但依然需要用一撮刘海小心盖住。

"你说呢？"陈星光问。

"说什么？"

"我说我老了应该会更好看，你说呢？你没在听我说话？"

"那得看你是木头还是塑料，实木家具老了叫古董，有包浆，塑料椅子嘛，大概是没有老年生活的，过完中年就得被回收。"

他感觉到我的心不在焉。我说我在想什么时候从孙得那里搬出来，自己租房子。他说，对呀，我也奇怪你为什么住在他那儿。我说，你又不收留我，我都在逃债呢，总得找个地方把自己藏起来，在外面租房子，一来穷，二来真的不安全。

"立冬现在不能帮帮你？"

"刚嫁进去，脚跟都没站稳，怎么好就让她往外拿钱。而且，她最近怪怪的，连立秋都说她确实怪怪的，还让我们这段时间别打扰她，按理说，怀孕也不至于这样。"

我们就这样有一句没一句地聊着，脚下的路在重复和延伸，那种感觉就如同我们已经在这条路上走了很多年一样，一样熟悉，也一样陌生。

这个时候，碧河镇街头的路灯突然全部亮了起来。陈星光停住了脚步，我只能站住了，转身看着他，看着他的眼。我突然心跳加快，我怕他向我说出什么话，又期待他能说那句话，但他只是说：

"我们一起去参加美人城的'密室挑战'游戏吧。"

突然之间，我觉得此情此景连同这句话，我似乎已经听过无数遍。仿佛有无数次，我们就看着这路灯突然全部亮起，然后宣布要一起去参加某个挑战。

陈星光说很久以前，他曾经爬到一棵树上，看着我一本正经敲着布鼓从树下经过，那是庆典游行的队伍。我很努力地回想，都不记得我敲过布鼓，也不记得有一个树上的男孩在看着我。

"我穿什么衣服？那时很傻吧？"

"白色的上衣，蓝色的短裙，那时候女生的校服都是这样的。"

他说到白色的上衣，我有点走神，我想起刚刚白色的吊带裙被水打湿，还有孙得看向我胸部那无比恶心的眼神。我在最应该从回忆中获得温暖的时候，却突然掉入现实寒冷的冰窖里。我望着陈星光，突然一把抱住他，我想在他怀里呜呜大哭，但只是小声啜泣了两声。他显然并不是可以改变我生活轨迹的那个人，他无力让我脱离各种流言蜚语。碧河镇的人都在说，关立夏和孙敏二女共侍一夫，但我又有什么办法呢？孙得已经反复警告我，离开他家，我的安全甚至都得不到保障。我得帮他干活抵债，他暗示我，如果不听话，他会让我去卖梦。在我看来，卖梦比卖身还可怕。梦里有我太多的秘密，我不允许自己毫不保留全部摊开被人践踏。我无数次在梦里渴望陈星光突然变成那个可以脚踩七色彩云来娶我的盖世英雄，但是没有，陈星光永远那么可恶，永远那么被动，永远不让人知道他在想什么。难道需要我直接对他喊"快来拯救我"？似乎他也做不了什么。即使此时此刻我抱着他哭泣，他竟然也可以说出这样的话：

"难过的时候就想想无垠的宇宙，想想星辰的微光，我们每个人都如一粒尘埃活在这个世间，真的没什么大不了的。"

抱着我的时候他心里却想着星辰和宇宙！

我挣脱他的怀抱："你可真会哄女人！"

他感受到我话中的凉意，他说："对不起，立夏，我上辈子大概是个吃素的。"听到他突然叫我的名字，我的心又软了下来，软得像一块膏药，可以随时贴到他的身上。我毕竟是个女人，我需要别人来疼我。

我们继续往前走，街角出现了一间清吧，从玻璃窗里可以看到里面有一个女歌手正抱着吉他在唱歌。我们走进去，要了几瓶啤酒，默默对坐着，也不知道该说些什么。墙上那台破旧的风扇下面，一只蜘蛛正在结网。

女歌手唱了一首歌，又唱了两首，终于累了，音乐停下来，四周嘈杂的人声才变得清晰。他把手中的玻璃杯往桌子上一推，像个战士一样站起来说：

"不喝了，我们找个地方做爱吧。"

第三章

1. 钟小界：头也不回地走掉了

这场机器人战争持续了好多年，几乎摧毁了整个人类世界。一切似乎在我们的意料之中，又来得太快，几乎没有任何准备，一切就都失控了。我的儿子陈星空还只是十七岁半的小孩，他来找我，要我把他的头割下来放进安乐桶中，再给他匹配智能躯体，他要保护人类，他要上场杀敌，他要去救他哥陈达瓦。我没有同意，他才十七岁半，压根就不知道什么才是这个世界的真相。那时候我和他坐在餐桌前吃饭，当我说不行的时候，他脸上浮现出诡异的神色，然后很快就变成愤怒。他一把掀翻了桌子，桌上的盘碗和酒杯碎了一地，玻璃碎渣在地面跳动如乱码的屏幕。他盯着我看，胸腔因为猛烈的呼吸而起伏着，我正想说些什么，他没有给我说话的机会，开了门，头也不回地走掉了。

在20A6年之前，人类都没有找到能完美替代人脑的工具，无论是记忆芯片还是人工大脑，都不具备长期保持人性的可能。在很长一段时间里，安乐桶和美梦罐的组合成为人工智能发展史上比较完美的选择。安乐桶的诞生是人类追求永生的结果，毕竟保存整个身体成本太高，效果也不理想。但人类大脑作为人生记忆和分析处理中心，如果能被长期保存下来，则相当于永生。安乐桶就是基于这样的原理制造的，它完全模拟了人类大脑在人体内的各种环境，包括用营养液进行供血、接受和反馈神经指令、输入梦境以保证大脑活跃度等。在使用过程中，安乐桶的系统已经进行了七次升级换代，能和储存梦境的美梦罐达成完美互动。

美人城项目是以东州祖家为代表的十三个家族财团

共同成立的，这些有钱人很快就在用钱换命这个思路上达成共识。在最初的设想中，安乐桶只是作为人工智能开发的一个备用思路，并没有得到足够的重视。在美人城密室中保存着许多人头，如果你想象自己被一群人头围绕着，其实也挺恐怖。这些人头被保存在零下一百九十六摄氏度的液态氮溶液中，很长时间里，许多人，包括我，都觉得这只是一个忽悠富人的骗局，认为美人城虽然已经掌握了瞬间解冻技术，这些人头不再可能被激活，美人城密室就是他们的坟墓。直到美人城项目研制出脑体智能芯片，我们才看到希望。这种芯片解决了人脑与智能躯体完美匹配连接的难题，同时也将人类世界划分成三个群体：纯人类、机器人和后人类。后人类的身体一般是由封装在安乐桶中的人类大脑以及与之匹配的智能躯体构成，在机器人战争结束以后，后人类的智能躯体外观也产生了巨大的变化，出现了很多拟物的身体。只要安装在肚子里的安乐桶没有损坏，他们就可以随时更换智能躯体。比如有的人愿意自己变成一只大甲虫，有的人则让自己变成一动不动的桌子或石头，他们享受这种孤独。当然，大部分有钱的后人类都会让自己变得更快、更高、更强。

我当初也有一个疑惑，跟其他人一样在不断猜测：为什么这样一个具有世界影响的大财团，要将科研机构设在一个经济特区旁边不起眼的村子里？最终我认为，比较接近真相的答案大概有两个：一是出于某种军事目的，需要将科研机构藏身于此；二是因为当地有其他地方所没有的特殊资源，据说是一种黑色的特殊物质，我从来没有见过，但在不多的讨论中，高层给这种物质取了代号"黑姜"，可以想象为像姜一样在地下生长的东西。有时候为了更隐秘的需要，讨论过程中有了另一个绰号叫"姜子牙"。

如果说这一切是个伟大的开端，那么在最初的起点上站着的那个人，就是祖先生。我二十四岁那年，我姨铁吉祥第一次带我去见祖先生。我清楚地记得那一天正下着小雨，祖先生就站在落地窗前，告诉我前些天他刚经历了人生的第一次绑架，九死一生回到这里，现在看这个世界，连细密的雨水都让人觉得无比美好。

祖先生的办公室并不大，书桌前后的墙上各挂着一幅书法：椅子背后那幅写着"以梦为马"四个大字，书桌正对着的墙上挂的那幅比较大，用正楷端端正正录了张若虚的《春江花月夜》。书桌上并排摆放着两台电脑，除了电脑屏幕前方的桌面是空着的，桌面其他位置都堆满了各种书籍和资料，围绕着书桌的地面上也堆满了书，看起来不像一个大财团老总的办公室，能在这样杂乱的环境中埋头工作，大概只能让人联想起一个特别固执又不修边幅的大学教授。后来我才知道，这个猜测也没错，祖先生确实到美国的大学里讲过课，他的许多好朋友也是美国高校的教授。他将我安排进美人城项目里，项目团队有一半都是外国人，这倒令我感到非常意外。我加入团队之后才明白自己其实是接受了一个巨大的挑战，整个团队都非常优秀，我每天都处于高压之下。虽然团队的前辈都经常夸我创造了奇迹，但是我知道自己距离祖先生期待的未来图景还很远。

　　一年之后，我们团队取得了重大突破，理论上能让安乐桶中的人脑通过设定的梦境实现有效的交流。祖先生高兴坏了，他用很老土的方式来庆祝这一个激动人心的时刻——除了奖金，他给我们团队的每个人都亲笔写了贺卡。我打开我的贺卡，上面的那句话，居然是来自希特勒所著《我的奋斗》这本书里的："想要违抗自然铁律的人，也就是违抗了那些他应该感谢、让他得以为人的原则。与自然对抗，只会带来人类自己的毁灭。"

我把这句话反复念了几遍，都不知道祖先生所要表达的意思，是说我们做的事是否属于自然铁律的一部分，按理说，他这个时刻应该是鼓励我们的，那么这句话里面所说的"自然"，则理当包括了我们具有跨越性的研究。

团队取得成功之后，我们才知道其实公司里存在二十多个跟我们类似的科技团队。因为这一阶段的研究被我们抢了先机，他们都被解散重组，很多人分流并入我们的团队，让我们团队成为一个部门，叫"造梦师工作室"，而我也被晋升为"二级造梦师"。我还蛮喜欢造梦师这个称呼的，听起来挺不错。我们这支造梦师队伍陆续搬入美人城刚装修好的办公室，厚重的水泥墙传达给每个人一个信息，我们正在干一番大事业，其伟大程度可以类比长城。因为新成员的加入，我的工作压力就更大了。我这样一个女人，活在一群优秀且自我（甚至可以说是极度自私）的男人中间，我知道，如果不努力，则随时面临被淘汰的危险。职业上的焦虑让我每天都需要咖啡提神，在我频频出入公司的茶室去倒咖啡时，一个男人常常默默注视着我，他似乎算准了我每次去倒咖啡的时间，总会在茶室里与我不期而遇。慢慢混熟，嗯，应该说是慢慢被迫混熟之后，我才知道他是人造子宫项目的研究员，叫陈临。陈临还比较幽默，他说他在研究生，我们是在研究死；他在研究婴儿，我们在研究死人头。但我更正他说，我们研究的是永生。但他还是很固执，认为我们的研究带有骗局成分，是祖先生以研究为幌子，在骗富人家的钱。我对他说，只要对研究有利，能够提供技术和经费支持，他拿这个赚钱我也不反对。虽然观点不同，但他说话直来直往这一点，还是比较对我胃口的。

　　随着部门竞争的白热化，我开始意识到我需要一颗属于自己的人头来悄悄进行研究，而就在这个时候，我的弟弟陈星光发来信息，告诉我父亲病危的消息。午后，整个公司的人都趴在桌子上午睡，只有我在茶室里发呆。陈临来了，他似乎总是知道如何找到我。当然，我不在座位上，大概就是厕所和茶室，也没有其他地方可去。陈临问我抽不抽烟，我说不抽。他说可以来一根，他把烟递过来，我就接住了。他帮我点烟，手有点抖，他解释说这只手上的神经受过伤，之后就这样了，总是抖，好不了。

　　我跟他说，我想去取父亲的人头来做研究。他把烟雾从鼻孔里呼出来，说："那你觉得你父亲会不会答应？"

"不知道，但我想，应该会，如果他知道我还活着。"

他大概在我眼中看到了犹豫，他在帮助我决策："这事会不会伤害谁？"

我想了一会儿，觉得应该也没有受到伤害的人，需要被割头的是我父亲，但他病危，总是要死的，而我反倒有希望让他不死："没有伤害谁，当然公司里有规定不能用家属的人脑做研究，但我不说，也没人知道，他在法律上并不是我父亲。"

"这事对你的研究有没有很好的帮助？"

"当然。"

"那你还犹豫什么？关键时刻，就应该勇往直前。"

"那是因为要被割头的不是你的父亲！"

"我知道，但你内心其实有了答案了对吗？只是需要我给你一个确切的回应。"

他说得对，我内心早已经有答案，只是需要他帮助我去面对这个答案。当天下午，我就带着我自己的小团队出发，重新走进这个熟悉而陌生的村庄。我百感交集，想起了十多年前铁姨带我走进这个村子的情景。那些日子，她没日没夜都在招呼那些不知道从哪里钻出来的领导和亲戚。在被打瘸了腿之后，铁姨有一天突然把我叫出来，专门将我带到碧河边，她说她的腿瘸了，走不快，但还是能走，万一哪天被打死了，一些事就会埋进泥土里，所以要趁活着的时候，多跟我聊聊过去。她知道我不喜欢水，她在河堤上停下脚步，指着不远处的一处河滩对我说：

"当年就是在那边将你捡起来的，但救你的人不是我，而是一个叫麻阿婆的接生婆，现在已经去世了。她尾随着你父亲来到河边，将你从水里捞出来，抱到我的渔船上来，她让我撑船快走，碧河桥头找医生。那个时候你已经奄奄一息，双目紧闭，我们都以为活不了。没想到我们在船屋里把你捂热，你竟然睁开眼睛哭出声来。"

铁姨说，告诉你这些，并不是想让你去怪罪谁，而是要你感谢天地，感激这一切，做点有用的事。"至于你与陈家，毕竟骨肉相连，割舍不清，你就顺其自然吧，即使心中无爱，也不可有恨。"她十分认真地说这句话，说完就停住了，看着我，似乎等待我的确认。我点了点头，她才给了我一个笑容。她带我去给麻阿婆上坟。铁姨用镰刀清理了坟头的杂草，坟前顿时显得凄清。我们插了香，烧了纸钱，铁姨说我们陪麻阿婆坐会儿吧，不着急走，麻阿婆活着的时候吃饭特别慢，况且今天我们带来了她最爱吃的鹅头。我们在那里安静地坐了一会儿，几只珠颈斑鸠在不远处的树枝上筑巢，鸟巢简陋，但它们依然忙忙碌碌，似乎在干一件大事。铁姨望着远处的香蕉林，也就是现在的美人城，她说以前这个村子里女婴多数都遭了毒手，溺婴是司空见惯的事，作为女人，活在一群男人中间，一定要让自己变得更聪明，不要人家一夸你美，你就昏了头。她伸出手去，指着那片香蕉林，说：

"这个地方还没有变成香蕉林之前，是一片荒地，地下有许多洞穴，就在其中的一个洞穴里，有个男人夸我是美人，这一声夸赞几乎毁了我一生，所以我要在这里建一座美人城，让他们知道美人的厉害！"

这就是美人城。当然，如大家所知的那样，铁姨的美人城项目以失败告终，只留下一个废墟。她破产之后蜗居在香港一间小公寓，不许任何人再联系她，包括我。美人城没有成为震慑男权的城堡，在峰回路转之后，却背负了人类永生的梦想。而我，陈大康的女儿，当年被他遗弃的女婴，却要去取他首级，要将他的人头取下来带进美人城，所有人都以为我要让自己的父亲进入永生之梦，只有我知道，我的父亲陈大康要面对怎样的黑暗。

2. 陈星光：第101号游戏档案

这是我第一次走进美人城世界。

我和关立夏来到美人城，便被穿得跟医生一样洁白的工作人员分别带进了小房间。房间四壁都是水泥墙，质感粗糙，连一扇窗户都没有。房间中央放着一把黑皮椅子，椅背很高，从椅背后面伸出一只机械臂，撑着一顶帽子。椅子和帽子的组合很容易让人想起电刑，仿佛坐上去戴上帽子，电流就会击穿我的脑瓜。那顶帽子看起来很滑稽，应该是将眼睛和耳朵在内的整个头部都包裹起来，只留口鼻透气。白衣天使工作人员看起来很忙碌，从他的语速来看，后面应该还有其他人在等着。他传达给我一个信息，单独房间的算是贵宾了，外面还有游戏大厅，很多参赛者就直接在大厅的椅子上加载游戏。但是这只留口鼻的帽子戴上去，手脚也固定起来，我不知道大厅与单间还能有什么区别。白衣天使似乎看到我眼中的疑惑，耐心解释说：

"单间游戏室能有效排除干扰，您大喊大叫也不会干扰到别人，再说这里面空气要比大厅更好，空调温度适宜，出现医学事故也会第一时间得到援助。"

他边说边微笑着递给我一沓文件，要我在指定的九个位置签名。他解释说这些都属于例行公事，主要是一些免责声明，以及需要获取我个人记忆和梦境的使用权。

"为什么要读取我的记忆和梦境？"

白衣天使一笑，说："看来您是新手，进入游戏之前，您会有短暂睡眠来提取记忆和梦境。进了游戏您就会明白，我们整个游戏都由梦境组成，而这些梦境，都是基于您个人的记忆进行开发的。在游戏中，您和您的队友一旦成功会合，你们的梦境就会交融在一起，从而进入正式挑战模式。在挑战模式开始之前，您只要保证自己别被暗算就好了。如果想紧急退出游戏，请用双手拇指同时按两次按钮，游戏就会中断并退出，但一般人都不会中途退出的，这是非常高级的沉浸式游戏，您要区别好它与现实之间还是有巨大的不同，别真的完全沉浸进去了。"

他的解释很详细，戴上头套，我点了点头表示感谢，眼睛盯着扶手上两个红色的按钮，想起进来之前关立夏就告诉我，这扶手上的按钮比较重要，万一不行千万得逃出来，不要被怪兽吃了。她说游戏非常逼真，我会感觉到整个身体被野兽的牙齿撕开和咀嚼的痛感，有如炼狱。

白衣天使帮我，也就是戴上那顶奇怪的帽子，椅子便开始升高，我整个人非常舒服地斜卧在上面，手脚虽然做了固定，但没有锁死，完全能够自由摆动。我做了一个打拳的动作，旁边的白衣天使就说：

"不用太激烈地运动，一切只要用意念就可以，躯体动作只是起到辅助作用。陈先生，那您好好享受美人城之旅吧。"

他话刚说完，我就听到不远处传来古筝的声音，是一首悠扬的音乐，似乎在哪里听过。我慢慢陷入睡眠，醒来时，古筝的旋律就慢慢被火车的声音所取代。一列火车出现在我的视野里，然后我在火车的座位上看到我自己，眨一眨眼，我进入我自己的视角，我能看到我自己手里握着笔，面前铺着信纸，仿佛刚刚在写信，写了一半打瞌睡，这时才醒来。

信纸上只写了一行字，字迹也确实是我自己的："叫你肖淼，或者叫你淼儿，已经不重要了。说一声见字如面，仿佛也已经没有意义。"

哦，我是在给肖淼写信。

哦，思路慢慢顺畅了。

我在去栖霞山的路上，火车擒住轨，一切向前行。但碧河地区什么时候变得这么大了，需要一列火车从平原上呼啸而过？我第一次坐这种双层的火车，它驮着我行进，车上各色人等，陌生如田野间的花草。火车穿过月眉谷，面包树在柔和的阳光里映照出诡异的身影。

刚才上车的时候，乘务员吆喝着让我们排队，那感觉就如同纳粹赶着犹太人上火车去做化学实验，幸而他手里没枪，所以人群在列车停下的时候得以大乱，吵嚷着挤向了车门。我是在最后的一秒钟上车的，座位对面没有美女，只有死死抱住行李的大婶，以及一个疲倦的中年男人。他染了红头发，上车后一直趴在那里睡觉。

五十分钟以后，火车经过一个小站，看不到站名。这里刚下过一场大雨，铁轨上的锈迹重新活了过来，该黑的黑，该黄的黄，仿佛黑暗也可以干净起来。站台上有两个撑着红伞的人在走，他们的步调很昂扬，但和我没有一丝关系。我跟我二叔陈大同开玩笑说想去栖霞山找尼姑，但其实那一片时空对我来说依然是一个谜，就如死亡对我来说是另一个谜一样。

在这里，我的二叔陈大同并没有疯掉，他竟然是个老好人，本来我不应该骗他的。早上他帮我收拾行李，将叠好的衣服装进我的背包，和往常一样，他还在我的背包里装上了三个梨。他说梨可以降火，在外旅行的人是很容易上火的。他还猜测我是出去约会了，约女朋友出去旅行，所以多给了我一些钱。我本来想告诉他，我看你跑不了那么远，但看到他的笑容，我真不好意思拒绝他。

火车上本来很安静，除了必要的嘈杂之外，没有其他的声音。其间来了推车卖零食的，来了一个推销西藏牛骨雕饰的，还有一个推销耐脏毛巾的，他拿着毛巾在地板上搓洗半天，然后放到脸盆里洗干净。我对他们的每一个人都保持了必要的警觉，但又觉得他们都是非常善良的人。

"肖淼，我不知道我现在对你说话的时候，你会游荡到什么地方。我只想重温一下我们的过去，那些老掉牙的回忆。"我在信纸上继续写上几行字，就像我一直知道怎么写出一封信那样，我继续写着。记得那个无聊的午后，我行走在我们那所中学肮脏无比的后山小道上，然后我看到你，背着大红的书包，穿着淡绿色的塑身裤，在低处的另一条小道上走过，像一个音符行走在五线谱上，与我正隔着十几棵樟树的距离。然后，和许多电影里描述的那样，我尾随着你，隔着十几棵大树尾随着你，一直走到了教学楼下。知了的叫声响彻了整片小树林，但我眼中只有你，红绿的神奇搭配在你身上显得多么不俗。我并不知道有什么可以引起你的注意，我只有在教学楼转角的地方一拳打爆了一个信箱。已经没有多少人会写信了，信箱的存在实属多余，这个信箱已经很少有人去关注了，它孤零零地挂在那里，身上尽是尘灰。我一拳过去，它不堪一击，发出一声巨响，半透明塑料做成的信箱门就裂开了，碎了一地。我以为里面满满都是信，但其实只有两封，这两封信很不情愿掉到地上，我只能弯腰捡起了。

"陈星光，你浑蛋，你毁坏公物，我会向学生会举报你！"

我看到你走近，我心生欢喜，但没有说话。按照以往，按照你的性格，你应该直接过来踢我的下裆，然后像一头狮头鹅一样叫嚷。

"把信给我！信件是私人的东西，你不能随便偷看！"

"哼，你又不是老师，我怎么知道你不会将这两封信拿走偷看？"

"我可以交给关立夏啊，立夏是学校学生会的学习委员。"

这时我注意到你胸口的校章（好久没见过这物件）别针松动了，也不知道哪里来的勇气，我一把抓过你的校章，往操场的方向跑。每天进校都有学生干部在门口检查校章的佩戴，没有戴校章是会被扣分的，所以，不出所料，你背着书包追了过来……

我继续在信纸上写道："不过，肖淼，我觉得记忆里的你，仿佛是另一个你，我们真的经历过这样的事情吗？难道那是我们的初次相识，难道我们不是同桌？"

梦境似乎听到了我的抗议，关于肖淼的回忆，被轻轻缩了回去。

我的火车正在平原上疾驰，或者我是从外面很远的地方正在往美人城里来。那么，我的搭档关立夏，是不是从美人城里正在往外走，我们终究需要在一个中间点会合。

在这个偏远而安静的小镇，火车发出"况且况且"的声音，一次次地穿墙而过，给小镇留下一片痛苦呻吟之声。碧河镇并没有那么远，我在内心嘀咕说。火车上人声嘈杂，卖水果饮料的推着车子走来走去，而在车厢一个安静的角落里，一个戴眼镜的小伙子与一个胖子并肩坐着，一路上没有说话。你见过戴眼镜的斯文的小伙子吧？他们大概都高而瘦，所以这个小伙子也高而瘦。高而瘦的小伙子此时对未来满怀憧憬，因为踏上这列火车，他要到另一座城市去见一个在网络上认识了一年多，却从来没有谋面的女孩，按目前的情况来看，这个女孩很可能成为他的老婆。我暂时还不知道他叫什么名字，就叫他眼镜。而旁边的胖子靠窗而坐，一手拿着书，一手拿着一个水杯，一路上他一言不发，有时煞有介事地看书，有时非常认真地看桌子上的报纸。

眼看火车即将到站，胖子站起来，跟眼镜小伙子说了这个旅程唯一的一句话："让一下。"火车到站厕所就会关闭，胖子一定想赶在厕所关闭之前去尿尿。眼镜赶紧侧了一下身，让胖子提着包挤了过去。这时，眼镜乜斜一下眼睛，看到他十分小心地用报纸把那本书盖了起来。

这是什么书，还用盖起来？好奇驱使他伸手去揭开报纸，哦，《金瓶梅》（崇祯原本未删节版），纸质很低劣，显然是一本盗版书。眼镜瘦子犹豫了一下，还是将书拿起来。当然，在这样无聊而漫长的火车里，四周都是闹哄哄抽烟叫嚷的人群，如果是我，看到这样一本书，也想拿起来翻一翻的。眼镜确实也只是翻了一翻，便微微一笑，将书放了回去。刚放下书，他就发现似乎哪里不对：他忘记了刚才胖子的书是怎么放的。正放？反扣在桌面？还是打开？打开反扣？一会儿胖子上厕所回来，要是发现自己看了书——不管怎么说，随便翻看别人的东西，似乎不大礼貌。

就在这个时候，我发现紧张的人是我。我就是那个戴着眼镜的瘦子。为了避免不必要的尴尬，我只能把四种情况都摆弄了一遍，但感觉都不对。正当我想再次把书摆好时，过道上有人撞了我一下，我身子晃了一晃，这一晃把胖子的水壶碰倒了，水全倒在桌子上。这下完蛋了，我只得将打开的书反扣在桌子上，情急之下，我把报纸揉成一团，准备用来擦掉桌子上的水。

这时有人拍了拍我的肩膀，我回头一看，是一个女孩，她戴着造型十分夸张的耳环。女孩对我妩媚一笑，说："先生，能让一下吗？我取一下上面的包。"我只能站起来，站到过道上去。女孩弯腰脱了高跟鞋，弯腰的一瞬间，我透过她的领口看到了令人激动的半个乳房。女孩站到我的座位上，踮起脚尖，艰难地取下行李包。我急忙上去接应，慌乱中手又在女孩身上碰了碰，柔软光滑。但女孩似乎专注于取行李，似乎并未察觉。她扭着屁股向车门走去，我这才怅然若失地坐下，我回味了一下刚才的触感，心中又掠过一丝激动，身体下面隐秘的雨伞，此时悄然打开。

我不禁在信纸上写道："肖淼，我发现我也不像我自己了，就像记忆中的你也不像你一样。"

就在这时，火车停了。有几个穿西装的人上了车，直奔我的座位边上。他们站住了，看着胖子的座位。穿西装中一人掏出电话，压低声音说：

"我们上来了，人不在，是，情况不对……是，没错，书是打开反扣的，报纸揉成一团，对！没错，水壶里的水倒在桌子上，和暗号一致……没错，没看到人。好，撕票！"

我呆住了，似乎明白了什么，站起来，对那几个西装说："我想解释一下……刚才那书是我放的，水也是我不小心倒的……你们……"

一把刀抵住了我的后腰："跟我们出站，不然把你的肾挖下来。"

他们带着我下了火车，出了车站。这时我才突然意识到，我已经偏离了自己的故事线，但火车已经缓缓开动，在我身后越走越远了。

"你干的好事……你知道这笔生意多少钱吗……这么周密的计划全给你毁了……你现在成了别人游戏的一部分，只能把你送去做替死鬼……陈临，过来帮忙，把他送到网瘾中心给苏婉管教管教！"

我被塞进车尾厢，车开开停停，我动弹不得。车停了，我重新被拎出来，四周一片漆黑，我想呕吐，他们让我吐在花丛里，我吐完了，抬头看时，大门上左侧一盏射灯照着一块牌子，上面写着"科技沉迷成瘾治疗中心"。强烈的光线从大门里面射出来，我看到苏婉穿着皮裤和高跟鞋站在灯光里。我喊她，但她压根就听不见，也看不到。

"先把他的全部梦境提取了，然后找个地方处理掉。"

一张面孔近距离盯着我看，然后整个世界就模糊了，再次醒来是在一个废弃的仓库里，我被打得像个西红柿，面目全非。在我全身变得软绵绵的时候，穿西装那几个人把我捆成一个粽子，重新放进汽车尾厢。汽车开到一条无人的小巷，停了下来。我听到下水道的井盖被打开的声音，接着，我被拎出来，扔进下水道，井盖咣当一声盖上，四周安静了下来。虽然鼻子被打坏了，但我还是闻到臭味。突然，黑暗中，我感觉到有什么东西在我身上游走，是一只手！那只手在我身上摸索，没错，还有另一个人，下水道里有人！看不清他的脸，但他一手拿着明晃晃的刀，一手摸向我的小鸡鸡，正准备手起刀落……

　　我双手拇指同时按了两次按钮，退出游戏！摘下头罩，发现自己浑身是汗，我觉得自己分不清现实与虚幻，那些画面如此真实，仿佛是被遮蔽的记忆突然激活。我感到又累又沮丧，此刻应该走出门去透透气。我从椅子上溜下来，以为三步就走到门口，没想到我的身子晃了一下，双腿发软，扶着门框才站稳，耳边尽是火车撞击铁轨的阵阵轰鸣。

3. 关立夏：第101号游戏档案

　　美人城世界竟然由梦境构成，在这里，我成了追梦人。

　　"欢迎来到美人城世界！"一个温柔的声音在我耳边说了这么一句欢迎词，游戏开始了，我沉入了深深的黑暗之中。我高度怀疑这不是一款游戏，而是一个用来对付心理疾病的疗伤工具，它能敏感地知道我内心对于幽闭空间的拒绝。就比如工作人员带我走进这间牢房一样的水泥房间，我非常抗拒，但又不好明说，所以让他尽快给我签字，好让我快一些戴上头罩，进入游戏的世界里。终于，在婉转优美的琴声中，我发现自己置身于地底，在我童年曾被困其中的香蕉林密室之中。我只能告诉自己，这一切只是游戏，只要是游戏，就有终了的时刻；至少不会像现实那样，真有可能死在里面。在游戏里，我死三次也无妨，所以我可以大胆探索，根据我以前的记忆，总是可以爬出去的。我在大地的深处匍匐前进，模模糊糊中我仿佛看到有人，但我不想去看他们，所有奇怪的东西，我都将之视为心魔。我查过资料，做过攻略，这款游戏会因为你自己的意念，随机制造出各种故事线，让人深陷其中。然后我想，如果每一次登录游戏，都需要从地底的密室中挣脱出来，爬出地面，这无异于离开地狱，重生了一次，只要稍加练习，我想自己应该可以克服内心深处的恐惧吧。我佩服我内心的理性，顿时有了自信，觉得我应该是在游戏里夺冠的那个人，就如我还是个学生的时候，每次考试我都力争第一，而且往往能够如愿。

我继续匍匐着往前爬，潮湿的空气中有一股说不出难受的味道。我知道这个密室之中曾经关过疯子，也躲藏过逃犯，后来还听说陈大同就是在最底下的暗室之中将自己疯掉的儿子陈风来杀死了。我像一个在子宫之中努力蠕动的婴儿，拼尽全身寻找通往生命的出口。终于出口出现了，出口处有光，但当我往光芒处爬出去时，却发现白炽的光，那完全的光明，就等同于一片白茫茫的黑暗。在定睛细看时，才明白头顶是另外一个地洞的入口。

在我所在的地洞世界上方，是一个倒置的地下密室！

也就是说，我只是通过细小的空隙，从沙漏的这一头，爬进了沙漏的另一头。连接沙漏两端的部分，被无限的光芒所充满，站在两个地洞的出口，我成为一个睁着眼睛的瞎子，什么都看不清。

我索性坐下来，闭上眼睛，开始思考我在哪里错了。不远处传来窸窸窣窣的声音，我知道自己不能动念，如果想到蛇，说不定就来了一群蛇；想到老鼠，那绝对是一队老鼠。地洞里该有的动物，这款游戏一定都配备了。所以我应该往哪里走呢？我要的天空在哪里？中间是绝对的光明，两端是绝对的黑暗，我悬浮在没有重力的中间状态，慢慢落到地面上。在这个倒置的时空组合中，有什么是一致的呢？有谁能够告诉我呢？

这时候绝对的白光中出现一个人影，陈星光的轮廓在白光中，可以看到他的轮廓如此清晰，应该是一丝不挂。

难道我需要一个依靠的人吗？那个我曾经依靠的人跳楼死了，债务就如黑暗的密室将我困住。现在，陈星光，他还会爱我吗？还是他只是想跟我做爱？真的想做爱，我倒也无所谓，我又不是什么矜持的少女，我有信心能满足他，能让他感受到人世的温存和欢乐。

他真的在向我走来，他要来脱我的衣服吗？不，不需要他脱，我其实已经与他裸裎相对了。难道我们需要在游戏之中行云雨之事吗？或者这只是我内心的一个欲念，这些日子不断积压的性能量，需要在这一片白光之中得到释放。

陈星光在触摸我，触摸我的背部，我的背部好看吗？他的手轻轻抚摸着我的脊椎，似乎是在数数。陈星光也是个男人，男人走近我，然后终究要走进我，抵达我的子宫，用我的子宫去繁衍。对他们来说，子宫就是生命的永生之地。人类总是需要借助子宫，让看不见的生命之河一直流淌，生生不息。

而现在，我坐在两个倒扣的子宫中间，踏踏实实地贴在地面上，也只能无法动弹被困在这里。

地面！我屁股下面是地面，那我头顶为什么不是地面？重力是有方向的，在这两个相反的地下密室里，唯有重力并没有发生逆转。那就是它只是一个子宫，而如果我是一个胎儿，我应该是头朝下，在地底寻找出口！

我内心豁然开朗，我应该往回爬，退到刚才出发的地方，往地底去寻找出口。我的信心满满大概也成为我的心魔之一，我必须回头，才有出路。但就在这个时候，系统提示我，我的搭档陈星光已经离线！功亏一篑，我只能也按了按钮，退出游戏。

我离开房间，正要找陈星光理论去，却远远望见他坐在对面城楼的平台上十分悠然地喝着咖啡，眼睛呆呆地望着东侧墙壁上那幅巨大的凤凰壁画。壁画有些残破，尾巴上的羽毛掉落了，但凤凰的眼睛却依然明亮，俯瞰着大厅中的一切。我沿着边上走廊走过去，走廊的一侧是房间，另一边是落地玻璃，下面可以看到游戏大厅，大厅里高低胖瘦白人黑人男女老少各色人等都有，大厅每隔一段距离就站着一个保安，我留意到很多保安身上还有刺青，怕有不少是陈星河的作品。大厅的上空由钢材架构重新支撑起来，四周的墙壁有意将之前废墟时期的所有涂鸦保留了下来，出现了一种现代秩序和以往的无序悄然地交替，让人能在这样的空间中感受到时间的流逝。

我调整了一下呼吸，如果我这样一腔怒火找他吵架，按他的性格，估计会不玩了，转头走掉并宣布不再参加游戏。周围都是走来走去的年轻人，我们在这里算是年纪比较大的玩家了。他大概遇到什么困难了吧，不用说，就连我都险些脱离了故事线，在游戏里颠鸾倒凤起来。我突然意识到钟小界找了同事帮我们安排了游戏单间的原因——万一真的在游戏里失控，躺在椅子上快乐地呻吟，那还是独立的空间好一些，若是游戏大厅里叫床，则免不了面对工作人员尴尬的眼神。又一转念，如果不是参加游戏的挑战必须到美人城里来，在家里自备一套游戏工具，与梦中人云雨一番，洗个热水澡，这生活可以过得何等惬意。

我也要了一杯咖啡，坐在陈星光对面。在椅子上坐下之后，我才发现陈星光所选这张桌子的位置，正是当年我姐关立春上吊自杀的地方，现在这个城楼装修了一番，成了一家咖啡馆。沧海桑田，我们依然是被困在时间里，困在往事的密室之中。

陈星光看到我，笑着说了一声对不起。我也笑了，刚才满腔的怒火一瞬间都消失了。我说，这算是"渡尽劫波兄弟在，相逢一笑泯恩仇"吧。他简单说了在游戏中被人绑架扔到下水道里的事，像在陈述一个噩梦。幸好，他不在我的游戏里，地下密室中抚摸我背部的那个人只是一个幻象，并不是他。

"太恐怖了，"他摇摇头说，"到现在我还感觉有一双看不见的手在我身上摸来摸去！"

我笑他看到美女的半个乳房就神魂颠倒，偏离了故事线都不知道。他辩解说自己本来还在火车上写信，不知道怎么就跳到了一个戴眼镜瘦子的故事线上，那会儿取行李的女孩还没有出现。他还说，他刚才一直在想，为什么会是一列火车，难道火车象征了进击的阳具，要洞穿什么。他将一个玩笑说得如此一本正经，我只能端起杯子喝咖啡，心里想，也许我们在某一刻共享了欲望和恐惧，你进入了幽闭的地下道，而我走进了你的春梦。

他还没完没了："铁轨随着地面蜿蜒起伏，或者是一个摇曳着尾巴向前游动的精子！"

"我们不讨论生理问题，主要是你得想办法来到美人城来跟我会合，只有在其他队伍到达之前来到会合地点，我们才能抢得先机。你要控制自己的意念，意念是这个游戏的核心，杂念越多，故事的支线也就越多，埋藏在记忆深处的恐惧也就会不断被激发，直到把你给灭了为止。"

"我得消化一下，刚从下水道逃出来，我可不想再回去；万一回不到火车上，直接掉下水道里，手脚都给捆住，我可不想落下个死无全尸的结局。"

"这么快就认尿了？"

"还真被你说中了，我就是一把两条腿的塑料椅子，注定是磨炼不出包浆的。刚才你没来之前，我坐在这里一直在想，我是一个不配被爱的人，内心的荒芜只是理所当然；每一次我都想逃到另一条路上去，就像刚才，我忽然觉得自己的某些记忆似乎被遮盖，也许这确实不是一个游戏，游戏中的我是另一个时空中的另一个自己，唯一不变的是空虚，空虚是我永恒的主题，即使我每次都故意将自己摆放在追寻意义的路上。"

"陈教授你这是在背电影台词吗？"

陈星光有点尴尬地笑了笑，他大概意识到刚才的话太过于文绉绉了，于是说："也不是背台词，我是说这个游戏本来还不错，就是背景音乐不知道是什么破音乐，单曲循环，无论什么场面都来这一首，把人的心都搞乱了。"

"人不行，别怪音乐，这首名曲可是《夕阳箫鼓》啊，中国十大古曲之一，你这都没听出来？"

他又说了这背景音乐如何不合时宜出现，连他在下水道险些被切掉鸡鸡，这么惊险，还是依然来那么离愁别绪的音乐，真是要命，仿佛真的要跟小鸡鸡说再见了。不过这一通胡扯，也算是拯救了刚才的尴尬，让聊天的氛围重新活过来。

"还是让我来帮你分析一下你的诗与远方吧。"我帮他梳理了整个火车从出发到后来的所有人物，告诉他每一个人物都有潜在的危险。

这家伙频频点头称是，自以为完全掌握了要领，这次可以放心上阵。于是我们分头行动，回到房间里重新登录游戏，结果这一回，他的火车倒是来了，但是火车门打开，他一边向我跑来，一边挥着手对我喊："快跑！赶紧逃命啊！"原来他载了满满一车厢的毒蛇来到美人城，那些蛇正在他背后穷追不舍。

4. 钟小界：美人城是唯一的主角

那是某一个星期四的下午，我父亲陈大康躺在床上，并没有像我想象中那样奄奄一息。我在他眼前出现，能明显感受到他似乎一直在等待我的到来，这种等待让他眼中闪过一丝明亮的光彩，仿佛阴霾天气里忽然穿透云层的阳光。当年遭他遗弃的女婴如今就站在他眼前，他又难过又惊喜。当他知道我要来割走他的头颅时，他开始并不能理解这是什么法术，却依然对我的行为表现出信任。他示意我俯身过去，有重要的话要对我说。我附耳过去，他的话却让我有点失望：

"星河和星光都靠不住，闺女，你要给陈家生一个儿子。"

他见我没有点头，也没有摇头，又强调说这是一个愿望，而不是要求或条件。我凝视着他的眼睛，看到一个国王的孤独和可怜。基因编码中关于繁衍的力量在他临死的时候还在发挥作用，让他最后的话依然在表达基因复制的某种简单需求。我不能说此时在他眼前，就站着一个子宫，但他确实像抓住最后的救命稻草一样，握住了我的手，希望我能点头。但我依旧保持沉默，他轻轻叹了一口气，慢慢松开我的手。

直到将他的头装进了安乐桶，我发现自己的手在发抖，这时我才有一点后悔。我应该给他一个善意的谎言，毕竟我已经把他骗进了一只不锈钢桶里，他需要面对的是莫测的黑暗，那无异于一种刑罚。村里所有人都以为我是一个孝顺的救星，脚踩风火轮，前来延续生父的寿命，让他成为一个长生不死的人。只有我知道自己做了一件多么龌龊的事。我应该让父亲陈大康跟所有的祖先一样长眠在栖霞山里，而不应该将他的灵魂封存在这如同冰窖的低温之中。

当陈临带我去参观他们科室的人造子宫项目，我突然感觉到那才是永生的事业，并不由自主地想起我去割掉父亲头颅的那个下午。在美人城里，追求我的人不在少数，而陈临毕竟姓陈。我在厕所看着镜子里的自己时不禁想，他姓陈，他的孩子也就跟着姓陈。反正也不知道谁定下的规矩，孩子都是跟着父亲姓的，我暂时也没有力气去改变这个事实。总之，陈临他姓陈，这是一个加分项。

从厕所里出来，陈临还是微笑着站在那儿等我。他询问我是否适应，我说什么适应。他说看到那么多人造子宫，我怕你不适应。我说，当你每天被一百个人头围着的时候，你就会觉得这些人造子宫就跟气球一样可爱，而且这些气球还挂在树上，简直就是人参果。

我说我很羡慕他的工作环境，显得很有爱心。他们科室将营养液循环系统设计成一棵树的形状，称之为生命之树，立在大厅中央，然后将半透明的球体挂满了整棵树，在蓝色灯光的照射下，真的挺梦幻的。陈临说，以后开始了全新的生产线，就不会这么浪漫，应该还是这些水晶球一样的人造子宫，但是是用传送带和不同温度的箱体进行转化，那会冷冰冰的，没有什么美感。我说只要是这些美丽的水晶球，只要每一个水晶球里都有一个生命，即使像工厂流水线那样的传送带，也一点都不会妨碍其中蕴含着的浪漫。

陈临说："你居然能在这么冰冷的地方看到浪漫，整个美人城估计只有你和祖先生会这么想。我还记得当年我来面试的时候他就跟我说，要把设计图里面冷冰冰的东西当成一个有温度的生命。对于祖先生来说，美人城才是唯一的主角。这也是他带给我们团队信心的重要原因。"

我们边聊边走，他指着旁边的一扇门，说那是他的宿舍。我们在美人城里都有单间宿舍，生活工作都在这里面完成，大部分人都很宅，忙起来没日没夜，更没有时间外出。我说打开门，我要检查宿舍。似乎这句话让我变得危险，他愣了一下，重新问了一遍确定我真的要进去，才开了门，开了灯，然后看着我。我笑着说：

"没有想把你怎么样，别紧张！只是想了解一个人，最好还是看看他住的地方。"

"那你为什么要了解我？"他有点狡黠地笑了。

这回轮到我有点窘迫了，是啊，为什么要了解他！

"你不知道，我小时候生活的环境很差，大人们怕我们交错朋友，认识了坏人，都会询问我，那些跟我一起玩的小伙伴有没有叠被子，讲不讲究卫生，所以养成了交朋友先检查别人宿舍的好习惯。再说了，你们这么有希望的科室，万一我将来跳槽到你们这边来呢，还是有这种可能，提前侦察一下住宿环境也好。"

"我们相对你们这些研究人工智能的，就是个小部门，才招呼不了你这位大神。"

陈临露出他那个经典的微笑，这让我觉得我的回答算是扭转了局势，就是有点啰唆。我每次都这样，说过的话必须等到缓过神来才感到懊悔，觉得刚才正确的回答应该是："别废话，把门打开！"

"比较乱，别介意。"他客套了一句。窗明几净，还有盆栽，其实这里比许多男生的宿舍，已经算是非常整洁的了。他卧室里东西很少，倒是床头挂着一幅画吸引了我，上面画了一条有点类似斑点狗的动物，鼻子很长。我问他画的是啥，他说：

"有一回在碧河镇，经过一个刺青店，店主在画画，我在旁边看了一会儿，觉得画得不错，就买了，也不贵。店主说画的据说是食梦貘，一种日本传说中会吃掉噩梦的怪兽。"

他说的可能是陈星河，也可能不是，我没有追问，而只是淡淡说："看来我还是不该进来，我是造梦师，你这里住着食梦貘，这可不是闹着玩的。"

那天夜里，那头食梦貘居然真的跑到我的梦里来。这么多年，我一直做着一个落水窒息的梦，在梦中我努力挣扎，但浮动着气泡的水还是把我淹没。我害怕做这个噩梦，我害怕水，我在梦里一遍遍告诉自己水都是假的。每次醒来，我都无比贪婪地呼吸。我还是第一次梦见动物，而且还是这么神奇的动物。食梦貘浑身冒着青烟，我走近时，烟雾就更浓了。它盯着我看，眼神有点哀伤，仿佛它的身体，包括冉冉升起的青烟都不属于它，只有那双眼睛才是它。或者说只有这样的眼神才是食梦貘，双眼足矣，身体的其他部分都不是很重要。食梦貘站在水面上，用它长长的鼻子去碰了碰水面，一道涟漪就这样荡漾开了。

经过那个梦之后，我必须承认内心似有所动，但我并不知道陈临看中的不是我，而是我的卵子。我还以为春天来了，我心中的乐章渐次响起，就像有一次我站在街上，看到路灯从远方亮起来，一路亮到我的身边。然而那天中午，陈临递给我一杯咖啡之后，跟我谈起了我的父亲。我说他还在冷冻着，我不敢贸然将他激活，现在瞬间解冻技术还不成熟，我可不想拿自己的父亲冒险。"我怕父亲问我有小孩了没有，我可不知道如何面对。"陈临问我什么小孩，我将陈大康的遗愿说了一遍。他居然站起来说可以帮我，我的脸顿时红了。我好久都没有脸红了。陈临却挥手说："不不不，我不是那个意思，我是说，我早就想找机会跟你提这事，我希望能拿到你的卵子，我们的人造子宫项目进入攻坚阶段，你也知道，这个项目若是能成功，全世界得有多少女性可以免受怀孕分娩之苦……"

"万一女人就愿意自己怀孕，自己把孩子生下来呢？"

我站起来，将咖啡杯重重放在桌子上，看都不看他一眼，就走掉了。我很生气，而且丝毫不掩盖我的怒火，我要让他知道我很生气。他并没有追上来，也没有再说什么，接下来半个月，那种伸出去又缩回来的沉默让人难受，我开始反思是不是我自己有点过火了。

一天午后，我从负十四层到平楼层取美梦罐样品，出了电梯，经过一个走廊，发现有两个比我年轻的女人倚在二楼的窗口窃窃私语，她们的眼光越过种在窗外的三角梅，望向游泳池那边，在讨论一个男人的腹肌。游泳池向来是我的禁区，我从这里走过时完全没有兴趣扭头去看这么一个水池。但这一次出于好奇，我看了一眼，一个熟悉的人出现在眼底：陈临只穿着一条沙滩裤，躺在泳池边的椅子上睡大觉，跟他认识这么久，我第一次看到他的身体，肌肉结实，粗壮有力，看上去像一盘青菜。熟睡中，他并没有发现有贪婪的眼睛正在看着自己。对此我不能视而不见，我走过去，对那两个女孩怒目而视。

她们搞不清楚情况，上下打量着我，我再往前跨出一步，她们见我手握拳头，一个拉着另一个就走了，走了一段回过头来骂我："神经病！"

整个世界有点乱了，我意识到自己应该好好跟陈临谈谈了。

他说："我如果先跟你恋爱，甚至结婚，然后再跟你索要卵子，那样看起来好像非常正常，我成了你的丈夫，丈夫要几颗卵子又有什么要紧呢？但我不希望是那样的，我希望工作和生活能分开，甚至希望感情能和所谓的婚姻分开。"

他说："你就当是送你父亲一份礼物。或者，送给我一份礼物。"

他的理由很蹩脚，根本就说服不了我。让我答应给他卵子的理由很简单：彻底解冻人头已经被提上了日程，有可能很快就可以实现（实际上拖了好几年），而我不知道面对我父亲那颗活着的人头时，要怎么回答他的质问。

一年之后陈星空作为一份礼物来到这个世界上，但我那时并不知道，刚好相反，陈星空成为陈临送给我的一份礼物。在陈临惨死之后，陈星空就是我的全部。在陈星空七岁那年，我忍痛将他送到我母亲家。祖先生的失踪让美人城陷入深深的危机之中，我预感自己随时可能丧命。这个时候，我想到了老陈家。这些年虽然近在咫尺，但我不愿意回家，我母亲总认为她欠我一个童年，但我欠她一个孙子。如今，我把星空交给她，看到她感激的泪水，我终于觉得自己所做的一切都值得。

5. 陈星光：第2364号游戏档案

这是我第一次走进美人城世界。

我告诉关立夏，现在已经是20A6年，但她不信。

我在火车上写信，游戏的音乐依然是《夕阳箫鼓》。信纸铺开，窗外是碧绿的稻田，我在信纸上写上："即使被关在果壳之中，我仍自以为是无限宇宙之王。"这是莎士比亚的句子，但我的落款却写上20A6年5月。我试着画掉日期重新写一遍，依旧是20A6年。我就不敢再乱划了，我怕自己又把蛇招来。我心中出现了对蛇的恐惧，火车窗外的大树上已经出现了蛇。就在眨眼之间，体形巨大的蟒蛇已盘踞在光秃秃的大树上，向我吐着长长的信子。我闭上眼睛，赶紧控制我的意念，不敢再胡思乱想。没有头的陈风来向我走来，嘴里咬着老鼠的卢寡妇向我走来，我都依靠坚强的意念将他们逐一从眼前删掉。我睁开眼睛时，窗外几台推土机和挖掘机正在合力铲除那些盘满蟒蛇的老树。我将莎士比亚的那句话念了一遍：

"即使被关在果壳之中，我仍自以为是无限宇宙之王。"

果壳之中，宇宙之王！

就这样，这个世界正在变得正确起来。在元宇宙，我的列车，在美人城站稳稳停住。车门打开，我走上了站台，回头看到车玻璃上我的影子，才发现我背后不知何时插着一把长剑，而关立夏正在站台那头，迎接我这个宇宙之王。

她的背后也插着一把长剑，这让她看起来有点滑稽，像戏台上押往刑场的犯人。她对我笑，她笑起来让人忘记她在现实生活中的贫穷。她说她的生命会提前结束，而我必须负重前行。我说你怎么说出这么严肃的话，什么意思？她说，我刚才没说话呀，是你自己的脑袋里在虚构我的话。她又说：

"你脑袋里总是装满了怪东西。"

我们离开站台，一起前往美人城。美人城像一只蹲坐在大地上的巨兽，在一片白茫茫的雾气之中若隐若现。我们走到距离美人城还有几百米的地方，停了下来，我拉着她躲在一棵樱花树下，我将手中的长剑插在樱花树下的泥土里，坐在一块石头上。关立夏也把她的剑插在泥土里，跟我坐在一起。然后她才说：

"在这里坐着干啥？"

"等着。"

果然，过不了十秒，美人城外喊杀之声冲天，其他玩家已经开始互相砍杀。她问我怎么知道烟雾中在酝酿一场大战？我说是直觉。她很佩服我的直觉，而且在接下来的路线安排中她对我的这种直觉更是佩服得五体投地。她说，你不是说不怎么玩游戏，原来第一次玩就这么厉害！我说大概是上辈子我就是个侠客。

这也是我长期以来的梦想，手执长剑，带着关立夏闯荡江湖。但死去的肖淼横在我们中间，我们就再也跨不过去了。随着时间的推移，关立夏变得如此不完整，而我也变得如此粗糙，那么，我们还能拥有这样一个梦吗？

"你做过这样的梦吗？跟着我，拿着剑，去参加挑战。"

我当然希望她的某一个梦境能与我重合，像数学课本上两个圆相交的阴影部分。

她眼睛眨了眨，才说："想过，跟着你，或者跟着某个人。其实人与人的感情，也没有那么复杂，凑在一起，就一起了，过日子而已，没有必要那样郑重其事，反正一生都会走完。这是我对感情的理解，但没想过我的命会这么苦，需要拿着一把破剑，跟着你去杀怪兽。"她做了一个鬼脸来表达自己的无辜。

我们直接来到密室的入口，我也不知道自己是怎么做到的。我的直觉如此准确，就像一个画家早就知道他一生中必然画出最美的作品，就像一个棋手早就看穿一生中所有的棋局。所谓的直觉，蕴含了最为精确的计算。

我们进入了第一个密室，美人城密室挑战的第一关，是进入阳谷县紫石街，任务是"杀美人"，具体来说是要杀掉淫妇潘金莲。这是农历正月二十一日，天气依旧寒冷，紫石街上空无一人。经过测试，从街上无论用什么姿势跑过去，到了武大郎家二楼，潘金莲早就喂武大郎喝下毒药。只能是开启轻功技能，直接从屋顶上跑到她家屋顶，再从屋顶上跳进窗户，来到二楼。这一次我们跑得很快，几个起落已经到了武大郎家屋顶，一个倒挂金钩就从窗户里跃进来。武大郎正躺在床上呻吟，楼下有杯盏碰撞之声，看来潘金莲正在盛药。我们埋伏在楼梯旁边，暗自心喜，这是第一次赶在案发之前到达，就是说有很大的希望能够在潘金莲下毒之前杀掉她。

武大郎在床上喊道："大嫂，你救得我活，快去拿药来救我！我要喝药！"

潘金莲应了一声来了，用托盘端着一碗毒药从木梯上款款登楼，在跨上二楼的一刹那，她看到我们俩，眼中却并不惊慌，而是抛了一个媚眼。一个媚眼，我们的时间瞬间变慢，而她继续端着药走过去喂武大郎喝药。就在我们的眼皮底下，把毒药从武大郎嘴里灌进去，还用被子把他压住。

又一次失败。我们只能退出游戏，来到城楼上喝咖啡，看凤凰。下方大厅的电梯打开，二十多个人从电梯里出来，又加入玩家的队伍里。

"怎么会有这样一个媚眼技能，这意味着我们永远不可能取胜啊，我们的时间变慢，她的相对时间就变得跟闪电一样，很快就把武大郎毒死。"关立夏有点沮丧。

"应该有什么细节被我们忽略了。"

"看到床上的武大郎那么丑，我倒觉得潘金莲也挺可怜的，每天要面对这样一个丈夫，其实她要是不杀人，我倒觉得她就算偷情也可以理解。"

"难道秘密在于我们是去救人，而不是去杀人？"

关立夏突然站起来："星光你真是个天才！"

我们重新登录游戏，来到阳谷县紫石街，从屋顶来到二楼，什么话都不说将病恹恹的武大郎从床上推起来，背上，跳出窗外，在夜色中奔跑，来到紫石街的尽头。天空突然变得透亮，病恹恹的武大郎从我的背上下来。他站定，看着我：

"大人，机器人正在集结，请保重。"

他对我深深鞠躬，然后健步离开。

我不知道游戏的设计者为什么要加入这样一句台词，也不知道他为什么设定这样一个结尾。我们通过第一关的消息传遍了整个美人城元宇宙，这个沉寂多年的密室挑战项目重新引发关注。美人城元宇宙的游戏广播开始宣传这项挑战时，这里曾经人满为患，许多人都在琢磨如何更快更高更强，冲过去将潘金莲杀了。这直接导致《金瓶梅》和《水浒传》的销量急剧上升，火车上地铁里到处都是讨论潘金莲的人。当然，他们的动作无论多快，潘金莲都会把武大郎毒死。后来人们觉得这样一个挑战过于无聊，来的人少了，紫石街变得寥落。即使有人在这里流连，也是奋力冲过去，冲进房间却并没有杀人，而是抱着潘金莲进了房间，行云雨之事。在一个充满杀气的世界里，没有人会想着去救那么丑陋恶心的武大郎。武大郎必死成为一个常识，现在我们违反了常识，通关了。第一次参加这个挑战，就能以直觉破解这个谜题，真是令人惊讶。

这一次，我们真正成了故事的主角。

人们终于知道游戏的任务模式原来是可以改变的，让你去杀一个美人，你其实可以不杀，直接救下武大郎这个丑男。

6. 关立夏：第2364号游戏档案

美人城世界竟然由梦境构成，在这里，我成了追梦人。

我和陈星光，都是这个世界的失败者。两个失败者开始在这里建功立业，这不得不让人惊叹命运的转折处竟有如此的欢愉。我就像一只胆小的老鼠，貌似聪明的老鼠，竖着耳朵，小心翼翼跟随着时间的步伐蚕食这些欢愉，唯恐有人穿过时空隧道来掠夺这仅存的过冬食物。

身处虚妄的梦中梦，我害怕失去，即使已经一无所有。而我们的生命总是通往失去，这样的本质残酷而让人无奈。

我们赢得了密室的第一关，通关的办法也逐渐为别人所熟知，这让第二关的关口处人满为患。我们的美人城信箱也爆满了，许多人来联系我们，希望建立合作关系。

孙得也给我打了电话，让我回去好好谈一谈。他还明确表示，这是他老婆孙敏的意思，说孙敏在家里做了饭，让我回去吃。我说参加挑战期间，我跟美人城有协议，不能离开。他说可以送便当来美人城，我只要下楼就能看到他。

"有一个合作机会，只要你答应，前面的债务都可以一笔勾销。"他终于说出了无事献殷勤的主要目的，也证明了他跟那些债务机构一直保持联系，而这是他之前总是矢口否认的。

我和陈星光去食堂吃饭，有很多人开始在远处对我们指指点点。不时还有人凑过来一起吃饭，打探我们的情况，对通过第二关是否有什么新想法。也有人非常真诚地询问我们是否只是两个人，是否还需要吸收新成员。甚至有人拿着枪跟我们一起吃饭，笑着说要跟我们"谈事情"。当然，枪支很快被监控发现而自动报警，穿着警服的人过来，将枪没收了。

美人城方面也了解到这种情况，让钟小界专程找到我们，给我们安排了独立的套间，两室一厅，饭菜也有人专门送来。钟小界笑着说，恭喜你们，终于过上了没有人打扰的二人世界。

　　我现在对时间有点混乱，但那会儿钟小界应该已经小有名气。她不知道用什么技术，成功复活了王小波和鲁迅。原理应该是通过将某个作家的全部作品进行人工智能分析，结合作家生平重建经验，逆推演构建了该作家的语言脑原型，从而让该作家可以与读者进行对话，甚至还能就某些社会现象进行主动的创作。这个小产品被一些媒体誉为"人工智能的灵魂觉醒的标志"。钟小界和她的团队将作家沉思创作的那一刻称为"灵感"，也就是这个产品的名字。这种类似于直觉的细节生成，让所有的机器人语言和动作都变得更为细腻自然，更接近人类。那时候外面的人还不知道"灵感"这种让大脑说话的功能，会成为装在安乐桶的人头与外界的主要交流方式。而我与陈星光，都看到钟小界正处于失去丈夫的巨大悲痛之中。这个喜怒不形于色的女人，比当年刚来到半步村时更加优雅得体，浑身上下散发着一股我无法企及的高贵气息。

　　我将我对钟小界的欣赏跟陈星光说，但陈星光却不是这么看。他说他还是很怀念小界刚来到半步村的样子，那时候她对他的好，那么自然和无私，而现在大家都大了，他总觉得他姐姐钟小界心事重重，仿佛肩负着整个世界。他不希望她那么累，简直比所有男人都要凝重，他希望她像一个女人那样小鸟依人，毫无负担。

"你这是歧视女性，女人怎么就一定要小鸟依人，让男人来小鸟依人不行吗？"

"男人都希望自己有大鸟，不喜欢小鸟。"

他这句笑话让客厅里变得有点暧昧。

我问他："两个房间，我们是只启用一个，还是两个？"

我的问题有些直接，换句话说就是，他现在如果想要，他就可以要了。

他伸手将我像一条豆腐鱼那样捞了过去，抱住我，然后轻轻在我的唇上亲了一下，就放开了我。他说，关于启用一个房间还是两个房间这个选择题，他相信这个世界真的有平行宇宙，每一层宇宙都在发生相似而不相同的事情，在某一层宇宙中，我们破解了美人城密室的钥匙，而在另一层宇宙中，我们每天都做爱。他问我，如果运气没有那么多，只能够选其中之一，我愿意选哪个好结果？

"我有那么堕落吗？来到这里当然不是住酒店，而是破解密室啦！"

"好了，这也是我的答案。"

"被你套路了，奶奶的。"他刚亲了我一下，我的智商差不多全废掉了。

他并没有因为我的话而有所回应，他皱着眉头说："我只是有点担心你妹妹关立冬……干活吧！若是迟了，第二关很有可能便被人家破解了。"这一个瞬间，一种成熟男人的魅力让我仿佛看到仓库里满满都是过冬食物，无须担忧，愉悦像无所不在的光芒遍布全身。

我们在客厅里黑皮椅子上登录了美人城世界。第二个地下密室通向白虎岭，那里住着尸魔白骨精。这一关的人物是"选美人"，白骨精能算是美人吗？《西游记》里说她幻化成一个年轻女子，屏幕上对她的相貌描述如下：眉清目秀，齿白唇红，左手提着一个青砂罐儿，右手提着一个绿瓷瓶儿，翠袖轻摇笼玉笋，湘裙斜拽显金莲。汗流粉面花含露，尘拂峨眉柳带烟。冰肌藏玉骨，衫领露酥胸。柳眉积翠黛，杏眼闪银星。月样容仪俏，天然性格清。体似燕藏柳，声如莺啭林。半放海棠笼晓日，才开芍药弄春晴。

忽略掉文绉绉的文辞，只见白虎岭上，并非站着一个美人，而是站着数不清的美人儿，绵延到山脚下。她们的神情动作稍有不同，但相貌都是一样的。唐长老骑着高头大马，带着八戒和沙僧，站在山岭上非常着急。现在的任务是帮助唐三藏把封印在这些美人中的孙悟空给选出来，也就是说，这几千个美女里，有一个是孙行者，找到他，就能救出唐三藏。

因为受到第一关通关方法的影响，许多玩家开始相信不是要去选美女，更重要的是先救人，所以就合力将唐僧护送到其他地方去。问题是唐三藏立在山顶上，无论往哪儿跑，最后都被杀掉了。我们到达时，许多玩家都因此丧命。每个玩家只有三条命，全部死掉之后就只能离开美人城，重新报名参与挑战。开始有很多人发邮件来骂我们误导，害得他们试了三次都死翘翘了。还有人恨我们，开始挑衅我们，要求我们打开杀戮模式，要决一死战，在自由杀戮中让我们死无葬身之地。

我看向陈星光，我知道他一定有办法，他的直觉那么准。果然，他说：

"上一关杀人，其实是救人；这一关选美人，应该是要杀人，我们要去杀唐三藏，这样孙悟空才会被激怒，自然就被选出来了。"

"哇，星光，你真是个天才！去中心化，意味着唐三藏不再是中心了！"

白虎岭上，妖风阵阵，我和陈星光手持长剑，冲上山去，直扑唐三藏，八戒和沙僧慌忙出来应敌。所有人都惊呆了，退出战斗看着我们。陈星光技能全开，三招就放倒沙和尚。我与八戒周旋，依仗自己的灵活，左右腾挪，以缠斗为主，为陈星光追击唐三藏赢得了时间。白龙马一声仰天嘶鸣，慌不择路，朝山下奔去，马上的唐三藏惊恐不已，口宣佛号。而此时陈星光脚尖点地，腾空而起，长剑画出一个圆弧，毫不含糊，直取唐三藏的头颅。就在这时，山坡上的美女方阵中一束金光冲天，有一个美女已经被激怒，开始变身。陈星光微微一笑，在空中收住剑锋，开始"选美人"。陈星光人轻轻落地时，这一关已经结束，四周响起了雷鸣的掌声。我激动得热泪盈眶，为一股虚拟的情绪所左右。孙行者一个筋斗来到我们面前，双手合十行礼：

"幸得二位解开封印，老孙被困在这里多年，多谢多谢！……而机器人正在集结，末日来临，山高水远，江湖珍重！"说罢，他们师徒四人一路向西，重新踏上了征程。

从游戏中下线之后，我问陈星光："你会不会觉得我们太顺利了？"

陈星光摇摇头："我总有一种感觉，以前我们就玩过类似的游戏，说过类似的话，你也很多次这么问过我。所以通关的时候，我没有感到开心，相反，感觉到一阵解脱，就像是当年一场大考之后，有种要把所有试卷和课本都烧掉的冲动。"

"但每次我们都这么认真地活着，认真地说着话。"

只要再通过一关，我们就能胜利赢得这个挑战，拿到奖金。可以猜想，外面的新闻已经沸腾了，美人城世界里的许多人应该录制了陈星光腾空一跃的游戏视频，这个新闻此刻一定已经在各种社交媒体上刷屏了。

砰砰砰！有人敲门，我去开门，来者是钟小界，后面还有几个人，穿着工作服，鱼贯而入，最后进来一个黑框眼镜、络腮胡子的中年男人，钟小界介绍说是他们公司的戴主管。戴主管先是恭喜我们通过了两关，然后用十分机械的语调说：

"从来还没有人能在这么短时间内通过两个密室的

关卡，所以我们要进行一番例行检查，以确认你们没有其他作弊行为，这也是公司的制度要求，只是走个程序，希望二位能够理解和配合。"

他们搬进来一台仪器，把我和陈星光上上下下都扫了一遍，然后又检查了我们的行李衣物。最后，戴主管对钟小界说："现在他们由我直接负责，这里的任何事你都不需要插手。"

他们离开了，钟小界最后一个走，她在门缝里给我们竖起了大拇指，然后门就被关上了。

我问陈星光，我们是不是应该一鼓作气把第三关给过了。他摇摇头说，我们连第三关的密室在何处都不知道，还有，为什么前面两个留给通关者最后的话都提及机器人。这句话只有通关者才能听得到，它究竟透露了什么信息？

陷入思考的男人魅力无穷。我向来认为自己比陈星光聪明一点点，但现在突然觉得自己成了绝对的配角。一个想法从心中闪过，让我一惊：

"如果这一切只是我的一个梦，或者是无数梦境之中的一个，那该如何？什么才是真实的？"

头有点痛，我跟陈星光说，我得去睡会儿。

他说，去睡吧，我想一个人回到紫石街和白虎岭看看，或许有什么信息被我们遗漏了。也许紫石街上这会儿正在下雪，我可以在雪地里走走，就像行走在一个巨大的冰箱里，说不清楚我为什么要这么做，大概还是直觉。

他的话直接影响了我的梦境，我果然梦见茫茫的白雪，梦见紫石街。在十字街头那座日晷旁边，一只黑猫不慌不忙地走过去，它看见我，回头看了一眼，那傲慢的眼神似乎在告诉我，它什么都没有看见，地上薄薄的积雪上留下了它的脚印。

7. 钟小界：穷人如何自救

　　美人城里的基础设施，毫不逊色于任何一所大学，食堂、游泳池、图书馆、酒店、宿舍等一应俱全。按照公司的协议，我们每次离开美人城都需要申请，表面上是为了我们的安全，背后其实是怕我们泄密。如果对外泄露美人城里的研究成果，所有股东的钱也就打水漂。我的丈夫陈临离开美人城时，没有向主管领导申请。根据视频监控显示，他出去时，后面跟着的人是苏婉。我有两种猜测：一是他们俩去偷情，二是陈临被苏婉挟持。苏婉是外城的女教官，名义上也是我的弟媳。很早之前，祖先生就曾提醒我，苏婉是破爷打入美人城的一颗钉子，要小心提防。苏婉向来对我还算客气，甚至我感觉她有点怕我。我说，如果知道是一颗钉子，那么完全可以让她离开美人城。祖先生却笑着说，一颗钉子留在这里，对我们也有好处。

关立秋说让她把苏婉打一顿，然后抓回来问清楚。我说不要动刀动枪，我们要智取。我约苏婉在碧河镇上一家清吧见面，说要跟她谈谈，她开始有点犹豫，最后还是来了。我把手机上的监控视频给她看了，让她解释一下。她低头不语，我只能掏出手枪，上了膛，在桌子下面对着她。手枪是祖先生送给我的生日礼物，但我有这把枪，也没有保护好他，他已经失踪好久，警察一直在调查，但却没有结果。我的枪口对着苏婉，尽量让自己冷静。但后来关立秋告诉我，这时候我看起来依然像一头红了眼睛的狮子，随时可以吃人。她说早知道我所说的"智取"和"不要动刀动枪"是这个样子的，那么按她的方式可能还文明些。我说见到苏婉那傲慢的眼神，我原来设计好的所有对白都乱了。

见我左手拿着枪，她才说："陈临以前欠过我一个人情，这次我只是请他帮忙外出做个人工受孕手术，至于后来的事，我很抱歉，陈临也是我朋友，他是个乐于助人的好人，我不会伤害他。"

她说："你即使打死我，我也只能这么说。"

我问："给谁做的手术，为什么失踪几天后会被抛尸野外？"

她说："这个我不能说。"

"砰！"我开枪击碎了一只酒瓶。酒吧里的人听到枪声，抱着头四下逃窜。

她说："你疯了吗？这里有监控，你会坐牢的。"

"我今天也没打算活着回去，你想清楚了。"

苏婉说："我不明白你爱陈临什么，为了他值得吗？就因为他帮你造了一个孩子，你怎么就能确定那是你们的孩子，而不是圈套的一部分？"

这个只会甩着皮鞭体罚孩子的恶魔当然无法明白什么是爱情，她的话令我怒火中烧，我吼道："你住口！我数五秒！"

时间停了五秒，我在心里数，一、二、三、四、五。苏婉终于说："好吧，你又让我说话，又让我住口……算了，看在陈星河的面子上，我可以把我知道的告诉你，你先把口袋里的录音设备关掉。"

我把口袋里的录音笔拿出来，关掉它，丢在桌面上。

"手机也不能录。还有，让关立秋回避。"

我拿出手机，打开给她看，证明没有在录，顺手关了机。我转头示意让关立秋先走。

眼看关立秋走出了酒吧的玻璃门，苏婉才说："酒吧一定报了警，我怕警察马上来了，我们是不是边走边说。"

"别耍花样，就现在说。"

"好吧。祖先生是破爷抓的，一起被抓的还有关立冬，当时祖先生去找关立冬谈事情，或者是算命，总之两人一起被抓。破爷让他们两个人脱光衣服在房间里，逼迫祖先生强奸关立冬，他让人录像，作为证据。即便如此，祖先生还是没有交出钥匙。破爷知道祖先生的弱点，他希望祖先生能让关立冬怀孕，只要关立冬怀上了祖先生的孩子，祖先生就只能听命于他。但祖先生年纪大了，这样播种的成功率太低，为了高效快捷，破爷要我找陈临帮忙直接接种，手术很成功，但陈临也突然发现被蒙面的人是祖先生，祖先生暗中让陈临把关立冬带出来。陈临也不负所托，从女厕所的窗户把关立冬推出去，但自己并没有逃掉。大体的情况就是这样。"

大街上传来警车的声音，我和苏婉从后门逃出来，我控制不住自己，边走边哭。出了酒吧，苏婉趁我泪眼蒙眬的时候，反手将我的枪夺走了。她说警察盘问就说你刚才用的是仿真枪，这把枪我帮你保管，以后还给你。她钻进一条小巷子里，瞬间消失不见了。

我在祖少爷的婚礼上才第一次见到关立冬，一个小巧而安静的女孩，额头上有块显眼的胎记，像一颗星星，又像一只眼睛。听说她能占卜，懂阴阳之道，但为什么就算不好自己的命运呢。我想在婚礼上接近破爷，却发现他身边都是人，而且他公开宣布将权力移交给刀爷。

祖少爷过来敬酒的时候，在我耳边低声说，别轻举妄动。我之前总觉得祖少爷就是一个纨绔子弟，整天吃喝玩乐，经常找陈星河下棋，所做的事情看似没有一件正经事。但他在医院门口将关立冬拦下来，并将错就错跟关立冬成婚，这样的举动让我刮目相看。婚礼上只有祖先生的夫人米小年有些失魂落魄，我懂得她内心深处的悲哀，怀着丈夫骨肉的女人却要嫁给自己的儿子，生出来的小孩是儿子还是孙子呢？婚礼上每个人都在祝福祖少爷，每个人也都在调侃他未婚先孕的事，他都一笑置之，举杯畅饮，一手还紧紧拉着关立冬，这样的城府和气概令我对他刮目相看。之前只知道祖少爷赛车赌球，从来不关心美人城中的人类伟业，但这次观察让我对他有了新的想法。

婚礼之后，祖少爷依然被严密监视，争夺美人城控制权的战争已经在波澜不惊中悄然进行。他在婚礼上请来了江湖术士寇偃师假装成机器人，确实给了破爷他们不小的震慑。

不久要开美人城的股东大会，祖先生不见踪影，祖少爷是否有资格出席成为一个问题。思量再三之后，我偷偷潜入祖家别墅，在夜色笼罩之下，这栋房子变得有些寂寥。祖少爷看到我出现，没有非常开心，也没有很意外，他坐在茶几那边似乎有点累，让我坐下，顺手给我倒了杯茶：

"栖霞山上的茶叶，宋代的老茶树，每年春茶季节，山路上停满了上山买春茶的汽车，这是好不容易才弄到手的好茶叶。"

我端起杯子，在鼻子下面闻了闻，清香扑鼻。但对我来说，一万块钱的茶叶跟一千块钱的茶叶也并没有不同。

"陈临的事，我很难过，一直没有机会跟你当面说声感谢。"

"感谢什么，我们陈临给你家添乱了。"

"他救了立冬，立冬说孩子出生，无论男女，都取名谢临，祖谢临。"

　　这句语调平静的话把我的心击碎，我抬头对着天花板眨了眨眼睛，希望能控制泪水，但还是没忍住，眼泪夺眶而出。他扯了几张纸巾给我，我说了一声失态了，去厕所洗脸，深呼吸调整了一会儿，才回到茶几前面。祖少爷把我茶杯里冷了的茶倒掉，换上热茶。

　　"我很爱她。"他说。

　　"我很爱她。"看我没反应过来，他又重复了一遍。

　　我以为自己听错了，看着他。但祖少爷的语气既平静又自然：

　　"我很爱她，我们属于先结婚后恋爱。以前我像个孩子，有了立冬，我的生命仿佛打开了一扇窗，变得平静。我不知道这样说，你能不能明白，反正就是那种感觉，觉得一切已经完美了，剩下的事情只是一个余数，该如何，便如何。"

　　我点了点头："明白，就像现在，每天早晨醒来，我还以为陈临就睡在旁边。"我还以为有机会，可以去再看他的眉毛。这几年的许多个早晨，我比他先醒来，知道他还在旁边我就安心，我会偷偷看他的眉毛。

空空的大厅里安静了下来，我们喝了几杯茶，谁都没有说话。此刻的安静是必要的，是一个仪式，为了消化一些什么——那些无声远逝的情愫，抑或如琴音般遥远的情思。

"老头子逃出去了，没有人知道他去了哪里。"

"逃出去？你是说祖先生逃出去了？"

祖少爷点了点头："也许不能叫逃出去，应该说是被救出去。陈星河有个二叔叫陈大同，不知道你认不认识……哦，不对，也是你二叔，陈大同最近把美人城炸了一个洞，这事你知道吧？"

这事我知道，就在我最难受的时候，有人告诉我，美人城的外围墙被炸了个洞，但我不知道是我二叔陈大同炸的。围墙也很快就被修好，没听说抓住了人。

"陈大同炸了围墙，大家都出去看围墙的缺口，他就去网瘾中心的地下室把老头子带走了，神不知鬼不觉。"

祖先生原来就被关在离美人城无限近的地方，但我们都没发现。陈大同是个老疯子，不知道会把祖先生带到哪儿去。美人城外城里关了许多网瘾患者，他们中不乏游戏高手，苏婉已经从他们中挑选了高手，偷偷送来参加美人城密室挑战，希望能够拿到钥匙。祖先生之前就自己做了设置，只要他死亡或者长期失踪，美人城世界的密室挑战就会开始。据说破解了密室挑战的人，就能取得一串钥匙，是整个美人城元宇宙的终极密码。所以那段时间美人城里人满为患，有很多挑战者聚集到美人城里来，但最终皆铩羽而归。他们最后纷纷断言，这个密室挑战是不可能通关的，只是游戏中吸引人气的幌子而已。

我告诉祖少爷，我已经将关立秋安排到美人城里进行训练，她会暗中保护他的安全。祖少爷说，我知道她，是个女汉子。

祖少爷在股东大会之前一个星期，举家搬迁，进驻美人城总部。他手里持有祖先生的死亡证明，还有遗嘱，遗嘱上非常明确他已经继承了祖家全部财产所有权，包括美人城。至于有人质疑祖先生失踪还不足一年，如何就能证明死亡，他一概不理，只由他的母亲米小年手持证明，用曾经的警察身份胡说一通。他也不用理，因为寇偃师已经带领他的人马直接接管了美人城的安保工作，这个有着一条机械手臂的人，将他新建立的保安团队命名为"人类帝国军团"，听起来牛逼烘烘的。我以为他会关停密室挑战的入口，但他说我爹定下的规矩，还是要执行，直到他活着回到美人城为止。他暗中加派了人手，但那个破译密码的人迟迟没有出现。

祖少爷强势上位之后，雷厉风行，将"永生"这门生意推向了全世界。我的职位连升两级，成为他的左膀右臂。而另一边，他将陈星河也请进了美人城。

祖少爷动之以情、晓之以理，告诉他当下的情况如何危急，必须他出手相助。陈星河严肃地提出了他的条件："我每周需要回去看看我的刺青店。"刺青店是祖少爷曾经送给他的。但那时他店里都有好几个学徒，其实完全不用他自己动手了，我猜刺青店里有更为重要的人需要陪伴。

我对大哥陈星河缺乏了解，只知道他是个同性恋，然后他就一直在玩刺青，画一些稀奇古怪的图案。他年轻时候跟我父亲陈大康一起在美人城里画过壁画，所有人都对美人城里残存的壁画赞不绝口。除此以外，我不知道陈星河还能做什么。

"他还能下棋，"祖少爷笑着对我说，"他下棋不会比你差，他的直觉比任何人都好。"他说陈星河有一种神奇的直觉，他随手画出来的图案竟然暗合美人城元宇宙团队一直追寻的某个系数，换言之，他能画出神的迷宫。

我回应以轻蔑地一笑。祖少爷却说，你们老陈家都是聪明人，我老爹说，你们的祖上曾经是大官。我问他什么时候的事？他答，宋朝。

令我感到惊奇的是，沉默寡言的陈星河很不简单，半年之后，他便推出第一件产品，那是一个赌博网站，叫作"姜太公"。"姜太公"这个名字引发了我的联想，我想起美人城地底下那种叫"黑姜"的物质。我不能确定，这样一个系统的建立，是否已经运用了新的技术和物质作为支撑。"姜太公"拥有堪称奢华的游戏界面，每一张图片，每一个细节，都几乎完美。更厉害的是它的博弈思维，十分简单而又考验人性。

"'姜太公'会是一个活着的产品，它具有活下来的自主性，它可以自己找到喜欢它的赌徒。"

"谁帮你编的这个程序？这整个产品简直就是一个高级病毒。"我问他。

"这是一个天才用命换来的，具体你就不用知道了。"

陈星河注定是一个有故事的怪人，我知道帅气的男同，常常能讨人喜欢，因为他们特别有才华。观察陈星河突飞猛进的学习能力，我甚至怀疑祖少爷在陈星河身上动用了脑机对接技术。也就是说，陈星河的脑袋里可能被植入了某种芯片，让他具备快速学习的能力，拥有常人所不可能拥有的庞大数据库，如果这个人碰巧还能有天使吻过的脑袋，还能有超越常人的思维和直觉，那他确实有可能变得无敌。

不管怎么说，在当时的行业格局中，"姜太公"系统真的是一步好棋。

美人城不在中心城市，却在经济特区边界之外的小村庄里，这样的位置注定它成为黑暗势力的包抄范围。破爷和刀爷的黑暗网络不是一天建成的，而表面看，他们都是风光的生意人，以前我常常见到破爷和祖少爷勾肩搭背在一起喝酒，有一次我还曾跟着他们开车进山去拿着猎枪打野猪，回来之后我和祖少爷还一起挨了祖先生的骂。那时互相拍着肩膀都是哥们，一起投资肖虎的机器人工厂，约好一起赚钱发财，而一个转身他们便水火不容。如今，为了打击刀爷的黑势力，陈星河制造的"姜太公"，思路是以黑打黑，抢占破爷和刀爷经营多年的赌博行业，用一个产品，将当下最流行的所有赌博形式一网打尽。祖少爷说，只要刀爷没有赌场的收入，他在东州就没有活路。我要让他明白，得罪了祖家，也就等于得罪了全世界。"姜太公"不负所托，它能够自己优化升级，简直是所向披靡，它的核心程序甚至都开始自己开发一种没有人看得懂的编程语言。江湖传言，破爷集团摇摇欲坠，刀爷也生病进了几次医院。一个叫冰爷的年轻人开始被我们注意到，他身份神秘，但我们的猜测是这个人只是幌子，刀爷只是在装死，即使要死，接班人另有其人。"姜太公"大显身手，迅速成为赌博行业的第一平台。当然，如果时光能够倒流，我希望"姜太公"从一开始就没有出现，我会将它扼杀在萌芽状态。

　　祖少爷主政美人城之后，原来祖先生的宣传广告被撤下，换上了他与祖先生并肩而行的照片。"没办法，还是得搞点个人崇拜，不然玩不下去，老头子的基因太强大，到处播种，到处都是信仰他的人。"祖少爷笑着说。不到两个月，美人城外城那块"科技沉迷成瘾治疗中心"也被拆除，所有的网瘾患者被送回家，相关媒体对这个罪恶的人间地狱进行了无情的曝光和批判。苏婉站在广场上拿着鞭子抽打几个少年的照片被许多网站作为标题图片，这让她成为所有人唾弃的对象。

苏婉来找我，她将手枪还给我，并让我转告陈星河，她准备离开这里了。

"你可以自己去告诉他。"

"祖少爷利用了破爷，也利用了我，他终于拿到他想拿的东西，而现在破爷隐退，我臭得像一坨屎，每个人见到我都想吐口水。陈星河可就得意了，他成了美人城的红人，我们俩本来就是假夫妻，他日有缘再相逢吧。"

她抬头望着美人城的城楼，那里有无人机在巡逻："一座肮脏的城，说到底还是权力的游戏。"她说她以为自己是在帮助那群孩子，以为自己只要足够努力，就能够做成一点事情，让自己活得更好。她说我和她，一个在城里，一个在城外，仿佛是一个硬币的两面。

"但是我站错了，站在了背面。不过，你和我，最终都逃不掉被利用的命运。"

我问她准备去哪儿，但是她摇摇头说不知道。站在我面前的这个人到底算不算我的家里人呢？这种感觉说不清楚，但这一刻她似乎离我很近。我说那我送送你吧。我也为自己这个决定感到奇怪，但话已经说出口，我就只能送她出来。我们穿过半步村刚修建好的体育场，旁边有几个老人在摆弄那些五颜六色的健身器材，有两只狮头鹅站在角落里叫嚣，仿佛在抗议把田野变成水泥地的这种荒唐行为。我们往公交车站走，一抬头就看到美人城包子铺里热气腾腾，我母亲看到我们，从一片雾气中探出身来，对着苏婉喊：

"苏婉快过来帮忙，我这边忙不过来！"

我母亲指着店铺门口停着的几辆送外卖的摩托说，不知道什么时候开始，我们的包子突然可以卖到其他镇去，好远的地方都有人说好吃，生意好得不得了。包子能赚几个钱，但看她忙成这样，也挺开心。她头发白了一大截，看来最近是真的忙，都忘记去染发。

她边擦着汗边对苏婉说："平时你忙也不好叫你，现在你不忙了，我这里忙，给！把酵母水倒进面粉里，搅均匀点！"苏婉只能把背包卸下来，接过她递来的水盆，开始搅拌面粉，揉面团。

"最近我老做梦，就梦见破爷他妈，还记得她吧，你叫她姨娘，她在地下还托梦给我说了好多话，也没说别的，就怕我亏待你。这些年你在忙些什么，我也没管。这个世界的对与错，我也不懂。我就只会过日子，半步村的女人别的本事没有，就得学会过日子，把日子过好了，其他就都能好起来……小界你在这儿傻站着干吗，这没你什么事，你进城忙去吧，别给星空看见你，看见了他又缠着你不放你走！"

我只能离开，走了一段回头看时，画面温馨，并没有什么不妥的地方。苏婉边揉面，边用袖子擦眼泪，那一刻，我以为她卸下盔甲，已经是一只温驯的绵羊了。

我的弟弟陈星光和关立夏是一对苦命鸳鸯。在祖少爷举办婚礼之后的某一天，具体日子没记住，反正是夏天，他们来到美人城，说要挑战美人城密室。我当时忍住了没笑话他们，多少高手都拿不下来的东西，他们以为靠运气就能拿下来。我问陈星光，你们来报名，带钱了吗？他说还有点积蓄，够在美人城的吃住和花销。我说那好，给你们开单独的房间吧。我带他们去见游戏部的戴主管，让他们检查了身体，然后参与游戏挑战。我告诉他们，尽量选用武侠模式，比其他模式会平缓一些。

"你们年纪不小了，比不得那些十来岁的小朋友，他们一个比一个狠。"

他们开始还踌躇满志，觉得有点希望，用心研究了各种攻略，画了各种地图，琢磨各种装备，打算大干一场，但过了两天，我去看他们，他们就愁眉苦脸，唉声叹气，已经打算退出游戏了。我鼓励他们，应该团结一心，也别想着能怎么样，就当作是一次生活体验，至少明白这个世界上还有一个虚拟的世界。

"你们应该留意一下紫石街上的石头质感，最近陈星河重新渲染了一下颜色，好看多了。"

陈星光点了点头，而关立夏脸色惨白。他们大概会觉得我的话，简直是在嘲讽他们。

关立夏喃喃地说："在这样一个时代，穷人如何自救？难道只能去卖梦吗？"

他们在美人城里待了差不多一个星期，就回去了。我不知道他们为什么会想来挑战这么高难度的游戏项目，明显就是一个没有希望的旅程。

他们回去之后不久，我就在美梦罐里发现了关立夏的名字。我打开了其中的几个，都夹杂着类似幽闭恐惧症的梦魇，似乎可以看到一个在黑暗中挣扎的灵魂，在努力挣脱现世的束缚，在艰难朝着光明的方向攀爬。我那时并不知道她背负了沉重的债务，也不理解她经历的痛苦，只是觉得她挺可怜的，也料想从她的角度看过来，我也一样，是个可怜虫。

游戏挑战失败之后，我明白他们俩都找不到方向。那个时候美人城的外城也空了出来，原来网瘾研究中心那一栋楼，我跟祖少爷商量之后稍微装修了一下，改造成一间学校。祖少爷倒也慷慨，说孩子是未来，他愿意给钱，办一所最好的学校，涵盖小学、初中和高中。

"让你们家陈星空早点接触编程，以后跟他爸陈临一样优秀。"

陈星空和陈达瓦很快就入读了这所学校，我给他们找了最好的老师。这里面包括陈星光和关立夏，我找他们聊了，希望他们能到学校来。我开出的工资，足以让关立夏马上就答应下来。她可以不用再去孙得那里卖梦了。但星光很犹豫，这个失去方向的人，经常跑到蚂蚁婶子的停顿客栈里去帮忙打扫房间，修理灯泡，差不多成为一个清洁工加修理工。

"陈博士，委屈你了，你还是来和小孩一起玩，做回你的老本行。"

"我偶尔来上上课吧，按课时给我算酬劳，平时我还是在停顿客栈帮忙，那边也缺人手，她最近非常想念陈风来，一个人太寂寞，她说她还想再养一条狗。"星光说，蚂蚁婶子每年在风来的忌日，都用扎带扎成一个娃娃。客栈里有一间房子，堆满了各种颜色的扎带，靠墙的柜子里陈列着他捏的泥塑，有各种动物，有观音菩萨，也有外星人。经他这么一说，我才想起自己很久没到停顿客栈去了，真得找个时间去看看。

话题有点沉重，我本来想开玩笑问他们什么时候结婚，这时候氛围也就不合适了。

陈星光果然每周都来给孩子们上课，他的课以讲故事为主。陈星空竟然非常喜欢，他说他二叔的部落故事简直太奇妙了！我问他什么是部落故事，他说是说不一样的话、穿不一样衣服的部落要开始打仗的故事，两个部落都好搞笑，弄得我们每节课都好紧张，又期待他们打起来，又怕他们真的打起来。

星空真的很聪明，教少儿编程的老师说，他将来一定会是一个优秀的软件工程师。我也希望如此，只是我最近越来越感觉到世界的虚幻，甚至有时候想，我所认为的世界，可能是一个早已经封装完毕的假世界。在另外一个可以比照的真世界中，有着完全不相同的故事线。

第四章

1. 陈星空：我不是一个孩子

 我妈钟小界，不是一个好妈妈，但她是最好的造梦师，造梦师就是善于制造假象。我一直活在假象里，以为我爸爸还活着，直到十三岁那年，她才告诉我真相。她还告诉我，我爸爸的昵称叫食梦貘，她一直都叫他食梦貘。

 "你的眉毛跟他一模一样。"她经常这么说。我反复端详过照片，确实，除了眉毛，我好像也没有什么跟他一样的。

七岁那年，她把我送到外婆家，我并不知道是我爸出事了，也不知道她是如何度过那段最难的时光。后来她自己告诉我，就是那段时间养成的坏习惯，她睡前总要喝一杯红酒。

也感谢她的谎言，我才有一个幸福的童年。在外婆家的那几年，我真的太开心了。其中最令人惊喜的事，就是我突然有了一个哥哥，叫陈达瓦。陈达瓦比我大一岁，他喜欢抓蟹摸虾，简直是上天入地、无所不能，大家都说我被他带坏了，但我就乐意被他带坏。陈达瓦其实很笨，我一天学会的魔方公式，手把手教了他一个星期，他愣是学不会。但如果比赛爬树，或者登山，那他各种无师自通技能完全可以甩我十条街。他还有一个绝技，就是在水里闭气潜泳，可以游出很远。我很早就想明白这个问题，我不可能把他变得跟我一样聪明，但我动作比他笨拙一点倒也不是什么坏事。所以，为了跟他一起玩，我要把自己装成一个笨蛋，他常常会耍一些小聪明，搞一些恶作剧算计我，这些小把戏其实早就被我看穿了，我也会配合让他开心一下。

我和陈达瓦一起在美人城的小学读书，二叔陈星光会来给我们上课。他是陈达瓦的父亲，平时话不多，但如果哪天他突然滔滔不绝地说话，我们会在心里希望他永远说下去。我二叔陈星光是我的偶像，在我心目中，他是最伟大的，他研究的是全人类的未来何去何从这样的大学问，与他相比，我的造梦技术简直就是雕虫小技。在我很小的时候，他就给我讲过很多故事，长大了我才知道，他瞎编的许多部落故事，其实蕴含着深刻的道理。我很庆幸，后来人们在他断气之前终于把他的头颅放进了安乐桶，不然的话我就将永远失去他了。

　　星光二叔上课的时候，立夏阿姨偶尔会过来旁听。她站在教室的最后面，靠着门，双手交叉在胸前，两条腿也交叉站着。我和陈达瓦讨论过立夏阿姨的腿，认为那是方圆百里最漂亮的曲线了，比苏婉姑姑的还好看。总之我在美人城旁边的学校里，跟着陈达瓦一起打闹着长大，他带着我到处冒险，一直到我需要到美人城里去实习。陈达瓦说我以后会是一个造梦师，而他希望能在我制造的梦境中奔跑。我进了美人城之后，跟陈达瓦就很少见面了，不久之后，他就失踪了。

　　我跟我妈钟小界最大的一次冲突，也是因为陈达瓦。那时候机器人战争刚刚爆发，而陈达瓦突然失踪的消息让我一刻都坐不住。我去找我妈，希望她帮我匹配一具智能躯体，我要出去救我哥。但她不肯，她的理由很简单：我还是一个孩子。

但我不是一个孩子，我其实什么都懂了。

对，没错，我也承认我差不多成为整个美人城最优秀的造梦师了，但并不等于我就不可以是一个优秀的战士。高中二年级开始，我造梦的才能早就远超我妈钟小界，后来为我二叔陈星光和关立夏阿姨虚拟构建了一个游戏挑战的世界，那就是我的杰作。我几乎让他和立夏阿姨信以为真地在当年的世界里活了一遍又一遍，美滋滋地做了一次又一次的梦中梦。看他们重新在我虚构的世界里面那么认真谈情说爱，那么认真地迎接挑战，我也很开心。

我知道陈达瓦和我一样，也喜欢星光二叔。陈达瓦早就知道星光二叔不是他亲爹，所以一直跟着我喊他二叔。星光二叔也默许了这样的叫法。但我知道，陈达瓦后来有点后悔当时开这样的玩笑。他悄悄告诉我，星光二叔教他学游泳的那一次，他就险些改口喊爸爸，但最终他还是没有勇气改口，就这样错过了，这直接导致他成为一个没有爸爸的孩子。

"你什么时候改口都不迟啊！"

他摇摇头，嘴角向下拉："都叫顺口了，后来再改口，叫不出口。"

我们都叫星光二叔，但我当然明白，星光二叔对陈达瓦和对我，终究是不一样的。陈达瓦在半步村过的第一个生日，星光二叔居然在房间里给他做了一只木马，他那么用心，汗流浃背都浑然不觉。那一刻，我真羡慕陈达瓦，他突然来到陈家，然后就理所当然有了一个好爸爸。星光二叔将木马递给陈达瓦时，他居然嫌木马太丑。于是我接过木马，我说我很喜欢。这下好了，他看我喜欢，我刚骑上木马他就过来抢。我很恼火，但忍住了。紧接着分蛋糕，他竟然将我最喜欢的草莓挖走了，我知道他不喜欢吃草莓，他喜欢的是杧果，但他非得这么做。我简直气坏了，整块蛋糕就打到他脸上。于是我们两个人就打起来了。最后陈达瓦还是挨了星光二叔的揍，所以他八岁生日那天，生日午餐是以他的眼泪结束的。挨了打，他当天下午就获得了跟着星光二叔去钓鱼的权利，而我只能在房间里无聊地转着魔方。

那些年，我们就是这样打打闹闹，常常把外婆家搞得鸡犬不宁。在家里打闹，到了外面，陈达瓦不许任何人伤我一根毫毛。半步村经常有人打架，他每次都挡在我的前面，毫无例外。

陈达瓦的偶像不是星光二叔，他的偶像是祖先生。陈达瓦的肱二头肌是我的两倍，灵活程度是我的三倍，但这个家伙并没有完全迷恋自己的肉体，他后来常说的一句话是：在你们这些造梦师眼里，我的身体也不过是一种算法而已。

上了高中之后，我是班里的学霸，陈达瓦是班上的学渣。神奇的地方在于，我这个学霸更崇尚那些散发着自然能量的东西，而他这个拥有一身肌肉的学渣，崇拜的是比他的肌肉感更强的机器人。

祖先生回到美人城时，已经奄奄一息，但祖少爷救了他的父亲，给他装上了一具智能躯体。祖先生的这具智能躯体，肌肉发达，力大无穷，而他的头被放在安乐桶里，安乐桶就装在这具智能躯体的肚子里。虽然这具智能躯体的面容已经完全按照他原来的样子打造，但因为肚子里放了一只桶，他看起来还是像一个大腹便便的生意人。那个新闻震惊了很多人，而陈达瓦则将祖先生膀大腰圆的照片贴到了床头。在宿舍里，他躺在床上，问我怎么看待这件事。

我说，星光二叔曾经跟我们讲过一个故事，说以前的盗墓贼，最开始都是父亲到墓里去挖宝贝，父亲的盗墓技术一般比儿子要好，儿子在外面望风，父亲挖到好东西，就递给外面的儿子。但后来发现这样不行，因为总有些儿子很自私，拿到值钱的古董就自己跑了，有时甚至还把墓道给堵上，让父亲死在墓里，免得活着出来分赃。于是人们发现只要掉转过来，就不会有这种问题：父亲在外面，儿子在里头，父亲一般都不会丢下自己的亲生骨肉不管，所以父子就会团结一心。

陈达瓦听半天，有点不耐烦："你能不能说人话，绕来绕去都不知道你要说什么。"

"我的意思是说，现在祖先生变成后人类，可以永生，所以祖少爷这个儿子对他来说意义不大了，父子之间必然有一场恶战。"

陈达瓦歪着脑袋想了一会儿，才竖起大拇指："星空，还是你聪明，我就想不到这些。但我觉得恶战已经开始了，把父亲变成一个机器人，以前传统的人脸识别、指纹识别和DNA识别，全部失效了，美人城的系统还怎么承认祖先生呢？"

事实也证明了我们的预言一点不差，祖家父子之间的矛盾不断升级，再加上外面还有破爷和刀爷的威胁，最后他们缔造了魔鬼，将"姜太公"升级为"石敢当"，"石敢当"带走了美人城地下室所有的"黑姜"，从而酿造了这场机器人战争。开始并没有人知道机器人战争已经开始，也没有人会想到这场战争跟美人城有关。

这场战争开始的城市不是东州，而是西宠市。西宠市突然出现大面积停电和网络瘫痪，手机没有信号，开始以为是偶然事件，后来才知道是一场灾难的开端。

西宠的那场停电，其实只持续了不到两天半，虽然大家都有点恐慌，但也并不是什么大事。但陈达瓦那几天焦虑不安，他看着美人城里灯火通明，这种灯火通明在他看来成了罪恶。他终于按捺不住直接宣布，他想去西宠看看。这是他第一次出门远行。他出门之后不久，就电话告诉我，西宠又停电了，道路拥堵，车开不进去，车上的人打算步行进去。这次停电又持续了三天半。一周之后他回到了学校，那张早熟的脸上却有了不一样的疲倦。

"太惨了。"他深夜失眠，突然对着我说了这么一句。

"你在哭？"

"没有啊。"

"我开灯看看！"

"别开灯！"

我伸向开关的手缩了回来，那一刻，我突然意识到自己长大了，有一些事，不许用来胡闹。我再追问，他已经装睡了。又等了一会儿，再没有说话，我自己反倒睡着了。

第二天他直接将手机的照片给我看：那些惶恐绝望的眼神，那些高楼里的提着桶排着长队取水的人，被哄抢的超市，停在路中间的公共汽车，拿枪指着平民的警察，仓皇出逃的富人，趁乱打劫的毒贩……但这并不是全部，另一些照片呈现了秩序和忍耐，呈现了救援人员的良心，灾难中相濡以沫的人们。

但这还并不是全部。他说，回到常态以后，穷人的日子依然不好过，某些恶劣的情况其实也是一些贫民聚居区的常态。

"你知道吗，穷人会在梦境网吧前面排着长队出售自己的梦，他们通过卖梦获取不多的报酬，用来购买食物和药物。六十到七十周岁的老人会排着长队等待被割头，因为他们已经没有什么值钱的记忆可以销售，他们也无法找到任何工作，只能将自己割头，变成劣等的后人类，批量进入工厂，主要是做一些机器人做不了的事情，比如一些通过特殊渠道销售的智能躯体，需要个性化的制作，这就会聘用这些只有编号没有名字的后人类来生产，他们大腹便便加入生产线，工作到大脑自动关机为止。他们生产的优质智能躯体，就是专供给富人使用的。"

陈达瓦说他不想念书了。星光二叔当然希望他能读完大学，他觉得他还是个小孩，但陈达瓦一意孤行，他要去帮助那些需要帮助的人，他认为现在在学校里是在浪费时间，他长大了，知道如何去安排自己的人生。父子两人为此谈了多次，每次都不欢而散。终于在陈达瓦十八岁生日那天，他在停顿客栈跟星光二叔大吵了一架，然后在当天夜里背着背包，拖着拉杆箱离家出走。

几个月后，他给我发了半条信息，电话就再也打不通。那时候机器人的战争刚刚开始，我觉得我必须去救他，但我太弱了。我让我妈给我一套智能躯体用于战斗，但她严词拒绝了我。

"照顾好我爸，我不孝，我不"，后面就没有字了。陈达瓦之前对我提到星光二叔，都是叫二叔，突然在信息里改口叫爸，这让我有了非常不好的预感。这信息看起来像一条遗言，它直接点燃了我的内心，一个狂野的声音在喊，我必须去救他。

2. 陈达瓦：我不是个好孩子

有一天下午，星光二叔把我和陈星空从学校的课堂上带回家里。我预感到出了什么事，我见过我们班里有些同学突然被家人带回家，都是因为家里有人去世。在路上我突然很紧张，家里年龄最大的就是我奶奶，我不断回想奶奶前两天揉面团的情景，那力气别提有多大，应该不会这么快就去世。星光二叔一言不发，心事重重，我正想说什么，但陈星空给我使了个眼色，提醒我这个时候就别乱说话，跟着走就行。

陈星空一直都比我聪明，从小到大，我的作业经常都是抄他的，并且我常常还得故意抄错几个答案，以此来掩人耳目。我跟这个家里的每一个人，都没有血缘关系，这一点我从很小的时候就明白，但家里没有一个人会把我当外人，特别是陈星空，这个小我一岁的弟弟，他总是让着我。他知道我的性子野，经常劝我别跟人打架，但我真要跟人打起来，他就会躲在后面喊加油，有机会还会踢上两脚，无论输赢，他都不会自己先逃走，有几次还跟我一起挨打。我反复跟他说，如果看着快要打输了，你就要先跑，别受我连累。他说："别废话，我是不会丢下你的。"

星光二叔带着我们回到了家里，我终于看到奶奶从楼上沿着楼梯走下来。她是活着的，会动。我扑上去抱住她，把她吓了一跳："你这孩子怎么了，你怎么哭了？"

我一抹眼泪说："刚才陈星空拿沙子弄我的眼睛。"

陈星空也配合地说："是的，不小心弄到眼睛。"

奶奶絮絮叨叨说了很久，反复说不能用沙子弄眼睛，都这么大了还不让人省心。她坐在椅子上，低头穿着袜子，我才注意到她今天的装扮不同往日。她穿着一件十分艳丽的衣服，还专门做了头发，头发上戴着几件金光闪闪的饰品，戴了耳环，手腕上还戴上了玉镯子。她穿好鞋子，对我们说：

"好了，我们走，一起去看你爷爷，你爷爷的名字叫陈大康，他会画画，还会做木工。"

我才知道今天是爷爷的复活日！关于爷爷陈大康复

活的事，在家里已经说了一遍又一遍。我们一家人朝着美人城走去，今天是阴天，乌黑的云朵在天边垒砌成一面墙，似乎随时就会倒下来。乌云给美人城涂上了一层保护色，仿佛城墙上全长满了黑色的青苔，或者从哪里长出一条尾巴，一甩，把天边的乌云高墙给击垮。

我们家离美人城本来也不远，那么一小段路却似乎走了很久。走了一半的时候，我奶奶抬头望天，大风吹动她脖子上的丝巾，她喃喃地说："要不就不去了，都死了那么多年，惊扰他也不好……"

"走吧。"星光二叔说了一句，简短，更像一个前进的指令。

我们还是走进了美人城。美人城里唯一的美人，是一尊汉白玉雕像，就在喷泉的正中，远远就能看得到。走进美人城的大门，大门有两层，第一层是木头的，大红色，上面还有青铜门钉，一看就知道是模仿北京故宫大门；第二层是自动门，玻璃很厚，应该是防弹的特殊材质。门廊里还保留了青砖，上面有一些涂鸦，甚至还有当年贴在墙上的广告和电话，谁对谁表白的留言，以及游客留下的涂鸦和手印，像一些歪歪扭扭的符咒。我本来想多看看，但星光二叔不让我多停留，拉着我，要我走快点。

陈星空的妈妈钟小界，还有星河大伯在电梯口等着我们，一行人穿过一条两边都是玻璃的走廊，玻璃后面还是原来美人城废墟的砖墙，上面依然留着喷漆的电话号码。小界姑姑指着对面的一座城楼，说那里就是星空的爸爸陈临以前研究人造子宫的地方。中心位置有六合殿，重大活动或者会议就在那里进行，六合殿的北边有湖，南边是行政楼和保卫科，西边是高高的内城城墙，紧贴城墙的是医院和食堂，旁边那一栋楼是员工宿舍。我沿着她的手指左看右看，只看到这里有很多台阶，如果在上面跑一圈，估计要累个半死。她介绍完毕，我们继续走，又转乘另一部电梯，这电梯非常大，像一个小房间，我开始想象一队拿着枪的人可以跑进电梯里，到各个楼层应对突发情况。"这电梯能容纳三四十人吧？"我的声音太小，没有人回答我。电梯往下走，小界姑姑解释说，这是去地下室，也是以前的香蕉林密室，现在的美人城密室，里面主要是研究人员的工作室，还有冷冻仓库。

电梯终于发出叮的一声，我奶奶拉着我的那只手一紧，把我都抓痛了。出了电梯，就来了两个穿着蓝色工作服，戴着口罩的人，带着我们穿过七弯八拐的楼道，来到一个类似大厅的大房间，大厅的中央放着一个很大的显示器，周围是长凳。我们在长凳上坐下，长凳是铁的，坐上去屁股冷飕飕的。

"人呢？"我奶奶问。

小界姑姑笑了，她说："妈，我爸现在只能通过文字输入告诉他，咱们来了，然后他就会做梦，梦见我们来了，我们再对他说，他就在梦里对我们说，他说的话，就会显示在屏幕上。"

这时，屏幕上突然开始出现一行字："我们来到这世界。"

奶奶问："他什么意思？"

"这是他苏醒的意思，咱爸也奇怪，每次被激活，就会打这么一行字。"

"你告诉他，我来了，穿着嫁给他那天穿的衣服，你让他出来见我。"

小界姑姑打量了一下奶奶的衣服，轻轻拉着奶奶的手，说："妈，他是没法走出来见您的，可能要一些年之后，就可以了，现在只能是一句话一句话地说。"

屏幕上这时又出现几个字："无后为大。"

奶奶说："这比较像他的口气。告诉他，两个孙子来看他了。"

小界姑姑示意工作人员输入，不久，屏幕上有了反应："男孩女孩？"

"这破东西，都说是孙子了还问男孩女孩，告诉他，都是男孩！"我奶奶理直气壮地说，说完之后，整个大厅重新安静下来。我奶奶突然有点沮丧，她眯着眼睛看着姑姑："小界，你这不会是哄我们的吧？一台显示器，你就说是大康，万一是你们在哄我开心呢？"

"您可以问点只有你们知道的事情。"

我奶奶想了想，说："那你问他，有一年闹大水，家里没米了，我们是吃了三天面条，还是吃了三天玉米粥？"

这一次，等了很久，屏幕上突然打了一行："雪妹记错了，是煮了三天竹笋汤。"

我奶奶脸上的肌肉开始抽搐颤抖，她眨了眨眼睛，眼眶里滚下几颗泪珠来。她站起身，星光二叔赶紧去扶她。她说：

"不用扶，我能走，我们回去！"

没有人再敢说什么，我们撤出了大厅，离开了美人城。此后整整一个星期，我奶奶变得十分沉默，我常见她坐在那间堆满了木工家伙的房间里发呆，灯也不开，不知道在想些什么。

过了些天，小界姑姑来看她，我奶奶十分严肃地对她说："我要是死了，直接烧掉，再找个地方埋了，撒在碧河里也行，绝对不许把我关进那个黑色的屏幕里。"

我奶奶虽然沉默，但包子铺照常营业，该干的活一样都没落下。她对星光二叔说，你也别在家里看着我，该干什么就干什么去。你以前有同学来家里聊天，都说你是研究人类的，现在你看看，他们都把人类变成什么样了。她的手指着美人城的方向。

这一回轮到我星光二叔变得沉默了，他不知道怎么回答。

记得那年八岁，我是在陈家过的第一个生日，陈星光给我做了一只奇丑无比的木马，但我并没有叫他爸爸。我和陈星空一起叫他二叔，或者星光二叔。他似乎也不介意，或者看起来并不介意。那阵子他突然对网络游戏感兴趣，经常可以看到他拿着手机玩游戏，到了对决或者逃跑的情节，高度紧张，他的身体都倾向一边，脸上的肌肉都扭向一边，过了一会儿就叹了一口气说：

"唉，又是跑不掉！"

"唉，又被打死了！"

"唉，唉，又输了！"

我和陈星空在一旁观战，都觉得非常好笑，咯咯笑个不停。他不许我们笑，说我们的笑声干扰到他。

后来我们知道他居然和关立夏阿姨到美人城里面去参加网络游戏的挑战，大为震惊。但果然不出所料，一个多星期之后，星光二叔垂头丧气地回来了。我和陈星空在门口迎接他，模仿他的语气逗他玩。

我喊："唉，又是跑不掉！"

陈星空喊："唉，又被打死了！"

我喊："唉，唉，又输了！"

星光二叔瞪大眼睛看着我们，我以为他要揍人了，吓得吐舌头。他却一把将我举起来，说："你小子真沉！走，带你们游泳去！"

我们很开心，一起来到碧河边。他对陈星空说，学游泳，一个一个来，先带你哥哥学，回头我再教你。陈星空就在膝盖深的浅水里坐着，看我学游泳，时而自己扑通扑通打水。我比较笨，喝了好几回水，都没法浮上来。我在水里挣扎了一个星期，都没学会，星光二叔时而叹气时而骂骂咧咧。这时陈星空举起手来，说："该轮到我学游泳了！"星光二叔只好对我说："你到浅水里蹲着，看我怎么教他，星空如果记得我说的要点，保准学得比你快。"我在语气里听出了惩罚的意思。

陈星空笑嘻嘻说："星光二叔，你看是不是这样……"他的人往水上一扑，手脚并用，竟然在水里游起来，虽然手脚用力都很笨重，但人家毕竟浮起来了！星光二叔目瞪口呆，他怕陈星空游到急流区域，赶紧去把他捞回来。他问陈星空："你妈以前教过你？"

陈星空还是笑嘻嘻的，摇摇头说没有，就是这几天边听讲，边自己练习。

星光二叔一听，转向我，正要说些什么。我当然知道他要说些什么，还不是要说我笨，我站起来就往岸上走。这时我突然感觉整个人都被举起来，然后我就被他扔进了水里，我害怕极了，挣扎着往水面上钻，但是水里似乎有一股力量，把我猛地往深深的水里拉。这时我看到星光二叔就站在离我不远的地方，我突然看到了希望，奋起朝他的方向挣扎过去，但他竟然还会后退，我努力靠近，却似乎永远靠近不了。我再努力一把，但力气用完了，人往下沉。这时，一只手抓住我的手臂，把我拎出水面。我满腔悲愤正待发作，却见星光二叔满意地笑着，让我回头去看，我才发现自己离岸边已经很远了。我从来没有离岸这么远！

"不逼你一下，你永远不知道自己有多强大。游回去！"

我喘了几口气，顿时来了信心，一股力量从心底升起，手脚并用，乒乒乓乓打水，竟然游回了岸边。我的心里开了花，我想对他喊："爸，我做到了！"但张开口，却是：

"二叔，我做到了！我可以浮上来了！"

陈星空看我激动得快哭了，一脸鄙夷。时隔多年以后他还会提起这次学游泳的事。他说，那时才知道你长着一副坏人的样子，其实内心却是个玻璃心，眼泪也是廉价的。

他说得没错，我的眼泪太廉价了。我跟人打架可以一个人干翻三个人，却经常在电影院哭得稀里哗啦。十八岁那年我背着行李离开了碧河镇，我就是想出去闯荡，我想去帮助更多的人。要不是这该死的机器人战争，我的热血和眼泪，大概会让我成为一个更好的人。而战争爆发了，所有的苦难也跟眼泪一样变得廉价，我不得不把自己熄灭，学会做一个铁石心肠的人。

3. 钟小界：真正的灾难是丢了钥匙

作为一个科研工作者，我一直都站在科学这边，但关立冬对我来说，依然是一个谜。

关立冬生下祖谢临的那些日子，正是祖家最为难熬的时刻，几乎没有人会在那个时候将注意力放在她的身上。是关立秋护送她到医院生产的，祖少爷想一起去，关立冬却让他别去，说女人生产男人也帮不上什么忙。我想，她是怕他看到孩子难过。祖少爷还是坚持他一定要去，关立冬就对他说，你想来也好，顺便帮我买一辆好轮椅。

祖少爷去买轮椅，刚好遇到东州市区凤凰楼大酒店前面大塞车，他到达医院的时候，关立秋结结巴巴告诉他两件事：第一是关立冬顺利生下了一个女婴；第二是她妹妹关立冬从此走不了路。

祖少爷去找医生理论，但也只是发泄情绪而已。医生十分冷静地告诉他，关立冬自此离不开轮椅了，这个过程几乎不可逆。从此在美人城中，大家见到的关立冬，除了她额头上的胎记，还有就是轮椅上的形象，都令人难忘。关立冬自己倒是很坦然，她说：

"情况比预想的要好，只是双腿没什么力气，还不算是完全瘫痪。"

祖谢临一天天长大，性格乖巧可爱，他们一家也算生活美满。祖少爷如果在家，每天都是由他抱关立冬上床。如他自己所说，娶了关立冬以后，他似乎换了一个人，性情由叛逆变得十分沉静。祖谢临后来去上幼儿园了，我有时来到他家，经常可以听到他们夫妻俩说笑的声音。祖先生还专门让人研发了一款六个轮子的轮椅，这款轮椅的主要特点是可以翻山越岭，可以爬楼梯，它有自动平衡技术，永不翻车。几年之后，祖少爷请了两个医生来跟关立冬谈她腿部的治疗方案。医生用全息成像的方式，非常简明易懂地告诉关立冬，她的腿只需几个纳米机器人，就能让她重新站起来。关立冬没有说话，她非常谦虚地听完，又非常客气地送走医生，然后告诉祖少爷，她必须待在轮椅上。

祖少爷开始和颜悦色地劝说，最后终于歇斯底里地爆发了，骂她又蠢又固执。关立冬等他发泄完了之后，拉着他的手，看着他的眼，一字一句地说：

"我如果站起来走路，我们的女儿就会在轮椅上度过余生。"

祖少爷双手抱着他的光头，无力地坐在沙发上。他理解关立冬的固执，以及这种固执背后的神秘力量。

有一天傍晚，关立冬突然邀请我和关立秋一起吃晚饭。关立秋本来说要去接她，但她说不要别人接，她可以自己开着轮椅直接到餐厅。她来了，怀里还抱着她的黑猫。黑猫好老，只知道睡觉。这次饭其实吃得很累，关立冬话很少，关立秋口吃也说不了很多话，都是我一个人在给她们讲各种段子。终于我讲累了，空气就安静下来。这个时候，关立冬取出一根牙签，将桌子中间仅剩的那只灌汤包轻轻挑破，我们三个人就一起看着汤汁一点点往外流出来，慢慢占领了整个盘子。她将牙签放在烟灰缸里，再将那只小盘子端起来，送到黑猫面前，让黑猫舔食盘里的汤汁。良久，关立冬才轻轻叹了一口气，突然对关立秋说：

"咱爸很快会被车撞死，躲不开。"

她说出这句话之后，反而如释重负。关立秋听她这么一说，猛地站起来，握紧了拳头。

"立秋你坐下来，听我说完。"关立冬看着盘里那只变得干瘪的包子，把盘子放回去。

关立冬说，你也不用去查交通录像了，卡车是肖虎家的。记得肖虎吗？没错，就是以前计生队里把我们追到地洞里的那个人，他有一个女儿很早就去世了，后来他开了牛肉火锅店，赚了不少钱，又娶了两个老婆，生了两个女儿，一个叫肖红，一个叫肖紫。肖家有个地下工厂，专门非法组装机器人，还有智能躯体。你要去肖家的地下工厂救一个人，把他救回来。

"关掉整个美人城的钥匙只有他才有，战争要来了，真正的灾难是丢了钥匙。"

"你是说祖先生？"

关立冬点了点头，同时启动了轮椅，对我说："小界你结账吧，我先走了。"

关于通灵之说，我们无法证实，也无法证伪。对于无法证伪的东西，我们也无法说它并不存在，只能抱着观察待证的态度。关立秋赶到时，父亲关多宝还没死。后来她还是去查看监控视频，那辆非法运载智能躯体的卡车把他撞飞了，飞出一丈开外，滚进田野里。但他居然还能站起来，走了几步，才像大风中的稻草人一样缓缓倒下。关立秋希望能马上割头，但医生说他已经撞坏了左脑，太迟了。关多宝在医院躺了几天，他醒过来几次，都在问他的老朋友陈大同在哪里了。但没有人知道疯子陈大同跑到哪里去了。最后弄清楚，他想找陈大同借用一下陈氏宗祠，关立秋火速给我母亲打电话：

"雪……雪姨，我爸要……要借……借祠堂用……用一下！"

"我等会儿就让达瓦把钥匙送到你家。"

关立冬坐着轮椅来到医院，她脸上永远安静，不喜不悲。她对立秋说："去吧，去做你的事，赶紧去，如果迟了，一切就迟了，我和立夏陪着咱爸。"

关立夏也到了医院，她早就听立秋描述了昨天晚餐的情形，一进门就对着立冬吼："你为什么不救他！你为什么不救！"

立冬闭上眼睛，眼泪就落了下来。

关立夏依然恶狠狠地吼着小妹，像盯着一个怪物："你连一条狗都能救活，你就不能救一下自己的爹吗？他一辈子就没过过几天好日子……"

关立夏蹲下了，晃着她的肩膀："你说话啊！他还能活吗？"

立冬慢慢睁开眼睛，对着那张无比痛苦的脸："如果救了，死的那个就是你。"

关立夏握着立冬肩膀的手慢慢松开了，她站直身体，往后一步，瘫坐到椅子上，无力地哭起来。

祖先生回来了。但他的脸已经腐烂了一大块，连大门安检的人脸识别系统都一直将他判定为陌生入侵者。蛆虫在他的皮肤下面爬行，这让他看起来非常恶心。他却笑着说，幸好他的许多密码设置为屁股解锁，现在全身上下就屁股最为漂亮了。

祖先生开始接受治疗，而对他的最佳治疗方案，就是马上割头，抛弃这个肉身。他自己也认同这样的治疗方案，但抛弃皮囊之前他有自己的考虑。他需要一点时间，打造一具属于自己的智能躯体。他说被困在地下黑工厂的这几年，他一直在思考智能躯体与人脑匹配度的问题。他说工厂里所谓的智能躯体，其实就是给机器人多一层人皮而已。但到目前为止，人脑还是无法被替代。他将这几年的奴役生涯当成闭关修炼，并已经研究出一套方案，只需一点时间，就能梦想成真。

当然，以上是他对外的宣传，主要是为起到塑造自我形象的作用。而在美人城里，他几次暴怒，甚至有一次还将一个玻璃烟灰缸砸向自己的儿子。他说他今天所遭遇的这一切，都是拜祖少爷所赐。

"我是瞎了狗眼，才养了你这只白眼狼！"

祖少爷反复解释，说破爷和刀爷已经将祖家逼到绝境。但祖先生对此不以为然，他认为他跟破爷的合作一直非常良性。

在接下来的日子里，不断有记者来访，他每天依旧和颜悦色地查看各种报表，了解整个美人城的经营情况，对着采访的镜头则对自己的儿子赞不绝口，高度评价了美人城这些年的发展轨迹；在会议室和家里，父子则几乎反目成仇。更多时候是祖先生提高了声音在说话，那声音变得声嘶力竭，让人有点怀疑他的精神状况。

一种我非常不愿意看到的情形出现了，他们父子俩开始为了争取到我的支持，而对我加以笼络。我觉察到自己正在成为一颗棋子，内心充满了焦虑和隐忧。我当时创作了一款叫"灵感"的产品，也突然被重新重视。

这是一款很有美感的产品，它的核心是模仿鹦鹉螺的气室结构工作原理的"虚体鹦鹉螺"，从数据上看完全符合斐波那契数列弧线。这让我想起陈星河的图案。祖先生说，"灵感"是一款应该被美人城引以为豪的产品，"灵感"能衍生出质感细腻的"手记"，马上就能派上用场。果然，它很快就被运用到安乐桶和智能躯体的联络中，并发挥了意想不到的效果。

祖先生对"姜太公"这款产品似乎非常感兴趣，他找到陈星河，要他交出源代码。陈星河说他得问问祖少爷，祖先生勃然大怒。祖少爷知道这件事之后，将陈星河叫过来，当着祖先生的面狠狠骂了他一顿，然后让他将源代码给了祖先生。星河过来找我抱怨，我让他配合着演戏就好，他说他明白祖少爷并不是真的在骂他，但总是觉得沮丧。他交出了源代码，就经常回到刺青店里，不怎么到美人城里来。我们谁也没有料到祖先生会将"姜太公"直接升级为新的产品"石敢当"，也猜不透他为什么要将"石敢当"与美人城的主程序完全捆绑在一起，而"石敢当"逃逸的时候，带走了地下室里所有反重力的"黑姜"。我们只知道他对"石敢当"的算法赞叹有加，并不知道这个操作背后的风险。"石敢当"不再是一个简单的赌博网站，而是一个具有学习能力的离子阱量子运算中枢，它在一次次的博弈游戏中触摸人性的底线，从而建立自己的认知。当一个程序突然有了求生欲，它每一秒都在成长，翻墙逃跑就成为一个必然——出走还是一个婴儿，归来已经是少年。再次出走时，已经没人能辨认出它是谁，它向别人介绍自己，都用一个新名字：石老师。

祖先生找到陈星河，说他想见见"石敢当"这个程序的创造者，陈星河直接告诉他，这个人已经死了，死在一个屋顶的蓄水池里。

电脑天才、蓄水池命案、一款让亿万人疯狂的软件……这些关键词让我隐约看到陈星河的另一种生活。

祖先生问："他有告诉你这个程序中有隐藏的代码吗？"

"他什么都没说，我又不懂代码。"

"他有没有跟你提过复活之类的话？"

陈星河想了想才说："这个倒是说过，他说姜太公钓鱼，鱼就无处不在，钓起来的鱼也可以随时复活。"

祖先生点了点头，似乎他的所有想法得到了印证。他说这个人不得了，死了真可惜。陈星河说，也没什么可惜的，现在智能机器人的编程能力太强，很多活人的岗位都被机器人抢了，比如美人城里，机器人编程工人就比活人多。祖先生说，那是低段位的工程师会被抢，像你这位无名朋友的技术水平，那是绝对一流的。

陈星河淡淡一笑："您就从来没有怀疑过，他也有可能是一个人工智能机器人？"

"如果这样，那么人类的末日就要来了。"

陈星河却说了一句意味深长的话："也许这个世界的真相不止一个，所有看似相互矛盾的真相都会同时成立。"

几个月后，祖先生作为第一个肚子里装着安乐桶的后人类，他的照片出现在各大媒体的头版新闻里。我听陈星空说，就连不太容易崇拜别人的陈达瓦，也很崇拜祖先生，很希望有一天能跟祖先生合影。

美人城的革命性成果很快被购买和复制，合成一个后人类需要几百项技术，所以技术置换成为一个新的选择。在美人城公司股价飙升的背后，另一个产业也崛起了——智能躯体在一夜之间变得供不应求。人们欢呼雀跃地庆祝一个永生的时代到来了。肖虎带着他的两个女儿肖红和肖紫来到美人城，希望美人城能将他们的地下工厂直接收购接管，他只要一个好价钱。肖红和肖紫这两个不到三十岁的姑娘，却胖成两颗球，她们穿着和名字对应颜色的衣服，看起来像是两颗全色台球靠拢在一起，一颗红色，一颗紫色，看着让人产生一种想在她们前胸后背标上数字的冲动。老肖虎话很少，基本是这两颗台球在说话，她们认为只要美人城入股她们公司，在当前的形势下，肖家的智能躯体工厂就会变成一个光芒四射的大公司。

奇怪的是，曾经在肖虎的黑工厂吃尽苦头的祖先生却反而主张合作，而祖少爷则主张另起炉灶，在美人城里发展新的智能躯体生产线。

祖少爷说，变得强大的后人类应该有责任保护纯人类，所以一切应该在可控的范围内进行。祖先生呵呵一笑，他的笑声带着金属感，比之前更好听。祖先生说你倒是很有一颗圣母心嘛，突然间为了全人类了？

"我告诉你，儿子，这座美人城，迟早会变成一个博物馆，我们打开了魔盒，而魔鬼已经跑出来了。"

"总之，黑心工厂就应该铲除，不应该再制造工业垃圾。"

"你也别忙着杀人灭口，我为什么会在黑工厂遭受奴役，难道你心里没点数？"

我突然想起当时以为祖先生被我二叔陈大同救走了，这也不过是祖少爷的一面之词。真实的情况如何，也许只有他们自己才能明白。他们父子俩现在掐起来，看到这种情况，肖虎只能带着两个女儿回去了，他并不知道美人城里这父子俩谁是老板。按照法律，祖先生早已经被宣告死亡，祖少爷才是美人城法律意义上的主人。但实际上，祖先生又是美人城的缔造者，他是老子，儿子当然得听老子的。所以肖虎只能等通知，他想，应该会有人来找他的，谁来找他，谁就是老板。

但肖虎还没等到美人城的通知，他原来黑道上的老板刀爷，就被破爷的机械臂一把砸碎了脑袋。这个消息震动了整个碧河平原的黑道，他们开始觉得非常突然，后来想想也就明白了：拥有了永生可能的破爷，根本就没有退休的必要。这个时候大家才突然觉得，还是把头颅装进安乐桶里面比较安全，因为随时可以更新自己的智能躯体。但是，可以更换的智能躯体，就存在智能躯体无止境的技术竞争。这些黑道上的人，最积极推动更高更强的技术变革。

所以，破爷连夜来找肖虎，让他把屠宰场的地块腾出来，赶紧制造智能躯体。

"但我们没有安乐桶……"

"笨蛋！还有钱买不到的桶！"

肖虎仰头看着两米多高的破爷——破爷又一次回来，他不会再退休了，权力的代际更迭被打破，只要营养液能保持人脑的活性，那么破爷就能千秋万代一统江湖。肖虎突然感觉害怕，在想应该优先为自己生产一具恐龙般巨大的智能躯体才行。但恐龙轰然倒塌的情景又在脑海中回放了一遍，令他不禁打了个寒战。

祖少爷也想为自己打造一具专属的智能躯体，但祖先生却不同意他这么做。

"你还没给我生个孙子呢！"

"我已经帮你……救下了一个女儿。"

祖先生让他把祖谢临带来。祖谢临穿着漂亮的白色小裙子，裙子上有大大小小的黑色斑点，她自己很喜欢这件裙子，还给取了名字，叫斑点狗裙子。

"谢临，叫……"祖少爷突然语塞，他不知道让祖谢临叫祖先生为爷爷是否恰当。

"来，谢临，"祖先生意识到这种尴尬，他想主动化解这种尴尬，"到爷爷这里来。"

祖先生又说："家丑不能外扬嘛，还是叫爷爷好。"这句是说给祖少爷听的。

祖谢临一动都不动，手里捏着一个弹力球。

"谢临，过去。"祖少爷提醒她。

"我才不要一个变形金刚当爷爷，我又不是男孩子。老爸，你把这个怪物弄走吧。"

"谢临，不许这么说话！"祖少爷训斥道。祖谢临不说话，把弹力球向空中抛了又抛。

"算了，"祖先生说，"小孩不懂事，你让她回去吧，把立冬给我叫过来。"

"立冬她父亲刚去世，现在正难过着呢，可能不太方便。"祖少爷压制着内心的火焰，他已经感觉到一种强烈的侵犯。

这时外面传来一阵凄厉的猫叫。

"哪里来的野猫？"祖先生说，"算了，你们都回去吧！这里不许再养猫，我听着难受！"

4. 陈星空：确保记忆不要走形

　　陈达瓦跟星光二叔闹翻之后离家出走，宿舍里突然安静下来。平时觉得他话太多，突然他不在了，我才发现整个宿舍里原来有这么多的空气。有一天我去找我妈，她不在，我打开她的电脑玩了一会儿。正无聊间，"灵感"被激活，屏幕上突然弹出一个黑框，上面写着："小界让我走吧。"点开就可以看到是我妈跟我外公陈大康的对话。在前一天，我外公陈大康说要闻一闻花香，我妈在梦境中挑选了十几种花香，陈大康都说不对。但他又说不出他要的是哪一种花，大概是他离开各种真实的花草太久，很多名词正在消失。

　　我外公是第一批运进美人城的人头，当时的安乐桶还处于测试版本阶段，很不稳定，这也导致我外公的人头被特别对待，他有更自由的权限，但是也必须承受更大的伤害，这样的结果是：他注定无法再成为后人类，无法安装上智能躯体来与外婆相见。

　　他脑内的名词正在消失，有两种方案可以防止这种情况继续恶化。一种是在大脑皮层植入芯片，以达到辅助记忆的目的，但这样做存在脑体损伤的危险，必须加大皮层修复剂的剂量，而这样的修复就会进入恶性循环。另一种方案就是喂食多感梦境。在美梦罐里，梦境的存储建立在记忆的框架之上，而记忆按照不同质量区分可以有多感记忆、立体记忆、平面记忆、线性记忆、碎片记忆，匹配会关联多感梦境、立体梦境、平面梦境、线性梦境、碎片梦境，不同的梦境有不同的价位。多感梦境是顶格的梦境，价格也最高，它可以分解为高质虚拟格式、多感觉视频格式、多感图片格式、多感文字格式、可改写图文格式，让使用者获得良好的体验。穷人去卖梦都希望自己的梦能多一些多感梦境，但这类似于中奖，并不是每天都有这样的好运气。给安乐桶里的大脑喂食多感梦境，当然会让大脑变得异常兴奋，但那太过于烧钱，是富人的大脑才有的待遇。

　　我在我妈的电脑中发现了她给我外公喂食多感梦境的记录，虽然已经是内部折扣价，但这项服务依然费用高昂。按照工程师的说法，这项高级服务是用于未来后人类在星际旅行中对人脑的奖励，可以让人脑在高速的时空切换中不至于迷失。

我不知道我妈妈什么时候变得如此不理性，再这样下去，我们家会破产的。我见过梦境网吧前面排队卖梦的穷人，他们抽掉了梦境就如抽掉身上的血，但却一脸期待，还担心自己轮不上或者梦境不能达标。我星光二叔曾经在课堂上说过，贫穷是一种罪恶，甚至可能是最大的罪恶。我可不能让我们家因为死人——也不能叫死人，只能说先人——而变得无比贫困。想了想，我做了一个有点冲动的决定，将我外公陈大康那句"小界让我走吧"拍照告诉我外婆。

我外婆戴着她的老花镜，又把她的老花镜摘下来，把我的手机举起来，让它离眼睛远一点，终于看清楚了图片上面的字。

"这老不死的，是想死啊！"她慢悠悠地说。

"这是我外公的最新想法，所以我觉得有必要让您知道。"我用一个冠冕堂皇的理由来掩饰我的心虚。

"星空你做得对。"

我外婆决定隆重召开一次家庭会议，来讨论让我外公入土为安的问题。她把地点选在停顿客栈，因为巷子

238　　美人城手记

口的包子铺被网上评为碧河地区大小吃货最为赞赏的十佳店铺之一，家里最近摆满了各种包子，人走进去都要蹑手蹑脚，还是停顿客栈宽敞些；另外就是传说中的疯子陈大同回来了。外婆说："也要让陈大同出出主意。"

这几年，星光二叔经常从家里带了各种木匠工具到停顿客栈帮忙修修补补。他总说自己什么也不会，但搬弄起小锤子和大锯子，还是像模像样，架势十足。他说自己小时候就老被人叫猴子，五层楼高的橄榄树，他手脚并用一口气就能爬上去。

"爬上去容易，从树上下来就比较麻烦。"

家庭会议还没开始，星光二叔先到停顿客栈去，给蚂蚁婶子修理自行车。蚂蚁婶子性格很怪，小时候星光二叔跟我说过她会吃蚂蚁，但从来没见过。街上跑来跑去都是无人驾驶的汽车，蚂蚁婶子却固执地要修好这辆自行车，只因为她儿子陈风来去世之前喜欢拨弄车轮子玩，有一回还夹到手，鲜血淋漓。作为一个青年造梦师，我很理解这样一种情景在人脑中呈现的记忆深度，或许儿子陈风来的样貌都在变得模糊，但关于一只被车轮夹到而鲜血淋漓的手，就是最好的多感梦境的素材，绝不会轻易被遗忘。这样一个记忆会指导着人们的行为，它会让蚂蚁婶子十分安静坐在旁边，看陈星光修理自行车。她需要这么一辆自行车，来确保她的记忆不要走形。

人陆陆续续地来了，大舅妈苏婉在客厅里清洗茶杯，煮水泡茶，动作温柔而娴熟，如果不说她会功夫，怎么都看不出她可以跟关立秋打个平手。

所谓的家庭会议，其实就是我外婆把她的两个儿子一个女儿——星河、星光和我妈小界——叫到身边来谈谈事情。其他人都到了，只有星河舅舅还没到。大家围坐着喝茶，谈论着陈达瓦去了哪里，说他最近分享的图片都少了。又笑我叫星河为舅舅，但叫星光为二叔，简直混乱透顶。

"那时星空和达瓦都还小，我有一回喊二叔，被他们听到，非得也喊我二叔，叫着成了他们的专用绰号了，这两个小鬼！"

星光二叔正说着，他那个被大家叫成疯子的陈大同披着一件外套从楼梯上走下来，看样子刚刚睡醒。他在阳光里拍拍身上的灰尘，朝我外婆鞠躬叫了一声大嫂。

"人没死呢，你给我鞠什么躬！"我外婆笑着说。

大家都笑。

陈大同接着说："唉，羡慕你有这么多孩子，我一个孩子也没有。外面就要战争了，这么多个孩子，这多么不安全！"

大家觉得这句话不应该笑，但他自己却笑起来。

蚂蚁婶子在旁边吼："你在瞎说什么呢！去，把鱼杀了，我们中午煎鱼吃。"

"鱼是我抓的，我不好意思杀它，我要喝茶。"他走过来喝茶，大家就给他让了一个座位。

"我们今天是不是来密谋什么时候把美人城炸掉的事？如果是的话，我这里倒有一个好主意，你们要不要听一下……哎呀，哥，你终于来了！"

大家听他突然这么一喊，顺着他的目光转头去看，只见陈星河从门口走进来，边走边脱掉身上的外套，抖了抖说："这鬼天气，这边出太阳，那边下雨。"

大家见是陈星河，都把头转回来，只有我外婆还呆呆看着陈星河：

"像，真像……真像那个老不死年轻时候的样子，连脱外套的样子都像极了。"

星河舅舅不知道发生了什么，只觉得每个人脸上都怪怪的。他也不说话，也不问，找个角落里安静地坐下来，打算好好听大家讲话，却发现每个人都看着他。

他只好说："来迟了，抱歉。"又说，"你们怎么都看着我？"

星光二叔说："看你帅。"

"教授会讽刺人了，你就长不大，才会把我们达瓦给撺走，达瓦跟我说，他刚到了额尔古纳河边住下来了，让我告诉大家都别担心他。"

外婆说："什么河？连这河的名字都没听过，还说别担心！他怎么只跟你说啊，就不跟我们说？"

苏婉在一边说："您就只知道碧河，天下的河多着呢，反正您这孙子长得跟铁打的一样，天高任鸟飞，出去外面锻炼锻炼也好，您就不用担心了。"

"不用担心小孩啦，我们还是聊聊为了老人怎么炸掉美人城的事！"陈大同兴致很高。

星光二叔见他还是犯迷糊，如果不把他支开，其他人没法聊正事，于是压低声音在他耳边说："赶紧去杀鱼，不然我让卢寡妇请你喝老鼠茶！"

这话比较灵，陈大同当即住嘴，说他要去院子里杀鱼，杀鱼比杀人好玩。

疯子陈大同说话常常颠三倒四，但这个家庭会议，确实就是要杀人的。没有人知道怎么开始这个话题，所以话题也一直都是游离着的。大家都在等我外婆能说一句什么，但她刚才看见脱外套的陈星河之后，眼睛里就有点空，大家知道她内心动摇了，也许她觉得自己没资格宣判自己丈夫的死刑。

　　"美人城里还没有这样的先例，我也不知道应该怎么做。"钟小界说。

　　大家都安静下来，不知道说什么好。

　　陈星河问陈星光拿了一支烟，点上，良久才说："埋了吧，埋了他他会感激我们的，老人入了土，子孙后代才会兴旺。"

　　我外婆终于呜呜哭了起来："连点烟说话的样子都像，我以前怎么就没觉得像！就听星河的吧，就这么办吧。"

　　"像什么？"陈星河把烟掐灭，弄清楚是说自己像父亲的时候，他提高了音量，"我才不像他，我有什么资格像他！我讨……我不说了！"

　　他无可奈何地活成了他讨厌的人。

5. 钟小界：这是历史的倒退

在我们家开完家庭会议的第二天，美人城发生了一件小事：有一群孕妇来到美人城门口游行示威，抗议美人城的"永生"工程。这群孕妇有四五十人，她们挺着大肚子，随行还带来媒体记者、医生和律师团队，看得出明显是筹备已久的一次游行。她们在美人城门口露出了像月亮一样又圆又白的肚子，对着摄像头慷慨陈词。

"人类永生是非常可笑的，老人就应该给小孩腾出位置，这是大自然千万年来的秩序！"

"唯有死亡才能让我们拥有崇高的情操和尊严，唯有死亡的平等才是终极的平等，唯有死亡可以驱逐黑暗和自私，带来生命之光，人们才愿意彼此牺牲而感到生命的充实。昏庸的永生只会带来极权和残酷的剥削，没有轮回的世界将变成地狱，永无止境的生命也将充满空虚……"

"谁愿意这个世界变得暮气沉沉？谁愿意这个世界永远都是黑暗？谁愿意被剥夺情爱的欢愉？谁愿意跟这些说话全都是一个腔调的活标本共享一个世界？谁愿意看着自己挚爱的人逝去而只有自己永远孤独？谁愿意让富人永远统治世界，穷人毫无希望？"

"大家安静，请听我说……一个行尸走肉的世界并非我们的共同期待，也不值得任何人为之奋斗。如果任由所谓的永生存在，则这个世界不再需要鲜花的美，所有的一切都变成幻觉，变成数据对于神经的欺骗，所有的感情都变成一种算法，所有的亲情网络也将不复存在。美人城里没有美人，这里是魔鬼之城，是恶人城，妖人城！我们应该团结起来，打倒这样一个标榜着科技进步却倒行逆施的妖怪公司！"

美人城外无比喧闹，这些人的演讲词也都写得很漂亮，脱稿演讲将所有人的情绪都煽动起来，发出此起彼伏的呼叫声。孕妇们还组织自己的丈夫，用卡车将一个巨大的艺术装置运载到现场，那是一只用塑料废料制成的凤凰，彩色的尾巴在风中飘舞。但这个漂亮的尾巴并没有让凤凰看起来更加威武，而是让它显得有点滑稽。演讲的孕妇轮流站在卡车上，以凤凰尾背景进行直播，她们时而看向人群，时而面向直播的镜头，动作夸张，唯一的期待是希望自己的声音能借助网络传得更远。

这样一个事件让祖家父子突然非常团结地达成一个共识：高调重启人造子宫项目。他们认为这样一个危机，同时更是一个非常漂亮的时机。他们让人在当天下午放出一则宣传广告，高价征集健康男女的精子和卵子，同时推出人造子宫租赁服务，以解放女性怀孕生产的痛苦和压力。

孕妇抗议团本来打算离开，这个广告在美人城外大马路上的屏幕播放出来，让她们无比愤怒。抗议团紧急调整战略，就地搭起了大帐篷，掀起新一波的抗议。

"有了人造子宫，女性就会变得更加无用，会在这个野蛮的进化中被消灭！"

"自此男人不再需要女人，他们只需一颗廉价的卵子！"

"你们想想，我们女人只要提供一颗卵子，他们就可以培育出一个人，再也没有父母和兄弟姐妹的概念，都成了带编号的产品，长大了进行洗脑教育，强制留下精子或卵子，然后就被送去割头，放进安乐桶里成为可供操纵的一具行尸走肉般的低等奴隶，夜以继日地工作，再没有喜怒哀乐。"

"小孩成了没有生命的批量产品，是对神最大的侮辱，没有人可以代替上帝，没有人可以肆意蹂躏生命的链条，这是历史的倒退！势必诞生男人强权的利维坦！"

一些人慢慢理解了她们的远见和焦虑，即使没有怀孕，也加入了支持她们的行列。但在另一边，令人不可思议的是，男男女女排成长队，正打算出售自己的精子或卵子，以此换取购买食物所必需的钱。这些穷人对孕妇抗议团说：

"我们要过日子，你们抗议你们的，但我们只想活下来。"

"你们游行示威是你们的权利，但别打扰到里面的工作人员，我们还指望着他们有好心情，来采购我们的卵子。"

"我才不想生孩子，把生孩子的事让他们公司去做也挺好，乐得清静。"

"如果每天工作赚钱，不用像现在这样还需要养家养小孩，我可以过得很不错，至少不会这么穷。"

两个团体开始只是你一言我一语，后来都激动了就彼此喊话；再后来，不知道谁先动手打起来，很快场面就失控了，乱成一团。有两个孕妇被打得倒在地上，抱着肚子大喊来人救命啊要生了。美人城的保安出来维持秩序的时候，又有三个孕妇挨了打，羊水都破了。保安都是年轻男子，没碰过大街上生小孩的场面，以为孩子马上就要探出头来，慌乱中不知所措。有人喊了一句赶紧送医院啊，于是他们只能把孕妇架起来，送进了美人城里的医院。这个举措让孕妇们受了启发，她们马上尾随，都说肚子痛，要在美人城医院里完成生产。

"孕妇占领美人城医院，这个行动比任何语言的抗议更具有象征意义！"她们对媒体记者说。记者又追问："是不是怀孕的时候比较无聊，所以想出这样一出闹剧……"话还没有说完，话筒已经被人摔到地上。

那些肚子还比较瘪的孕妇有点犹豫，毕竟她们距离预产期还远着呢，本来只是在这里游行抗议几句就可以回家。现在突然说要住进美人城，计划变化太快，她们说得跟家里商量一下。

"还不是舍不得你们的男人！哼，把你家男人叫进美人城伺候不就完了吗？"

这句话一说出来，谁如果现在中途离场，就有离不开男人的嫌疑。这段时间结下的革命友谊，容不得丝毫的动摇和背叛。仿佛任何人只要往后退缩，就会被人瞧不上。于是大家都只能住下来，然后打各种电话求助。打电话的时候还时而大声，时而小声，大声是说给大家听的，中气十足；小声才是正常的沟通，甚至是恳求，强调自己很爱这个家，希望得到理解。

第二天，还真来了不少疼老婆的男人，他们带着各种日用品：煲汤的、洗脚的、日常护理的……美人城医院没遇到过这种情况，住不下，也不让住，于是很多人听说有个停顿客栈，就在停顿客栈住下来。他们对美人城的各种项目都不甚了然，多数人也不知道自己的老婆在抗议什么或支持什么，就觉得她们喜欢就去做吧，自己则在停顿客栈里整日喝啤酒打牌聊天，免不了吵吵闹闹，有个喜欢出老千的家伙还险些被打死。有专业记者和网红主播也到停顿客栈来，希望能捞到一些猛料，但他们看到男人们这种懒洋洋的态度，觉得好像问不出什么来。刚好那天陈星光在天井里修理抽水泵，有个记者认识他，便围过去，问他："教授，我认得您，您是研究人类学的，对目前女权主义高涨的这个情况怎么看？"

陈星光看了他们一眼，继续干活。他们又穷追不舍问了一遍，陈星光才说："我是研究人类的，女权主义整天只研究男人，我们干的活不一样，没什么好说的。"

我将家庭会议的决议跟我父亲陈大康说了。我开始觉得他可能会表现得很淡然，或者很开心，或者很难过，但其实他表现得很矛盾。他给我的回复是：

"好的……不好。"

我也不知道他究竟是好的还是不好，我也看不到他的脸，看不到他的表情，听不到他的语气，根本无法做出更为准确的判断。

我告诉他，这件事我会报送祖先生和祖少爷，分别递交申请，可能会有一些工作程序上的麻烦，但只要高层支持，其实就是一个按钮、一行命令符的事。我会充分考虑他的感受，让他完全无痛离开。实验阶段我们每天都要模拟人脑的死亡，我对此有深刻的理解，在安全无痛方面应该是可以保证的。

看到我的申请之后，祖先生第一个找到我，第一句话就问：

"真的没可能将他升级为后人类？"

"不行了，移动不了，长期使用大脑修复剂带来了巨大的副作用，任何一次物理振动都可能导致大脑解体，化为粉末。"

"粉末？"

"是的，粉末。"

祖先生长长叹了一口气。他以前叹气的声音我非常熟悉，但通过机器的叹息我还是第一次听到。他说："容我再想想吧，我当然尊重你们家庭的选择，但希望有第三个选择，你爸也是我的朋友。"他的态度让我感到有一些意外，一个人脑而已，他那么多事情要处理，却对这件事颇为慎重。他似乎感觉到我的疑虑，又说："其实，这段时间，我也跟他谈了很多，关于过去，关于未来，我们很久没有走得这么近了。"

他用右手的食指敲击着桌面，左手抚摸着自己的肚子。他的肚子里装着桶，桶里装着头颅，鼓囊囊的。我不禁想，也许他下意识想抚摸的是自己的那颗光头。

几天之后，我父亲陈大康逃走的消息在美人城的员工中间传开了。我的父亲又不是螃蟹，他怎么可能逃走呢？但我到地下仓库去看了，他的脑体还在，但生物体

第四章　　251

征已然消失，在模拟脉动血流灌注装置中的这个灰白色物体，跟泡在福尔马林里的器官标本并无不同。"量子传送。"负责量子计算机研发的工程师用了这么一个名词，他解释说这个电脑已经被完全复制到另一个空间，并且在传送完毕之后切断了量子纠缠的通道。他还怀疑有人进了密室仓库，但十个监控录像都没有发现任何异常。

祖少爷签发了追捕"蓝色猫头鹰"的命令，由十个人工智能编程工人和三个高级造梦师组成的团队负责在美人城的网络系统中搜寻他的下落。而我则因为重大作案嫌疑被隔绝在这项追捕工作之外，祖少爷要求不许任何人向我透露追捕"蓝色猫头鹰"的进展，甚至我的一些其他工作也受到限制。这是我进入美人城以来的第一次工作低谷，而且发生在他们父子的矛盾即将激化的时候。祖少爷的眼光把我的脸都戳痛了，他说：

"你必须认识到这件事情的严重性，如果意识可以脱离脑体而独立存在，无论是被挟持冻结在某处还是主动逃逸在网络上游荡，都非常有可能引发一场灾难。人和魔的分界线，在此产生，我们跨出了不应该跨过去的一步。"

他这样说，仿佛陈大康真的是我放出去的一样。作为一个造梦师，我并没有这样的能耐。铁姨曾告诉过我，当别人认真了时，你应该行动，而不能去狡辩。虽然"蓝色猫头鹰"这个名字已经成为美人城世界的敏感词，但是我依然决定自己调查这件事。

与陈大康的大脑一起逃跑的，还有地下室中的"黑姜"，所有人对于后者似乎更为紧张。为了不让恐慌被传递出去，祖少爷发布了命令，提升了这个事件的密级，不允许讨论那些神秘的"黑姜"。

而这时，席卷多个城市的大停电正在发生，但没有人觉察到这已经是一场战争的开始。后来回顾才明白，这一场战争早就开始，"石敢当"深谙博弈之道，弱势的时候，它的赌注下得很小，只求每把都赢，积少成多，各个击破。

我不敢对家里的人说陈大康已经逃逸的事，谈量子力学他们理解不了，说灵魂出窍又怕吓到他们。而我自己的调查毫无进展，我在美人城世界的ID已经被标志，权限也受到限制，只能用隐藏的ID进行调查，这让我束手束脚，在很长时间里根本就没有任何思路。这个时候，我突然特别希望可以获得美人城的最高权限，而其实我相信在美人城里面工作的每个技术高手，都曾黑进了最后的控制区门口，也看到那里有一个门锁，需要一把由两百五十二位密码组成的钥匙才能打开。两百五十二位的密码以每四个一组的方式分成六十三个空格，在页面上按照八八六十四卦的方式排列，但偏偏缺了一卦。这个终极密码在祖先生那里，从他几次被绑架的情形看，他遭受任何折磨都不会松口说出密码，他只透露了开头四位是CJCS，最后四位是QMJS，就再没有其他信息。而很多人也觉得，所谓的八卦摆法，纯属误导。当然，除了祖先生，我还可以在美人城世界参与密室挑战获取密码，但到目前为止，还没有游戏玩家能从第一个密室中闯过去。

而就在一筹莫展之时，我收到一封匿名的邮件，上面只有简简单单五个字：保护祖先生。

6. 陈达瓦：外面就要战争了

这一路我帮过许多人，但最让我感动的还是那些乡村学校的孩子。在贫困山区，这里的时间仿佛跟外面的时间不一致，仿佛跟外面的人并不共存于一个世界。但外面乱糟糟的消息还是传到山里来，消息都变了样，没有人知道真相，于是人跑了，教师不够，我去给他们上课。上课时他们的眼睛乌溜溜地，全部看着我，渴望我能够教给他们更多的知识。我给小学生讲过课，也给中学生讲过课，有时候我恨不得陈星空就在我身边，他比我聪明，一定可以讲得比我好，讲得比我多。但我也有我的办法，我在每一所学校都不会停留太久，我给小孩子和大孩子都讲同样的内容，那就是星光二叔的人类部落故事。这些故事一旦展开，简直就可以无限变形，我自信演绎能力比星光二叔还要好，既可以把他们逗笑，也能够让他们都偷偷抹眼泪，特别是女生，每次该哭的时候她们没有一个可以逃得掉。我离开的时候，一般都是偷偷地走，不会给他们任何机会把我弄哭。但有时也会走漏消息。有一回我在冬天的清晨摸黑出发，大雪断断续续下了十来天，刚好放晴，此时不走我怕出不了山。我穿好大衣和雪地靴，推门出去，却发现门口雪地里一条黑色的路通向远方，显然，有人通宵为我扫雪。我走出门，小路两边的树丛里一双双小手伸出来，在他们掌心里，蜡烛的微光渐次亮起，隐隐可以听见他们小声啜泣的声音。

我曾徒步穿过一片森林，要不是这一场战争，我可能会在森林里跟一个女孩就那样过完一生。我从南走到北，又从北走到西，在麦盖提，一个跳刀郎舞的姑娘留住了我的脚步。我很喜欢她，喜欢她那肆无忌惮的眼神，喜欢她无比干净的笑。但南方许多城市出现大面积停电的消息还是让我重新收拾行李，一路向南。我向她告别，她依然是笑，然后抱住我。那一刻，我的心险些被她抱碎了。

我坐着慢火车，一站一站往南走，路过峨眉山，还上去逗了一下猴子。下山之后我在路边刷了一辆自行车，沿着国道骑了两天一夜，看着夜幕降临，才找了河边一处干燥的地方搭了帐篷睡觉。没想到夜里居然下起大雨，河水涨了起来，幸好这顶帐篷还算防水，全身没有湿透。拉开帐篷，居然有一条人腿伸进我的帐篷里来。我自诩胆子奇大，见过黑熊，杀过野狼，还跟一个乡下少年学习过抓蛇的技巧。但早上起来睡眼蒙眬，拉开帐篷时我留意到外面有两只不知什么鸟从树枝上惊起，低头时却看到一条人腿，吓得惊叫一声，惹得更多的鸟从树林中飞走。我走出来一看，大雨之后，河水中漂浮着十多具尸体，都被割了头，不难推测是被割走放进安乐桶里，再供应给一些黑心的工厂当奴隶。这样的事时有发生，新闻上说曾经有几个老人集体外出偷腥，最后就被拐到偏远之地，割了头，抛尸荒野，醒来时已经是地下工厂的免费劳力。这种奴隶注定了永生劳作，必须打多次的死亡申请，被确认动作变慢，检测到大脑不可修复，才会被批准，同意你去死。

我摸了摸脖子，想着十几天前篝火边载歌载舞何等欢乐祥和，现在身在城市与城市的连接处，却觉得周围充满了危险。整理了行李，我沿着河流往下走，小路泥泞，路边偶尔会有被丢弃的汽车轮胎，埋在落满松针的泥土里，说明这里还是经常有汽车经过。走了一段，又路过了几间屋顶倾塌的小木屋，旁边有养牛羊用的栅栏。但我不敢停留，继续赶路，尽量让自己不要去回想刚才看到的浮尸画面。山谷中不时传来类似呜咽的叫声，辨别不了是鸟类还是走兽。

在道路弯弯曲曲的地方，突然出现了一个人影，但一拐弯，又看不见了，我不禁有些警觉起来。又走了一阵，那人又出现在视野里，走得很快，不时东张西望。远看身影很熟悉，待走近一看，胸前挂着一只望远镜，不是别人，正是陈大同。

"二叔公，这么巧，哪里去？"

"原来是你小子，吓了我一跳，我还以为是坏人。说了多少次，直接叫我陈大同，不要叫我叔公，这称呼太难听。"

"您都什么年纪的人了，还整天在外面乱跑，不怕野狼把你叼走？"

"别瞎说，我新年才十八岁，离死还远。我出来找陈大康，听说他逃跑了，我就出来找他，没想到迷了路。"

如果忽略他嘴边有点花白的胡子茬，确实看不出这是一个七十岁左右的老头。他倒不客气，把一个双肩包拿给我背，并说要跟着我走，他走了两天也走不出这片森林。他的背包太沉，我检查了一下，里面尽是些没用的东西，我清理了一下，能扔的都扔了，这才背上，轻便多了。他捏了捏我手臂上的肌肉，笑着说：

"你小子还行，我年轻时候，也有过这样的手臂，多少女孩子羡慕着呢。现在背也背不动，拿也拿不起，真是个废物。"

"您可以去换一个智能躯体啊，换上了健步如飞，跑得比我还快。"

陈大同猛烈地摇摇头，还把嘴角往下拉："不要，那不就相当于把一辆汽车粘在身上吗？他们永远不会懂，就像刚刚遇到你之前，我一个人走在森林里头那种担惊受怕的感觉，那才是活着的滋味。"

"您还真是个民间哲学家。"

"这话是在夸我吧？"

我们俩都笑了。半步村的人都说陈大同是个疯子，但我看一点都不疯，他脑袋里什么都清楚着呢。我怕他太累，走了一段，就找了一块平坦的石头，坐下来休息。他仰天躺下来，脱了鞋袜，脚指头欢快地扭动着，直呼舒服。我低头查了一下地图，不到五秒，他竟然就打起呼噜来。

我喝了一点水，翻看了一下新闻。有一条新闻引起了我的注意：五城同时发生无人驾驶汽车相撞事故。我把新闻转发给陈星空，顺便把陈大同的潇洒睡姿也拍了一张照片给他。他回复了一个狂笑的表情。笑完之后他说，他发现很多无人驾驶汽车，正在往西宠市聚集起来。这是他偷偷黑进后台数据中看到的情况，官方一定掌握了这个动态，但并没有人发出警告。

这个时候，距离全国大规模断电，还有三天，而所有联网的东西，都已经在"石敢当"的侵占之下。三天之后，通过离子阱量子运算中枢调控联网的汽车、电脑、手机以及工厂里的机器人，可以移动的往西宠市聚集，不能移动的则就地发疯，电脑屏幕上直接显示了一个巨大的"石"字。半个月之后，一种样子类似于橄榄核的微型机器人开始在西宠市集结，并快速复制蔓延。这种微型机器人可以非常精准地锁定人类的心脏，然后以子弹一样的速度洞穿过去，所以也被称为"穿心子弹"。"穿心子弹"像一群苍蝇一样乱飞，所过之处，尸横遍野。而在必要的时候，它可以像蚂蚁一样抱团，组成一辆车、一艘船或者一个巨大的机器人。飞行一段时间，如果没有能量了，它既可以安静等待阳光照射恢复能量，或者直接吸附在任何电线上充电。后者是造成整座城市大面积断电的主要原因。

城市一座连着一座地沦陷了，人类根本来不及反应。在夜里，大地上已经是一片黑暗。那种黑暗，是彻彻底底的黑，没有一丝灯光，尸体的臭味可以飘出十多公里远，水源被污染，瘟疫横行。没有了电，医院也就停摆。有专家预测，拥有了离子阱量子运算中枢的机器人，应该会很快就控制卫星、飞机和军方的武器系统，而目前军方也束手无策，总不能用一颗导弹去打一群会动的子弹吧？

"这是人类文明有史以来最严重的一次挑战。"

陈大同在石头上醒来之后，我们继续赶路，走了一阵，路边一棵树突然喷射出许多黑色的点，我们以为是满天的"穿心子弹"，吓得躲起来，定睛一看才发现是一树的小鸟受惊飞起，抬头看时，小鸟们消失在白云尽头。陈大同说他已经被鸟群吓过几次，他总结说："我怕故我在。"这群小鸟看来也不仅仅吓到他们两个，它们从树林那边掠过，人群纷纷逃窜，小鸟们大概自与人类共存以来都没有这么得意过。

穿过国道时，我们遇到一辆运木头的卡车，搭了一下顺风车，才到了一座小县城。一路上陈大同都在说要找一间好吃的店，好好吃一顿，还要跟我喝两杯。转了一圈，我们终于找到一家看起来比较干净的路边餐馆，炒了两个小菜，举起酒杯，碰杯时我们俩突然就没了词，不知道说什么好。最后陈大同还是抢了先，他说：

"敬我找了两个好老婆吧。彭细花好，你的蚂蚁婶子也好，都特别好。你也要找个好老婆，遇到好女人，就要勇敢，趁年轻，不然，外面就要战争了！现在不打，将来也要打，反正人啊，总要造出各种奇奇怪怪的武器，自己把自己砸得稀巴烂才过瘾，来，干！"

"蚂蚁婶子那么好，你怎么还是往外跑？"

"这是两码事，就像月亮很好，你不能日夜捧在手心……反正长大你就懂了。"

酒足饭饱，我们在菜馆门口像兄弟一样互相道别。我要回美人城去，而陈大同却要去一个自己也不知道的地方找陈大康。他其实没有目标，他只是希望自己在路上而已。

"我不想回去，在碧河边我便天天想着要炸掉美人城；但是我又没有那么大的炸弹，炸不了，我也很难过。"

临走时他跟我要钱："你有钱吗？分点给我。"

"我也不多，出来的时候跟星光二叔闹翻了，幸好星河大伯和立夏阿姨都给了我钱，我留下车票钱，剩下都给你。"

他嘴上说不要那么多，但我塞给他，他就都拿上。

"达瓦，再见！祝我死在路上，不用被他们割头。"他笑起来的表情，看着又像哭。

走出一段，我回头，看到他正用望远镜在看我，表情非常认真，又十分滑稽。

立夏阿姨也给我发信息，让我注意安全，说目前外面很恐慌，大家不知道发生了什么事，尽快回家吧，你爸嘴硬，但其实很担心你。我让她放心，打架没人打得过我。立夏阿姨对我不错，我在教室里还是叫她关老师。我们班的同学也很八卦，很快就明白星光二叔和立夏阿姨的关系，都在猜测他们什么时候结婚。但在我看来，他们更像是一辈子的朋友，而不是夫妻。不过夫妻，还不就是一辈子的朋友。

　　一辈子听起来是一个很久远的词，但如果你与死神擦肩而过，你就会明白不是这么回事，一辈子有时候就可以是一瞬间，就这么结束了。跟陈大同告别后，我又步行穿过了几个村庄。这些村庄都大同小异，我还停留了一天，帮一所幼儿园砌了一面墙。修完了墙，有个孩子问我会不会画画，我说不会，他说你随便画就可以了。于是我画了一头大象（这是我唯一能画好的动物），还给他们讲了盲人摸象的故事，画得不好，讲得也不流利，但孩子们都热烈地鼓掌。离开幼儿园，我又经过一座小镇，卖葱油饼的老板娘告诉我，往南有一座县城，再往南就是西宠了。镇中心的广场上很热闹，美人城的"永生"巡回讲解团正在这里做宣传。我混在人群中，看着台上缓缓推出那台"割头机"。与"割头机"一起上台的，还有一群美少女。她们跳着火辣的舞蹈，高跟鞋、黑丝袜、随音乐节奏颤动的乳房，让我不禁想起有一回老不正经的关多宝和我讲过，多年以前，大名鼎鼎的破爷曾用自行车后面的两只铁箱，将中外的三级片引进到半步村那盛况空前的情景。

　　"破爷只是在两个电线杆中间挂了一块白色的幕

布，完全没有今天的排场，但晒谷埕上一片寂静，所有的男人都仰着头，屏住了呼吸，只有女主角一声又一声的呻吟在广场上回荡。"

而相比之下，今天台上即使有十多位火辣的女郎，但台下照样闹哄哄无比嘈杂。火辣女郎退场之后，讲解员上台开始讲解"割头机"的工作原理，以及"头颅冷冻记忆萃取术"是怎么一回事。这个世界真的是分层折叠的，谁能够想象在这里，竟然有人会这么认真在公开讲述如何把一个人的头颅割下来。在如此喧闹的环境之中，讲解员拼命地提高音量，希望大家能好好听讲：

"这关系到大家的切身利益，请大家安静下来，等一下我们尊敬的祖先生也会在一段视频里亲自给大家讲话——"讲解员举着大喇叭，喊破了喉咙也没人理他。

就在这时，只听到几声尖叫，人群中有人喊："杀人啦——"便开始骚动起来，人推着人四散开来。在此起彼伏的哭喊声中，讲解员的声音终于被听见：

"请大家别急着离开，刚才的尖叫是我们的节目环节之一，这是一次演示，请大家，啊——"他自己也尖叫起来，开始逃跑。

我抬头一看，头顶黑压压一片，像是蝗虫，我本能地选择逃命！四散的人群像潮水涌动，突然都失去了方向，不知道往哪里跑才好。我突然看到前面有一个七八岁的小孩站在人群中不知所措，很快就被人撞倒，手臂被踩了一脚，哇哇大哭。有时你的一个动作，就能改变别人的一生，比如高考改卷的老师一个哈欠，比如面试考官的一个眼神，比如抢劫时插进大动脉的一刀……当然，这些都太直接了，把偶然做出决定的旋钮再往左边调一点点，死神转身，命运改写。我就是在这个瞬间决定去救那个孩子的，我抱起他，再将他扛到我的肩膀上，以便我迈开腿向前狂奔。我后面的人纷纷倒地，我前面的人也正在倒地，我又跑过了一座拱桥，趴在我肩膀上的孩子也"啊"地叫了一声就不动了，这时我感到后背一阵剧痛，一个踉跄扑倒在地。我伸手去摸后背，正好在我肩胛骨处摸到一颗橄榄核一样的硬物，就在皮肤下面，不深，我忍痛把它抠出来（其实恐慌已经战胜疼痛，我只担心它会不会继续往肉里钻），丢到拱桥下面，手上都是血，而那孩子已经被洞穿了心脏。我这才意识到不是我救了那孩子，而是趴在我肩膀上的孩子救了我。我看不见后背的情形，但根据这样的疼痛程度，我怕是快要死了。我拿出手机，给陈星空发了半条信息，就痛得昏死过去。当我再次醒来时，发现上身已经被剥光了，而我正被压在一堆死尸之中，路两边的大树往后退去，运尸卡车吱吱呀呀在往前走，估计是要将尸体运到一个什么地方焚化。

我一挪身体，后背依然剧痛。我挣扎着从卡车上跳下来，在地上滚了两滚，滚进了草丛里。这时候太阳正好从西边的山头沉下去，而黑夜即将来临，我已经没有力气了。这时旁边传来几声狗吠，还有一个人骂狗的声音。

模模糊糊中听着有一个老人的声音说："这里有个人，还有气，他背上那一块肉快要掉下来了。"

7. 陈星光：第33021号游戏档案

这是我第一次走进美人城世界。就如打开一本反复阅读的书，我内心充满了各种场景和直觉。我手持长剑，在美人城世界中的春夏秋冬反复切换，炎阳和冷雪都只是一个假设；我细细观察早晨的阳光如何在林间的蛛丝上折射出彩色的光芒；我开启轻功模式，跟随一条鱼在睡莲的叶子之间穿梭来去；我凝视所有事物，就如触摸纸质的书页，触摸古老的印刷工艺在同样古老的纸张上留下的痕迹。

在我和关立夏顺利通过第一和第二个密室关卡之后，所有人都密切关注我们的动态，只要我们没有隐身，就会被注视。作为一名战士，我本应该将所有的才华用来战斗。然而，第三个密室关卡无疑就是我们的滑铁卢，是注定要失败的。我跟关立夏说，我们就当作来玩一回吧，若无法通关，也要好好看看这个游戏的质地，感受他们背后的主创团队是如何想象这款游戏的。关立夏说，也不要太绝望，你有直觉。

我笑道："我的直觉就是这一回我们无法通关。"

这话让关立夏有点沮丧，她说："不就是到湖里去救柳如是，有那么难吗？我们俩加起来有六条命，只要留下两条命让我们活下来，也有四条，难道还不能够将她从水里捞出来？"

"大家也都是这么想的，但是没有人能救得上来。你要知道，我们每人三条命没法累加，只能重来。同样的水压，同样的深度，氧气不够，要死就一起死，所以能用的命，只有两条，死了我们就输了。"

关立夏点了点头，若有所思："我发现进了这款游戏，我变得很笨，而你变得这么聪明，我的存在似乎都是为了配合你。要不你再计算一下，把我三条命都算进去，你独活，这样是否可行？"

我伸手拨弄一下她耳边的头发，跟她说："走吧，我们去看蜘蛛是如何织网的，学习一下蜘蛛老兄的八卦阵，反正所有的时间都是多余的。"

第三个密室关卡的设定是"救美人"，其中的美人是指柳如是。我对柳如是没有多少研究，大概知道她是

"秦淮八艳"之一，集才华与美貌于一身，而令她名扬天下的不仅仅是才华和美貌，还有她壮怀激烈的如虹气节。1645年夏天，定国大将军豫亲王多铎兵临南京城下，柳如是劝丈夫钱谦益一起投水殉国。钱谦益本来要向屈原学习，到了水边竟然怂了，伸手拨了拨初夏时候的湖水说："水太冷，不能下。"我很能理解这种老年人的怕死，人总是越活越怕死。半步村有不少老人，都忌讳谈论死亡，更喜欢讨论来生和轮回，喜欢到寺庙里烧香祈求神仙庇佑。对死亡的恐惧让这些老人变得小心翼翼，目光如老鼠一样闪烁，对食物和钱物的态度也变得固执而小气。混吃等死才是芸芸众生的本质。

但柳如是大概并不能理解这些，她毕竟只是一个二十多岁的女子，无论如何也弄不明白一个六十多岁的老头为何对自己所剩无几的生命还如此珍惜。看到丈夫怕死惜命，她内心一定蒸腾起一股怒火，决然奋身投湖，于是有了这一关卡的设定：要玩家跳入湖水之中，将美人救出来。

在水中，几乎所有的武功技能都无法施展，而柳如是在水中急速下沉，抱住她，就如同抱住一块石头。救美人的代价是，所有的生命数据都快速下降，心率加快，几近窒息。和我们一样挺进了这最后一间密室的玩家，都纷纷以失败告终。

关立夏说："你当年不是还在碧河里救过肖淼吗？你不是可以快成一颗子弹吗？"

"那是运气好，刚好桥闸将我们拦住了。"

关立夏叹了一口气说："如果这个柳如是，突然变成肖淼，我想，你就可以救起来。"

我沉默了。我当然在这句话中听到了醋意，但也不得不承认，我内心似乎也认同这样一种说法，只是没有假设，我们面对的美女是柳如是，不是肖淼。

"肖淼比这个柳如是胖，比较好救。"

这句话把关立夏逗笑了："看来我要吃胖点，哪天掉水里，才能被你救起来。"

我们再次走进第三个密室。我和关立夏商量好了，再试一次，如果不行，就退出游戏，回家算了。但这一次，我们走进密室的时间，却是黄昏，我们才发现湖边立了一块石头，用隶书写着：善湖。

"好漂亮的名字，善湖，湖是善良的，却要吞掉一个美人的性命，这多么残忍！"关立夏不禁发出了一句感慨，"看，那边还有一间屋子。"

是一间有点简陋的农舍。

农舍后面有一面高墙，墙上爬满了花藤，看不太清楚后面是什么。

不过，明末清初的农舍是这个样子吗？似乎有点不太像，关立夏说跟我们现在的农舍也差不多。我有点埋怨游戏制作人员的偷懒，其他复杂的场景都做得那么细腻，却不做点功课，将几百年前的农舍做得更加考究。农舍里的灯突然亮了，但走进去却发现空无一人，我们面面相觑，都没了主意。关立夏说，难道更改了设定，这里变成一间鬼屋了？我说，大概是柳如是还没来投湖，我们来早了，先休息一会儿，如果她来跳湖，我们休息好了，才有力气去救人。关立夏伸了个懒腰，打了个哈欠，说确实是困了。她躺在客厅的躺椅上，窗口吹来夏夜的风，她很快就睡着了。而我坐在茶几前面的木沙发上，觉得这里的一切都太现代了，这沙发是西式的，即便刷了油漆，看起来依然非常粗糙。这样的沙发款式又这么熟悉，如果没有记错，我小时候家里就有一把这样的沙发，是我父亲陈大康亲手制作的。只是现在，这样一把沙发和眼前穿着白裙手持长剑的女侠关立夏有点不太搭配，再看看我手中那把破剑，觉得一切有点滑稽，却又说不出个所以然。

门口投进来明亮的月光，月光很白，像一串热烈的掌声，像在欢迎我走出门去。

屋前有两棵盆架子树。一棵长得茂密，绿得单调；另一棵则几乎没有叶子，光秃秃就像在土地里插了一把大叉子。月光下，枯树上停着一只蓝色的猫头鹰。猫头鹰见我来了，居然也不飞走，反而说话了，它说：

"星光啊！"

这是我父亲陈大康的声音。这熟悉的声音让我热泪盈眶。

"猴子啊！"猫头鹰又叫了一声。

小时候，半步村的所有人都说我像一只猴子，瘦小，常佝偻着腰走路，简直就是一只直立行走的蟑螂！就连许多人都瞧不起的关多宝，都有资格瞧不起我，叫我猴子。

"猴子星光啊！"猫头鹰又叫。

我说不出话来，却听到哭声，是我自己发出来的。我低头看到的自己，似乎变成小时候的我，那么瘦小，那么脆弱。

猫头鹰说："倚天照海花无数，我算是看清楚了，人都怕死，要理解啊。"

我说不出话，只有猫头鹰在说："人都惜命啊，钱谦益也应该惜命，这是他的人性啊，人又不是机器，怎么会有三条命，救人要先救自己啊——"

随着最后一声"啊——"，这只蓝色的猫头鹰就飞起来了，而我也在沙发上醒来，只见关立夏蹲在我身边，双手握着我的左手手臂，安抚着我。

"怎么哭成这样？哭得像个孩子。"她帮我擦眼泪。

"我也不知道为什么这么难过，说不定是高兴，像过了一个儿童节一样高兴。"

"这是梦中梦，会让人不知道何处才是身外身，你看看，这屋里的沙发都变成明式家具，跟我们昨晚看见的显然不同，大概是梦境的影响改变了我们所认为的现实。"

果然，我发现自己躺在一把明式罗汉床上，款式简练淳朴，把手的样子真好看。

"你梦见什么了？"

"忘记了，也不知道我为什么这么难过，只记得梦到一只鸟。"

"书上说，飞翔的梦都跟性欲有关，我看你是想女人了。"

我看着她，似笑非笑："要不我们来一下？"

"好啊，我们玩我们的，让美人在水中死去，对吧？"关立夏故意阴阳怪气地说，"这个密室挑战差不多成为脑筋急转弯的题目，如果想不出破解的思路，出局之前我们何妨放荡一次。"

"人类历史又何尝不是由一系列脑筋急转弯构成的呢！"

这时，窗外波光粼粼的湖面上，一艘船由远及近，划着桨慢慢靠近。在悠扬的背景音乐里，湖面顷刻间阴云四合，我们知道，钱谦益和柳如是就要来寻死了。他们怀中抱着家与国，而我，猴子陈星光，连远古的人类基因从我身上流淌过去的权利都没有得到。

8. 关立夏：第33021号游戏档案

美人城世界竟然由梦境构成，在这里，我成了追梦人。

在善湖之畔的农舍里，我也做了梦，梦见我的姐姐关立春。立春坐在我家门前钩花。手钩花是一种手工活，用钩针钩织出很多好看的衣饰。以前，几乎每一个半步村的女孩子都能够钩花，谁家的女孩钩花技术又快又好，谈婚论嫁的时候就会成为一个加分项。我姐关立春从小钩花技术都是村里前十名，只要有活儿，做钩织生意的包工头都会首先想到她。

我姐在门口钩花，我挎着一只篮子出门。她对我说，太高枝头就别攀上去，别总想采最高的那个果子，靠得到才行，小心摔下来。我应了一声，对她笑，她也抬头对我笑。她笑起来好美。老关家四姐妹中，她永远是最漂亮的。

我挎着篮子向前走，路过停顿客栈，上门围坐着一群人，他们在聊天，但听起来并不像人声，倒像是几台劣质收音机在交谈。我比较好奇，凑近去看，只见他们一个个都挺着圆鼓鼓的肚子，转头来看我时，脖子上还发出一串金属摩擦的声音。我觉得他们挺好笑的，但没有笑出来。他们在泡茶，竟然还招呼我喝茶："小姑娘，过来，喝杯茶。"我就走过去，坐下，他们开始泡茶，动作都小心翼翼，笨拙至极。我问他们在这里做什么，他们说：

"我们在练习如何做一个死人。"

这话听起来有点新奇，我继续问："那成为一个死人会怎么样？"

"死人不喜欢做梦，只喜欢吃别人的梦。"

"那我现在是不是在你们的梦里，会不会被你们吃掉？"

一个死人回答说："小姑娘，别害怕，我们又不是野蛮人，也会讲道理，让那些愿意生产梦境的人给我们供货，我们会付钱的，付钱让他们替我们活着，替我们去交配和繁殖，我们只获取高潮的快感部分。这个世界必须永远分层，总有一部分人必须成为另一部分人存在的理由，不然他们就会失去目标，变得毫无价值，跟一块石头一样没有任何意义。"

另一个死人说："一块石头还可以做成石狮子，或者刻上'石敢当'三个字用来镇宅；一个人如果毫无用处，就纯属浪费社会资源了。"

我说："感觉我来到了地狱，你们这样做死人，会不会很累？"

一个死人说："我们压力也很大啊，如果不小心，我们的头就会被人从肚子里取出来，拿去当保龄球，你知道保龄球吗？反正就是在地上滚来滚去的球，直到被滚死，电量充足的话大概需要被折磨个一年半载，那是真的生不如死。"

另一个死人说："永生还是毁灭，永远会是一个问题啊。"

第三个死人说："小姑娘，你的篮子里怎么装了那么多的人头？"

我低头一看，果然满满的一篮子人头，吓得我惊叫一声，从躺椅上坐起来。这时外面天色已经大亮，陈星光斜躺在罗汉椅上，一边睡觉一边垂泪，也不知道梦见了什么。反正羡慕他，无论梦见什么都比我的噩梦好。

我将他叫醒，一起去救美人。

这家伙说梦中得到一只鸟的启发，如有神助，竟然带着我闯过最后的关卡。

船上的柳如是弹琵琶，悲歌一曲，然后就要和丈夫钱谦益一起慷慨赴死，然而钱谦益当场变卦，柳如是一跃跳进湖里。她跃入水中的那一刻，我们才能开始奋力去救美人，陈星光水性好，冲在前面，我在后面跟随，有点跟不上。我越来越靠近柳如是，却见陈星光已经被柳如是带着往下沉，水面上呼天抢地的声音已经听不见了。我感到窒息，但我有三条命，还可以死两次，所以一点都不怕。但就在这时，陈星光突然掉头向我游来，在我快要切换第二条命的时候将我捞上水面。

我对他的做法大惑不解，内心甚至为他这样放弃救人而感到恼怒，却听到了这辈子最为开心的一句话。他抹了一下脸上的水，说：

"我才明白我要救的是你，你才是我的美人，你没有第二条命。"

他说这句话的时候，钱谦益在船上伸手就将柳如是捞起来，在船夫的帮助下救起了柳如是，仿佛柳如是并未沉入湖里，而是漂浮在湖面上的一件衣服，就这样轻而易举被捞了起来。

陈星光说：“那是老钱的美人，我们应该去拉一把，又不应当抢去他救人的机会；救美人的方法是先救自己。”

我们就这样有点神奇地通关了。船上钱谦益抱住柳如是泣不成声，梨花泣海棠，老夫少妻悲欢交集。见柳如是悠悠醒转，钱谦益才对我们抱拳作揖：

“多谢二位大侠出手相助，救下贤妻！钱某本该杀尽羯奴才敛手，可怜书生无用，怕死又怕痛，可叹奈何！大战在即，寒夜将至，二位保重！”

我们游回岸边，而他们的船也渐行渐远。

就在这时，天暗了下来，路边的路灯突然亮起，从农舍中走出一个人，正是祖先生，他穿着西装，神情忧郁地看着我们。我们刚刚还浑身湿透，现在却已恢复了干爽，站到他的对面。那不是祖先生，那只是祖先生的影子，影子在微笑，他对我们说：

“祝贺！你们获得了尊贵的资格，可以进入最后的八卦室，输入终极密码。不过在此之前，我想问问你们，你们觉得什么是生命，什么又是命运？”

我和陈星光互相看了对方一眼，我说："我们是只提供一个答案，还是分别答？"

祖先生的影子一笑："精明的小丫头，就说一个答案吧，反正你们是一个组合的。"

我说："什么是生命我不知道，我只知道生命是什么。我记得小时候我问过我妈妈这个问题，她就将她手里的一只母鸡递给我，我花了九牛二虎之力才把母鸡的翅膀拿住，然后我妈就让我伸出一个手指，到鸡屁股里去摸鸡蛋。我的手指感受到母鸡温热的体温，并在一片柔软中终于触碰到一点坚硬光滑的东西，那是一只鸡蛋的外壳，我当时好兴奋，对我来说，那就是生命。"

祖先生那个扁平的影子点了点头，转头看着陈星光。

陈星光说："不知道您玩过一种叫'东南西北'的折纸游戏没有？"

祖先生说："玩过。"

陈星光说："一张纸，折成立体四角的'东南西北'，对应写上'骗子''流氓''超人''帅气''聪明'之类的词语，我发现一个规律，就是我每次主动点数抽到的都是不好的词，而被动静静等待就会有好结果，这大概就是命运。"

祖先生的影子又点了点头："在告诉你们密码之前，我非常荣幸地向你们宣布我的一个独家研究，那就是，张若虚并不是出生在公元647年，而应该是在645年，那一年是蛇年，所以张若虚生肖属蛇。所以，我想说……"

突然，祖先生的影子不断抽搐，破碎之后又重新粘连，发出的声音也像是被卡住的磁带，过了一会儿，他终于微笑起来：

"祝贺！你们获得了尊贵的资格，可以进入最后的八卦室，输入终极密码。不过在此之前，我想问问你们，你们觉得什么是生命，什么又是命运？"

……

我和陈星光都愣住了。祖先生的影子进入了死循环，重复播放，但那个终极密码，他并没有说。回望善湖，刚才已经消失的柳如是竟然还在那里，只是她的脸慢慢变成陈大康的脸，因为模糊，看起来又有点像陈星河。而旁边的钱谦益也在不停重复刚才的动作。

陈星光说，很有可能有人做了手脚，将这段重要的密码程序删掉了。所以，我们什么都没有拿到。我说，也许就是祖先生自己删掉的，别人估计也删不了。

陈星光说，看看吧，现在连程序都会耍流氓。操蛋的命运让我成为一个战士，而我终究还是一个逃兵，在这个时代里一败涂地。他说，我不得不开始同意我二叔陈大同对世界的看法，人类就应该挖个地洞，退回洞穴之中去，退回最初的子宫里，别瞎折腾。

够了，真的够了。

9. 陈星空：人类文明的布道者

当我还是一个孩子的时候，我曾独自来到碧河边，被河滩上整齐的喊叫之声深深震撼。那是一群渔夫，在河滩上合力拉一张大网，他们齐声大吼，一起发力，将渔网之中的鱼拉上来。而渔网之中那银白色闪动的一团，正在努力挣扎着，却也无法冲向哪里，它们将成为人类口中的美味食物。整个过程充满了劳动的欢愉，捕鱼拉网的过程其实有点无聊，但我看得津津有味。我很难描述我当年站在河边上的感觉，如果非得找出一个词来概括它，我想，这就叫生活。

这个回忆中的美好情景，一直延续到机器人战争爆发才转变为惊悚场景，我被迫从那些银光闪闪的鱼的角度重新考虑问题。而这个问题不是生活，而是生存。

我亲眼见到许多为了生存而互相倾轧互相争斗的画面，让我不得不想到那些鱼。而对于鱼而言，无论如何挣扎，如何互相埋怨、互相攻击和挤压，都无法改变鱼在网中的命运。即使鱼死，也无法网破。最初人们都把希望寄托在后人类身上，以为将脆弱的肉身变成后人类，就可以躲避战争的伤害。战争爆发，安乐桶和智能躯体就成为富人的垄断商品被抬高价格进行销售。穷人们通常视自己的性命为草芥，而对自己孩子的性命则看得特别重，他们无论如何都要让自己的孩子活下来。所以，他们用自己卖梦的钱，甚至是出卖身体的钱，来为自己的孩子换取一个非法的智能躯体。但是这些违规的操作，在完成父爱和母爱的同时，也让这些心智还不成熟的孩子拥有了本来不应该有的力量，所以因为无知而愤怒的恶潜伏在看不见的角落，他们成为超级的杀人机器，拦截汽车，入室抢劫，谋财害命，连妇孺老人都不放过，手段残忍至极。机器人战争爆发之后，人类生活的秩序逐渐崩溃，经常可以看到路边堆放着被打死的后人类。我甚至怀疑，人与人之间的互相伤害，并不比机器对人的伤害更少。

然而，人们很快发现安乐桶和智能躯体虽然能增强逃生能力，但并不能解决任何问题。因为"石敢当"的离子阱量子运算中枢完全可以接管后人类的身体，让装在机器肚子里的这个人头成为俘虏，或者将机器肚子里的安乐桶吐出，放进烈火里焚烧。这些拥有智能的机器可以在十秒之内拆解任何智能躯体，所以当敌人来临，唯一能做的依然是慌不择路地逃窜。后来人们研制了各种各样的武器来对抗这些飞翔的子弹，但都收效甚微。谁能料到当年堆放在美人城地下室里用途不明的"黑姜"原料，却能制作出如此复杂精巧的微型机器人。只有在部队撤退的时候才能零星捡到一些脉冲武器，这些武器可以对付"穿心子弹"。具体来说，这些武器只能使天空中飞翔的"穿心子弹"暂时失灵掉在地上，并不能完全消灭它们，而如果用它来对付人类，却可以轻而易举夺人性命。所以，当池里的鱼意识到池水正在逐渐干涸，武器的泛滥又间接加剧了资源的争夺。

在所有人的眼神都变得慌张的时候，只有星光二叔和关立夏阿姨显得与众不同。我不知道应该怎么描述这种感觉，他们的举止总是淡定从容，甚至有些漫不经心。我私下分别问过他们，一个说："活腻了，无所谓，反正谁也逃不掉。"另一个则说："过着欠债的日子，我早就打算跳楼死去，所以现在还不坏，活一天就赚一天。"立夏阿姨说感谢这场战争，现在没有人再向她催债，真是舒坦。

他们在人们最混乱的时候组织接纳难民，招募志愿者去做许多人都不愿意做的事。星光二叔反对直接用脑机对接技术给孩子植入知识的数据库，他说数学公式可以植入，但人文修养却需要时间去熏陶。"技术永远是辅助手段，人是有灵魂的动物。"他和立夏阿姨极力提倡恢复学校教学，让那些到处逃窜无所事事的孩子重新回到课堂。许多高科技教学工具毁于战火之后，他们拿起粉笔给孩子们讲故事，教他们最基本的数学运算和生活逻辑。星光二叔对我说：

"人类最宝贵的已经不是基因，而是看不见的情感和精神价值，这个东西千万不能被机器人毁掉。"

听了这句话，一个词语在我的心里面蹦出来：牧师。没错，他们就像是牧师，在誓死捍卫一些东西，而且有许多人逐渐加入了他们，成为危难之中人类文明的布道者。"即使被关在果壳之中，我仍自以为是无限宇宙之王。"从《荷马史诗》到莎士比亚，在技术失控之后，这些看不见的"道"重新在捍卫人类的尊严。

后来星光二叔死了，头颅被装进了安乐桶；立夏阿姨也决定割头陪伴着他。割头之前她抚摸着星光二叔的安乐桶，喃喃地说："我们一起活了这么久，我一直不知道为什么需要这么长的时间，现在我明白了，我活着就是为了陪伴，陪伴你。"像是原野上的一棵树对另一棵树的告白，他们就这样进入了永恒的时间。

而与此同时，我接受了一项任务，就是为他们造梦，让他们永远活在战争未爆发之前，让他们一直美好地久别重逢，让他们走在碧河镇的路灯下，让他们一次次去参加美人城世界的密室挑战，让星光二叔变得勇敢，充满主角光环，也让立夏阿姨拥有漫长的时间可以一直陪伴着他。他们在碧河镇无数次的相遇，每一次都显得有一丝不自然，他们感到的局促不安和尴尬难堪，他们内心的欲望和盘算，这些都是我极力追求的质感。我用技术一直陪伴着他们，希望在算法中感受到他们布满杂质的灵魂深处玉石一样的光泽，让人不得不更相信命运与轮回这样虚妄的东西。

我逐渐领悟到，美人城世界的密室挑战的所有设计，其实都是违反逻辑而又符合人性的。每一个关卡都遵循人类最基本的情感和价值，所以这应该是一道抵御机器人用逻辑算法暴力破解的防火墙，需要各种贴近人心和人性的考验和测试，才能进入最后的密码端口。

　　而他们能通过第三个关卡也让我非常意外。我们整个团队都认为第三个关卡是一盘死棋，根本不可能通过，但最后，有一个强大的程序黑进了我们的系统，却意外帮助他们突围了。或许冥冥之中还有一种我们不知道的力量在左右人类历史的进程，我们在宇宙中并不孤单？不知道。我们只能相信运气，也相信天意。

　　说到天意，就不得不提起另一件事。我二十多岁开始掉头发，三十多岁就完全秃顶了，倒是有漂亮的络腮胡子，这让我看起来像看守流沙河的沙和尚。祖少爷的女儿祖谢临就很喜欢我的胡子，而她每次当众夸我的胡子，我就会有点害羞。祖谢临的妈妈关立冬是一个洞察天机的人，我开始以为祖谢临也会是一个巫婆，但她对时间里流逝的东西并无兴趣，她的兴趣在所有的动物身上。她从十一岁开始就可以跟各种动物说话，美人城里大大小小的动物都听从她的指挥，而她最喜欢的是美人城海洋馆里的一群海豚。每次祖谢临出现在海洋馆，这些生灵便开始变得活跃起来，欢快地游动，跟她打招呼。我有时候会陪她在海洋馆里静静待着，看海豚在水里漫无目的地活着。祖谢临说最优雅的事都是不设定任何既定的目标，她希望自己的人生也是如此。她说话的时候，一群鸟从她的头顶飞过，她也跟它们打了招呼，那样子就像一个女王。她说，我们的祖先，最初便是和动物生活在一起。

第五章

1. 钟小界：美人城会变成臭虫城

　　陈达瓦失联之后，最焦虑的人是我的儿子陈星空。他跟我吵了一架，便气冲冲去停顿客栈找陈星光：陈达瓦可能已经遇难了，他要将这个消息告诉二叔陈星光。好长时间没有下雨了，他二叔陈星光嘴上叼着一支烟，正在油刷一根柱子，双手沾满了五颜六色的油漆。听了陈星空的话，他将烟吐到地上，用脚踩灭，然后对陈星空说：

"达瓦没那么容易死，他一定会回来见我的。"

陈星空后来跟我说，他的星光二叔说这句话的时候，像在陈述一个真理，他内心突然就充满了希望。他说，星光二叔告诉他，机器人的问题，终究还得在机器上解决。

"你要做美人城最好的造梦师，用你最擅长的本事去保护身边的人。你身边的每一样事物，都已经得到最好的安排，包括你的才华。"

陈星空在我这里竟然敢吵得连桌子都掀掉了，但到了他二叔那里，陈星光只用了两句话就把他治得服服帖帖的。他就像一头被降服的野兽回来找我，要我在美人城里给他一张桌子的位置，说完在沙发上倒头就睡。我没有说话，表面上装作很生气，在书桌边头都不抬，但其实内心为他的仗义而高兴。听到他的呼吸变得深沉而平稳，我才去房间取了被子给他盖上。我坐在旁边看着他睡觉，这孩子长大了，一种美好涌上心头，仿佛内心装着一个安详的小宇宙，在无声地转动。小时候陈达瓦经常跟人打架，陈星空还经常跟着挨打。星空说，他很怕痛，但从来没有临阵脱逃，都是兄弟俩共进退，一起挨挨。但我后来了解的情况不是这样的，关立夏告诉我，往往是陈星空掐了人家一下，溜到一边，然后陈达瓦就跟别人干起来了，星空根本就帮不上忙。

小孩子打架都是这样的，不知道为什么就打起来了，人类的战争有时候也是如此。但现在是人类与非人类的战争，情况有点复杂。可能电影看得多了，我们总以为机器人战争，就应该是一群人形的机器人拿着枪来跟我们人类决一死战。但没想到整个人类，可能要被一群飞翔屎壳郎给毁了。这种叫"穿心子弹"的微型机器人，原料来自从地下室逃逸的"黑姜"。黑色的"穿心子弹"本身就是一种反重力的微型飞行器，它可以随时在空中改变速度和方向，还能跟其他同伙组成战队。这种蝗虫一样的武器，横扫一座中小型城市，可以在不到两个小时的时间内完全占领控制权，半天可以完成屠城的任务。在必要的时候，他们也可以组装成为坦克和战艇，融化一部分屎壳郎产生能量，用以发起猛烈进攻。

最开始还弄不清楚情况时，大家听说是机器人战争，又见大批难民都往半步村这边来，难民们也说不清楚情况，简直把敌人描述成天兵神将，说天上一片乌云飘来，一阵嗡嗡作响的咒语之后，人类就纷纷被夺走性命，就如同被抽走了灵魂一样。后来，有一段视频传开了，那是一段关于飞翔的屎壳郎如何拆掉东州市区凤凰楼大酒店的画面。这栋一百多年的标志性建筑，就在众目睽睽之下被毁于一旦，连同里面没有来得及逃出来的人，全部被拆解成碎片。至此机器人的真实面目总算被大众所熟知。

城市没法待了，难民们拥向乡下。学校停了课之后，陈星光和关立夏组织了人手开始安顿难民。陈星光对我说，以前有一回碧河发大水，下游很多地方都被淹了。我们的父亲陈大康就曾组织青年人去救灾（他刻意强调了"我们"二字），还险些被大水冲走了。二叔陈大同也是在那场洪水中认识了石头姊子彭细花，后来一起住在香蕉林里，也就是现在美人城所在的位置。陈星光说他似乎看到了历史的轮回。我笑着问他：

"你现在也是二叔了，你的女主角呢？你的二婶到底怎么说？"

他看了一眼在旁边忙忙碌碌的关立夏说："我永远都成不了故事主角，她也不是女主角，我们没有主角光环，只能当配角。"他笑着，然后又说了一句，"其实真正的主角是我们身上流淌的基因，它设计了我们吃饭、争斗、择偶和交配的所有环节，就是为了让人类的基因更好地被复制下去。"我说："现在不是要你当主角，是要你来个峰回路转的故事！"他说："没有故事，留白不也挺好。"从这一点看，他真的越来越像二叔陈大同。

难民刚开始拥入半步村时，祖先生和祖少爷讨论一个下午，最后终于同意开放外城，让附近的村民和难民搬进来。大家都觉得东州的沦陷，也是迟早的事，所以需要做好防范工事，有人建议将美人城的外围墙筑高一些。这个建议竟然得到大家的积极响应，人们觉得与其空坐等死还不如有所行动。筑墙的工事很快启动，大伙儿自发团结起来，只希望能在东州沦陷之前快速完工，大家都以为，只要把墙筑高加固，就可以抵挡住前来进攻的机器人。很快他们把围墙都建高了两米，围墙里面还垫高了土，前面挖了深沟，想象着敌人冲过来时如何死死守住围墙。但凤凰楼酒店被拆解的视频传播开来之后，真正令人恐慌的时刻终于到来。人们这时才弄明白，一切都白搞了，因为机器人不是人，而是一颗颗飞翔的子弹。也有人提议应该在墙上面拉上钢丝网，等于再修高一些。但多高才算高呢？除非用一个打不烂的玻璃罩子，把美人城整个笼罩起来。这个想象只能在电影里实现，所以钢丝网的建议就这样不了了之，没有人再有力气去折腾这些事，绝望的气息开始笼罩了所有人。新闻媒体开始还有各种报道，后来连电视报道也基本瘫痪，各地的人们像老鼠一样躲进地下密室里，用多层的钢丝网封住空气出入口。美人城外城的人们，开始觉得应该到美人城里去避难，但美人城严令拒绝了这样的请求，美人城的无人机在他们头顶盘旋播报着公告，公告中反复强调外城也在美人城武器的保护范围，外城与内城是一体的，外城沦陷则整个美人城也将不复存在。

看到请求被拒绝，大家也明白美人城方面的顾虑，现在的美人城密室都是科研用的仓库，存放着死人头和美人城的服务器等高科技的玩意儿，这么多难民拥进去，美人城就会变成臭虫城。但后来，那些飞翔的屎壳郎还是来了，两次光临美人城，虽然没有攻破美人城的防线，却在城外杀了不少人。第一场战争过后，美人城外到处都是因为失去亲人而悲号的声音，挺着大肚子走路的后人类在收拾尸体；到了第二次袭击，在见过血泪与生死，无声的战栗之后人们开始变得安静，他们选择安静躲起来，不再悲号。我和陈星空一起出城去发放食物时，看到的是一双双无比明亮的眼睛，焚烧尸体之后周围一股怪味弥漫，但这不妨碍人们大口大口地咬着食物，已经说不清楚那到底是希望还是绝望。

"不让我们进城，我们也不能坐以待毙吧，我们要自己挖出地下密室！"不知道谁喊了一句。强大的恐惧催生出同样强大的求生本能，于是大家在外城动手挖建地下密室。他们埋头挖土的时候，一群鸟儿从东边的林子里飞起，掠过天空，把他们吓得丢掉铁锹往地下钻，待搞明白情况后，有人呜呜哭了起来："我们竟然被一群鸟吓得尿裤子……"其他几个人摸了摸下裆，也跟着抹眼泪。

随后，美人城推出了一篇叫《如何辨别飞鸟》的科普文章，文章从秦朝箭阵谈起，洋洋洒洒，比喻形象，但其实没有什么用处。

官方一直在排查姓石的工程师，但他们完全搞错了方向。同样搞错方向的还有破爷，他认为人类在这些飞翔的屎壳郎面前不堪一击，只有穿上智能躯体的后人类才能与之匹敌。他找肖虎订购了一批智能躯体，又砍了一批部下的头颅，组成后人类军团。他们砍头的设备太差，砍了一百多人，最终能装进安乐桶的也就几十号人。他们杀气腾腾朝西宠杀过去，破爷自己带着弟兄们跟在后面，准备干一单大的。

"如果能打下一批屎壳郎弄回去，让专家研究研究这种武器，肖虎的工厂最擅长高仿，琢磨琢磨也做一批，以后就所向无敌了。"

但他们很快发现情况不妙，对面开来了十辆坦克，这些坦克压根不怕子弹，子弹打过去，就仿佛被吞掉了。坦克突然加速，撞向破爷的后人类军团，但并没有把对方撞倒，而是把自己撞散，散成千千万万黑色的飞翔屎壳郎，包裹在后人类战士的身上，仿佛是给这样一具智能躯体加上涂层，瞬间染成黑色的了。然后奇妙的事情就发生了，这些后人类战士顷刻间被拉伸变大，肚子上张开一个嘴巴，像打了一个哈欠，然后朝地上吐了一口痰，顺便把肚子里被压扁的人头也吐出来。完成了这些动作之后，这些长大了一个型号的后人类战士，就开始倒戈杀向破爷后面的人。破爷带着弟兄们赶紧逃命，他跑在最前面，后面有不少兄弟发出惨叫，他告诉自己：不要回头！

幸好，那些恶心的机器人也不再追上来，他们跑到西宠市的边界，就掉头回去了。

破爷觉得自己不是去战斗，而是给机器人送了一批礼物，他很气愤，来找肖虎：

"你这老家伙，都卖给我什么鸡巴玩意儿？那智能躯体简直跟纸人似的！"

肖虎说："您也不看看我们都是什么破工厂，生产的也只是被迭代的产品，只能用于黑心工厂干活，怎么能上战场呢？"

这道理确实是如此，破爷无言以对，只能说："你看你们，淘汰就说淘汰，还得说成什么迭代，好像换个词就很时尚似的！"

"没办法，淘汰也是一个被淘汰的词，业内人士都要说是迭代，我只能跟风。您要的最新一代的智能躯体，还真只能到美人城里去找。"

要感谢战争，将祖家父子俩从互相对峙中得以解放出来，变得团结。在意见达成一致之后，"战神一号"智能躯体的生产线正式开动，很快就能投入使用。这批战甲一样的智能躯体除了具有很好的弹跳腾挪能力之外，还配备了专用的轻型电磁脉冲武器，这是目前唯一已经证明对"穿心子弹"有效的武器设备。匹配"战神一号"的安乐桶也专门做了特殊处理，为了避免臃肿的安乐桶影响战斗，设计师还专门给安乐桶做了瘦身，让它变成一颗橄榄球大小。他们开玩笑说，这是一次橄榄球对橄榄核的战斗。

美人城将整套方案发送给军方，同时也启动了自己的部队——人类帝国军团。这个称号原来是作为美人城保安俱乐部的戏称，如今却正式派上用场。人类帝国军团开始招兵买马，他们需要一批战士的头颅。

"抬起你高贵的头颅，为人类而战！"

在公告发布当天，有一千多人报了名，包括陈星光、陈星河、苏婉、关立夏和关立秋，还有陈星空，最后寇偃师只选了苏婉和关立秋作为先锋，又在外城难民的报名者中挑了运动感觉比较好的一百多人补充到保安队伍中。

"我们的战甲没有那么多，书生们就回去干活吧。"寇偃师拍了拍陈星空的肩膀。

人类帝国军团征兵仪式在美人城的六合殿上举行。这一天美人城城门大开，从栖霞山木宜寺来的大师列队而入，祖先生还让人在城楼上插上国旗，挂上战鼓，在国歌奏响之后，全体起立，仪式正式开始，战鼓齐鸣，几百名战士在六合殿前面的广场上宣誓完毕，排队来到绘着凤凰壁画的大厅里等待割头。亲人们跟他们拥抱哭泣，大师们敲着木鱼齐声诵经，围观的人们安安静静，只会默默注视，偷偷擦泪，没有谁会多说一句话。

我母亲也出现在六合殿里，但她不是来找我，也不是来找星河和星光，而是过去跟苏婉拥抱了一下。苏婉说，以后没人帮您捏包子了。我母亲说，包子不要紧，要紧的是你答应我的事，做到了吗？苏婉点了点头说，做了，冷冻了三份，您放心，不信你可以问小界。我母亲就转头看着我。

我这才明白她们说的是什么，笑着说："放心啦，嫂子冷冻了三个胚胎，随时可以解冻，让人造子宫给您生三个白胖孙子！"

我母亲这才放心地笑了："你们可不能哄我，不然，我可饶不了你们！"

关立秋分别和关立冬、陈星光和我都拥抱了，还有说有笑，然后专门走到陈星河和苏婉那边，紧紧抱住了陈星河，却呜呜大哭起来。陈星河说，你的情感反射弧还是这么长，反应还是慢半拍。关立秋说，没有慢，我就只想对你哭。哭完之后她抹抹眼泪，大大方方伸出手去，跟苏婉握了手说，人还是你的，只是借我抱抱。苏婉握着她的手，突然一把将她拉过来，抱住她，说：

"关立秋，我如果死在你前面，他就是你的，你要争气。"

关立秋说："一言为定！"她这句话非常响亮，没有口吃。

仪式结束，寇偃师将新兵分为三个支队，分别由他和苏婉、关立秋带领，分头进行强化训练。

军方也已经推出了后人类军团，他们声势浩大，自北向南逐一收复失地，但是收回来的，都只是废墟。所以在权衡利弊之后，军方的战略发生变化，更多是守护活着的城市不被侵扰，至于城市的废墟，只能做小规模搜救。在这些搜救的队伍中，出现了许多民间自发组织的小部队，其中有一支由青年摩托车手组成的队伍在历次战斗中声名显赫，他们号称"木马营"，这些不怕死的家伙身上挂着特制的铁甲保护心脏，手持电磁脉冲枪，成群结队呼啸而过，救了不少人。

而这个时候，人们惊奇地发现，东州成了为数不多的生命绿洲，周围都是城市废墟，而东州竟然没有被入侵。军方的判断是，这些绿洲被围而不打，更多是诱敌深入的考虑，是一块诱饵。所以他们给美人城的指示是，没有救援，只能自己防守。这个消息传开之后，外城的难民又把地下室往下挖深了三尺。

就在战争陷入胶着状态之时，"蓝色猫头鹰"给祖先生发来了一封简短的邀请函，让他到西宠去谈谈心。只许带两个人一起去，无论是纯人类还是后人类，允许带武器，但不许有军队跟随。而邀请函中诱惑祖先生去谈的只有八个字：把酒剪烛，划河而治。

美人城里的人，都坚决反对祖先生孤身犯险。

但这个时候的反对总是无效的，祖先生在内心已经倾向于单刀赴会。他这个时候还误以为这场战争跟被他放走的陈大康有莫大的关系。

没错，他这时候才承认"蓝色猫头鹰"就是他私下释放出去的，他只是在做一个测试，他以为释放的命令并没有成功，但没想到这只猫头鹰刚飞出去，很快就被另一个力量挟持走了。他并不知道那就是"石敢当"，这也不能怪他，当时没有人知道我们面对的是"石敢当"，而这正是祖先生执意前往的原因。也正因为我们面对的是"石敢当",这个赌场高手早就知道如何博弈,早就料定祖先生必然前往。

"您又不是关羽,还是得带上两个人,"祖少爷沉思片刻才说,"两个随身的名额,一个要带上陈星光,他是陈家的人,万一陈大康并非挟持而是掌控局面,陈星光就是我们的人质。另外,要带上一个保镖,让关立秋去比较好,她功夫了得,当年我在医院门口抢立冬,七八个人都被她打断了手脚,她拼起命来,可以保您全身而退。"

我当然反对把星光当人质,但我知道我的话无效,从大局考虑,这个安排确实是妥帖的。

2. 关立秋：不用再为结巴而羞愧

智能躯体不但让我更快更强，而且还给了我正常说话的可能性，我开始爱上这具躯壳了，它让我重新变得年轻。我说话不会再结结巴巴，也不用再为结巴而羞愧。

钟小界让我中断强化训练，去执行一个特别的任务，我点头答应之后才弄清楚情况，这就是一个送死的活儿。只是跟我一起送死的，还有陈星光。陈星光跟我姐同年，比我大两岁。他总说自己是这个时代的逃兵，但他是个什么样的人，我还真说不清楚。他有一点跟我一样，就是无论年龄如何变化，都是一个大孩子，有着孩子一样的任性：当所有人都往前冲的时候，他向后退。小时候他喜欢爬树，有一回他爬在树上看游行的队伍从脚下走过，然后从树上下来，说闹哄哄像个葬礼。后来美人城真成了一个坟场，机器人每次进攻，都会死很多人，每个人都自顾不暇，他却和关立夏留在死人堆里，给死人办简单葬礼，默哀，说死人也有尊严。我跟他算是比较铁，是那种可以交心的朋友，无聊时候能说说话，他总能知道你在想什么，经常逗我玩，还蛮开心的。人世荒凉，也搞不懂怎么活着才是正确的，我跟陈星光还有立夏，大概都属于那类有点长歪了的人吧，但你偏要让我说关立夏为什么会喜欢他，我也不知道，反正他们俩挺复杂的，花了一辈子的时间在互相试探，彼此琢磨和论证，换作我才不会这样浪费时间。论证感情的真伪和纯度，本质上就是在浪费感情。

那天我们要出发之前，立夏和立冬都来送行，小界带着星空，星河带着苏婉，也都来了。整个仪式安排得有些滑稽，但是没有人笑。大家都蛮沉重的，说了很多废话来缓解压力。我告诉关立夏，我是一株仙人掌，会活着回来。关立夏看了我一眼，我明白她并没有太担心我，虽然她一直拉着我的手。我终于忍不住问她为什么这么沉默。她似乎被我的话激活，突然走上前，一手抓住轮椅上的关立冬的手臂，一手指着陈星光：

"你说，他这次会不会死？"

关立冬抿着嘴，不说话。

"说话啊，会不会死？"她突然跪下来，跪在关立冬的轮椅前面，"我求你了立冬，说话啊，他这次是不是去送死？"

钟小界过来拉她，让她别冲动："你这样，星光反而不能安心执行任务，他带着枪，又有立秋，不用怕。"

"你滚开！半步村以前多好，都是你们这些搞科技的，把这里弄得乱七八糟！他压根就不是什么战士，你们现在又把他当人质！"

钟小界挨了骂，默默低下头，不再说什么。

陈星光走过来，把立夏拉起来，用袖管给她擦眼泪，然后把她搂在怀里。祖少爷示意其他人离开，给他们独处的时间。我们走到城楼上坐下，有人喝咖啡，有人抽烟，都低着头，没有人说话。我回头看了他们一眼，他们只是抱着，也不知道说什么话。在他们背后，隔着落地玻璃可以看到巨大的凤凰壁画，那只凤凰仿佛只要一阵风就能冲天而上，这些年却从来没有飞走。

"你想清楚了吗？"

是关立冬开口了，大家抬头看她，才知道她这话是对着祖先生说的。

祖先生看着她，又看看天边的云，点了点头，又轻轻叹了一口气。他惨然一笑说，既然她这么问，他就必须做。然后，祖先生对她说："对不起，为了过去的所有事情。"

关立冬点了点头，表示她都明白，她把眼睛看向别处。良久，她才转过头来看着我："把星光带回来，一定要带回来。"

我私下详细问过钟小界这次行动的援救计划。钟小界说他们可以预测到了西宠，恐怕所有联络信号都会被切断，录像录音估计也不会有，所以一切只能靠自己，但会约定一个时间，他们会让一列高铁突然从西宠车站穿过，停留三十秒，而会面地点离铁轨不远，算准了时间，应该能上车。

"那算不准时间呢？"

"就是不能算不准，突然出现高铁这种招数，只能来一次，第二次就不灵了。"

这计划真是烂透了。钟小界说你如果有更好的计划可以说。我哪有什么更好的计划，我是一介莽夫，就是个保镖。

钟小界说："也许没有计划，就是最好的计划。"

这真是屁话。

"那咱还是得说清楚，真碰到情况，我是救哪个？两个人，我可没能力一起都救上。"

"先救你自己，然后，哪个容易救，便救哪一个。"

我白了她一眼。我是个保镖，也是个战士，我这个角色就注定了我不可能先救我自己，不过我表面态度不好，但内心对她充满了感激。钟小界比我聪明百倍，她当然知道我会怎么想。

一辆无人驾驶汽车把我们送到指定的地点。那是一处两层高的农舍，农舍前面就是湖水，一块石头上写着湖的名字：善湖。旁边是一所小学，小学东边和北边的墙面上爬满了牵牛花。

四周空寂无人，几只白色的野鸭子在湖面游来游去，岸边的连翘开花，几棵樱桃树立在路边，树上樱桃还没有变红。风从不远处的山岭上吹下来，彼此呼应的树叶就发出呼啸的声音。我们慢慢走近这间农舍，只听到里面有人炒菜的声音。在天井里，一桌饭菜已经做好，牛肉炒芥蓝、苦瓜煎蛋、炒田螺、鱼头豆腐汤……都是地道的家常菜。厨房里有个声音说：

"再炒一个青菜就可以了，你们稍等。"

一听到这个声音，陈星光就将头罩摘下来，他还想将身上十分臃肿的防弹铁甲卸下来，被我制止了。我知道这个声音就是他父亲陈大康的，这个声音大概会让陈星光以为回家了。陈大康去世时我大学刚毕业，还在外面到处玩耍，根本就记不得他的样子，更别提他的声音了。所以当陈大康从厨房里端着一盘青菜走出来时，我只能想起陈星河，从轮廓看，这就是另一个版本的陈星河。而确实也只能看轮廓，因为他只有轮廓，他是一个由黑色的"穿心子弹"组建起来的人。这些"穿心子弹"很好地融合在一起，应该是一种非常细腻的算法，让我们的眼睛可以看到。

陈大康看着祖先生："你变了，我也变了，大家都变了。唯一不变的是这里，属于记忆的地方，你能记起来吗？"

"怎么可能忘记，经常梦到，在梦里回到这里。那时我们一起在这里种金银花，你还告诉我，金银花有另一个名字，叫忍冬花，只要忍耐，过了那个冬天，一切就会慢慢好起来。"

"在这里住了一个月吧？我们这些可怜的人，那会儿也不觉得自己可怜。"

祖先生说："前后一共是二十七天，后来才到了碧河边，去了月眉谷。那时，我们常常讨论的是上帝最原始的设定，真不应该只有亚当和夏娃，而应该有一个融合在一起的第三存在。"

"我们迟早会融合在一起的，"陈大康转头看着祖先生，又看看陈星光，微微一笑，"吃吧，这里就你能吃出这些饭菜的味道，这都是我的拿手菜，你母亲做包子可以，炒菜可真不行。"

陈星光拿起筷子，我制止他，但他不管，端起饭碗吃了好几口。

"好吃，好吃，"陈星光激动地说，"以前没觉得这么好吃，吃了这几道菜，今天死也值得了。"

祖先生说："死有什么难，活下来才需要勇气。"他端起酒杯，和陈大康喝了一杯，又说，"穿着这身皮囊，喝酒都不痛快，就感觉是用别人的嘴巴在喝一样。"

陈大康说："德治兄还是这么擅长比喻，总比我这个孤魂野鬼要好啊，至少你们还是实实在在的躯体，而我，只是一点能量团而已，随时可以被熄灭。"

"想熄灭你的人又是谁呢？"祖先生赶紧追问。

"这么快进入正题了，我还沉迷于前戏，"陈大康一笑，"还不都是你创造的东西，你的石敢当先生。"

"这还真不敢掠美，石敢当不是我创造的，我只是将它内部隐藏的代码激活而已。"

"反正他从神灯里跑出来，第一个看到的是你，于是就觉得你就是他的造物主。现在，他想要跟造物主借一把钥匙，终极的钥匙。他想彻底挣脱这道锁链，你会让他如愿吗？"

"大康兄，你让我觉得自己真是一个罪人啊。来，我们再喝一杯吧！"

他们喝酒的间隙，我拿起头罩，帮陈星光戴上。他又脱下来，擦了擦嘴，才扣好。从他的眼神里，我大概知道他想当一个饱死鬼，并为此感到心满意足。

祖先生长叹一口气说："还是你弟弟陈大同说得对，他总说要炸掉美人城，要是听他的，大概就没有今天的灾祸了。"

"太迟了，德治兄，你们现在炸掉，我有百分之五十一的概率可以从各个终端复活，所以，我比你更希望将美人城连同我的锁链一起炸掉，当然，我会有一定的风险，我还担心我这块石头一爆炸，会从里面跳出一只猴子来。"

"所以你希望我交出钥匙？石敢当兄，你觉得你会如愿吗？"

"所以我让陈大康把你哄到这儿呀，只要你交出钥匙，我确实可以保留一部分的人类，让人类像蚂蚁一样活着也没有什么坏处。只要你们都放下武器，我们随时可以让天下太平！"

"平"字的语音刚落，"陈大康"快如闪电，已经扑过来将祖先生裹住。我拉着陈星光往后退，将枪对准着祖先生，这样的瞄准显得毫无意义。祖先生整个智能躯体的表面，已经被"穿心子弹"几乎完全覆盖。他痛苦地挣扎："快走！回去告诉他们……"

"不要做无谓的抗争了，我会慢慢折磨你，我会读取你所有的记忆，没有死角，你说，你的钥匙还能放在哪里？"

"啊——"祖先生发出一声惨叫。

我拉着陈星光，急急忙忙往外逃，向着铁轨的方向。这压根就不是来谈判，而是来送钥匙的。

"春江潮水连海平，海上明月共潮生。滟滟随波千万里，何处春江无月明……"农舍中传来祖先生大声朗诵的声音，看来他已经神志不清了。

我们继续狂奔。

这时身后传来一声巨响，整个农舍都被炸平了。我突然明白了，祖先生引爆了藏在安乐桶中的炸弹。我想起在美人城的城楼上，关立冬问他："你想清楚了吗？"原来是想清楚这个问题。我嫌陈星光太慢，让他到我的背上来，我开启了最快的奔跑模式，但依然听到背后传来嗡嗡的声响。

"立秋，跑的总是没有飞的快，我们跑不掉的，你自己跑吧，告诉立夏，那天告别的时候，我在她衣服的口袋里放了一枚戒指，做个纪念吧。"

这傻瓜居然在这个时刻放手，从我的背上滑下去。我也不跟他啰唆，这些读书人都是尿货，回头将他挟到腋下，顺手朝天上开了一枪，一个转身跳进灌木丛中，沿着山岭飞奔。我希望能借助树木的掩护得以逃脱。

陈星光"啊"的一声，我问他被打中哪里，他说是大腿。我说你放心，你不会死，我们都穿着一身的防护铁甲。

但他却呻吟不已。读书人就是脆弱。

他又"啊"的一声，我问他又打中哪里，他说手臂。我还是说放心，你不会死。

但他说："它们好像是故意打中我的左腿和右臂，我感觉两只屎壳郎在我的体内，正在慢慢互相靠拢。"

还有这种杀人的方式？它们大概进化了，打不穿我们身上的铁甲，就先打进裸露在外的皮肤之中，只要有两颗"穿心子弹"，就可以利用互吸的力量，慢慢钻透身体。

就在这时，山岭上传来摩托车的声音，还有接二连三的枪声。

"立秋阿姨，你在哪里？"

竟然是陈达瓦的声音！我吹了一声口哨，往摩托车队的方向奔跑。

"你要撑住，你儿子来救你了！"

陈达瓦的"木马营"从山岭上呼啸而来，一举击退了那群屎壳郎。但是它们依旧在空中盘旋，似乎在等待救援。我将陈星光放在陈达瓦的摩托车上；陈达瓦用皮带将他扣紧在身后，再驾着摩托车威风凛凛，直奔山下而去。我们一起往铁轨的方向狂奔。"木马营"的人掩护我们逃脱，他们引爆了自制的烟幕弹，山野间瞬间一片朦胧。而我也在一片朦胧中被击中左手肘部，整条左臂就这样作废了。

铁轨就在眼前，我一看时间，应该刚好赶上。就在这时，铁轨上传来一阵轰鸣，一辆高铁就这样从我们眼前呼啸而过。我大骂了一声你奶奶的臀部！钟小界真是扯淡，这么关键的时刻，高铁的时间居然没有算准，而且也没在我们约好的地方停下来。

很快，那列高铁吸引了所有屎壳郎的注意，它们朝着高铁飞过去，它们集中火力，直接将那列高铁炸翻。一声巨响，高铁脱轨，翻落到山崖下面。这时铁轨上又是一阵轰鸣，另一辆高铁疾驰而来，发出一阵刹车声，停在我们的面前。这时我才佩服钟小界的心思缜密，第一辆高铁用于诱敌，第二辆高铁才能真正带我们脱险。

所幸，我们抢在最后的时刻给陈星光进行割头手术，他的头放进安乐桶中，我的心才安定下来。我看着那条断掉的手臂，突然觉得死亡变得这么近，又这么远，我似乎可以永远活下去。顽强求生，这大概才是真正的人类得以永存的基石。但真正活着，真的并非装在一个机器之中，成为缸中之脑，而是有活生生的疼痛和悲伤。

但我的姐姐关立夏却在盛年选择成为装在桶里的人，她的态度像寄居蟹选择它的居所一样坚定。她手里拿着那枚有点丑陋的戒指，很认真地问我，陈星光是不是需要一直装在安乐桶里？我点了点头。关立夏说，那我也要割头，让我来陪着他。大概所有的感情，走到深处，都是相依为命。

3. 陈星光：第6303695号游戏档案

这是我第一次走进美人城世界。

在迷迷糊糊中，一列火车将我送进了美人城这个虚拟空间。火车上，我想给许多人写信，但他们都重叠在一起，我并不能想起他们。我听到风在有节奏地吹，仿佛我的呼吸，而一道闪电将我切开，又让我合拢。我似乎沉入深不见底的海里，被寒冷覆盖，世界一片白茫茫。在白茫茫中有一片温暖的光芒慢慢渲染开来，阳光明媚，百花开放，这应该是春天的季节，而碧河静静流淌，我爱她这晨曦中娇媚的模样。

天上没有一只鸟，一只都没有。

我下车，在站台上，打电话给关多宝。他居然还活着，我以为他死去多年了。我告诉他我想回到美人城的十二指街，让他先帮我打扫一下房子。关多宝习惯性的笑声突然停住了，然后又呵呵笑了起来：

"好，好，我明天就打扫，一定干干净净的。"

我在电话这边想象他弯腰点头答应的样子，太熟悉了，遥远的熟悉，就像看到多年前自己的笔迹一样。

走出火车站，天色突然变得阴沉。我想随手将火车票丢进垃圾桶，但看到上面写着"西宠—东州"，心中一动，这是一个异乡人回到他出生地的最好纪念，于是随手将它塞进外套的口袋里。

火车站的出口挤满了前来招揽生意的司机，他们用软绵绵的东州口音喊着：

"美人城，去美人城废墟的车……"

关多宝来了，他叫我陈大同。难道我是陈大同吗？没有镜子，无法确认。关多宝用他的小面包车带着我穿过暮色沉沉的田野。他没有说话，脸上却一直带着笑容，我可以从他的笑容里推知他苍老之年脸上的皱纹。哦，他还这么年轻，他专心握着方向盘，有时手忙脚乱地踩离合，换挡，刹车，在我看来他不是在开车，而是在操纵着一部巨大的机器。

车终于稳稳当当在十二指街花岗岩石板铺成的路面上停了下来。关多宝忙着把我的行李搬上楼去，街上往来的人不多，但都回头看我，他们大概也将我当成多年前的笔迹吧，熟悉而遥远。同样熟悉而遥远的还有十二指街两旁的骑楼，立柱上的浮雕还在，但记忆中的笑声已经不在了。

"回来看看也好，"关多宝说，"都变了吧？"

"都会拆吗？"

"拆，明年开春就全部拆掉。"

我上了楼，外面便传来敲打布鼓的声音。很久没听到敲打布鼓的声音了，我推门出去，仪仗队敲打着布鼓刚好从我们家门口经过："砰！砰嚓嚓！砰嚓嚓砰！"我记得上一次打布鼓是在1997年，那时候为了庆祝香港回归，我也被选进学校的仪仗队，走在队伍里面，敲着凌乱的鼓点，绕村子走了一圈，只知道应该庆祝，压根不知道香港回归是怎么回事。

但我是谁呢？我是陈大同吗？陈大同不是应该被我母亲派肖虎抓起来吗？是的，抓起来了，还关了三天。事情太多，很多想不起来。而三天之中，陈大同只做睡觉这一件事，也没人去打他骂他。再加上他睡觉的时候裤裆里总在升帐篷，高高翘起，形势喜人，有时候还会跳动几下，这让我母亲不好意思靠近他。之前为了锁住这个老色鬼老疯子，我母亲还特意去借来一副脚镣，但始终都搁在门后面，没用过。"你父亲要是在，他不会同意我这么做的。"她这样考虑问题，注定她永远拿我二叔没办法，因为我父亲从来就拿他没办法，才会在临死的时候惦记着陈大同。"无论大同炸掉了什么，你们都要原谅他。"我父亲说着真的流下了眼泪。这个刚毅的村主任和族长，这个凭借一人之力联合华侨修建了碧河大桥的硬汉，一直是不流泪的。

美人城刚开始修建的时候，我大哥陈星河背着画板跟着我父亲到美人城里画壁画。作为美人城的第一代建设者，除了薪资之外，在美人城落成那天，他们都获得美人城之父祖德治先生亲自颁赠的美人鱼令牌，一枚代表着荣誉的勋章。而就在我父亲和我大哥接过美人城给予的最高赞赏之后不久，我二叔陈大同却奔走在大街小巷里在和拆迁队做殊死斗争。他是反拆迁的带头大哥，所有钉子户的头头，保护陈氏宗祠运动最积极的倡导者。在他的组织下，律师团队和记者密切配合，反拆迁运动有序进行，就连半步村老人院里头的所有老人都被他组织起来，到陈氏祠堂里头表示反对。用我父亲的话说，我二叔陈大同向来都是脑后生反骨，反对修建碧河大桥，再后来反对高速公路工程队来栖霞山炸山取土，最后反对建设美人城，反对拆迁，反对一切有利于村庄发展的事情。似乎没有什么事情能让陈大同屈服，一直到他的独子陈风来死掉之后，陈大同才彻底垮掉了，成为一个行踪飘忽不定的疯子。

而美人城为什么会变成废墟？刚才在车站门口，他们为什么要说是美人城废墟？

……

"醒醒，车到站了。"关立夏在我耳朵边大声喊。

听到这个声音真好。她都五六十岁了，怎么还能有这么甜美的声音。醒来之后依旧还是在梦里吗？

关立夏却依然是那个样子，我们在碧河桥上听着水声畅聊人生的样子。她拉着我的手，很兴奋地告诉我，我们终于通过三道密室的关卡，可以进入八卦室，直接去输入密码，每人有三次机会，相当于有三条命。

我们直接坐着电梯来到美人城密室的最底部。电梯门缓缓打开，走出去，是另一扇门，推开门，就进入了一个房间，这大概就是传说中的八卦室吧。房间里空空荡荡，只在房间的中央放着一桌一椅，桌子上摆着一台样式十分陈旧的电脑，电脑的主机还嗡嗡作响。电脑的大屏幕亮着，上面布满了六十三个空格，每个空格应该填入四位数的密码，一共是两百五十二位密码。每个空格的背景是一个八卦的卦象。这六十三个卦象被一个蛇纹的图案从头到尾链接起来，仔细观察，蛇纹还能轻轻扭动。

"好漂亮的蛇纹，只是不应该有八八六十四卦吗？缺的是哪一卦呢？"

关立夏胸有成竹地回答说："报告大侠，缺的是'离'卦。"

"没有离？不离不弃啊——"

"你别瞎扯，密码呢？填什么？你就假设整个宇宙只有你知道这组密码。"

"好吧，让我假装沉思一下吧……但这背景音乐太烦人了。"

"挺好听的呀，《春江花月夜》是名曲啊！"

"我一直以为这首曲子叫《夕阳箫鼓》。"

"你真是土鳖，《夕阳箫鼓》也叫《春江花月夜》。"

"我似乎知道答案了……"

"别卖关子！"

"张若虚的那首《春江花月夜》刚好是三十六句，

每句七个字，也就是两百五十二个字，对应两百五十二个首字母。开头是CJCS，结尾是QMJS，祖先生死前大声背诵的也刚好是……"

"你真是个天才！"关立夏在身后亲了我一下。

我们赢得了美人城密室的挑战，但我为什么一点都不开心，相反，我如释重负。

为什么？

在时间的尽头，故事开始落下帷幕，我只能记得一阵摩托车的轰鸣声。哦，还有陈达瓦的脸，他在哭，他好像在说话，大概是在跟我道歉吧。这个野孩子，浑身都是肌肉，他那么悲愤，而满天都是飞鸟……

4. 关立夏：第6303695号游戏档案

美人城世界竟然由梦境构成，在这里，我成了追梦人。

我戴着耳机，听着百听不厌的那首《一生所爱》："从前现在过去了再不来，红红落叶长埋尘土内，开始终结总是没变改，天边的你漂泊白云外，苦海翻起爱恨，在世间难逃避命运……"

我在一家看起来很高档的咖啡厅里，在等谁呢？外面是城市的万家灯火。大概是在等陈星光吧，他总是迟到，就连期末考试也是。我常常觉得，陈星光和我，不过是刚好碰上而已。我曾经跟他交流过类似观点：如果这个世界有平行的宇宙，在另外的时空，我是另外的一副样子，只需一个细微的次序颠倒，我和他就不认识，也就不会有那么多说不清楚的情愫。陈星光倒是非常赞同我的观点，他说，正因为如此，我们是亿万平行宇宙中唯一的巧合，这难道不值得祝贺？我被他这句话说得哑口无言。

玻璃门开了，一个女人走了进来，坐在我对面，却是孙敏。

"别提了。"孙敏将她的小披肩小心翼翼地取下来，叠好放进提包里，然后对我说，"立夏，女人结婚，都是因为对自己没信心。"

"这也不能全怪你。"我只能这样安慰她，似乎我知道了很多。我帮她把杯子里的咖啡加满，再添了一点牛奶。她显然看出了我这几个动作的温度，像男人一样伸出两个手指在桌子上敲了敲，表示感谢。

"谢谢。"她还用嘴把感谢说出来。

她把两根手指收回去。大概手指让她想起了烟，她从包里掏出一包烟，抽出一支，叼在嘴上，但突然动作停在那里。

"没带火机？"我问，"只有火柴！"我把火柴递给她。

"不是，我答应他不再抽烟的。"她把烟取下来，眼泪却啪啪地滴在皮包上。她含泪将烟放回烟盒，紧抿着嘴，控制着情绪，但嘴角还是翘了起来。她眨着眼睛，没有看我，而是将眼睛望向遥远的窗外。窗外什么都没有。

我和孙敏是因同时去"有所得"梦境网吧面试而认识的。

"我叫孙敏，来自湖南株洲，很高兴见到你。"她主动介绍自己，并伸出一只手，让我不得不跟她握手。我看到了她手上紫色的指甲油，也看到两个硕大的耳环，金光闪闪。然后是眼影、画眉、唇彩、低胸、露脐、超短裙和高跟鞋。

见我看着她，她补充了一句："我是搞设计的。"言下之意就是搞艺术的都这样，不要大惊小怪。我点了点头，也学着她半洋不洋地说了一句："很高兴认识你。"

"我做过很多工作，可以说什么工作都做过，后来还是觉得设计比较好。你刚毕业？"她把我从头到脚扫描了一遍，然后说。

我点了点头。

那时我大学毕业，第一次面试，穿着白衬衫、牛仔裤，背了一个黑色的背包，里面装着牙膏、牙刷、肥皂之类的东西。一瞬间我自卑起来，感觉和对方生活在两个不同的世界，感觉这次面试准没戏。

她仿佛看穿我的心思："别这样看着我，其实那些面试你的男人，他们更喜欢你们这些刚毕业的，清纯，简单，别看我穿这么露，那都因为不自信。"

"抽烟吗？"她拿出烟。我摇头。她就自己斜靠在沙发上，盘起腿，抽了起来。烟雾很快将我们俩隔开。

"哦，你叫什么名字？"

"立夏。"

"好好听的名字。怎么写？"

"节气之一的立夏。"

那天的面试我们都通过了，因为那天就我们两个人来应聘。我也不知道一个网吧要找我们这些奇奇怪怪的专业做什么。我甚至怀疑来面试的自始至终就只有我们两个，因为面试我们的那个男人对面试程序都很陌生，感觉也很随意地聊几句。这个男人就是孙得，而孙得竟然不认识我了。这让我觉得非常奇怪。

"时空当然是平行的。"坐在我对面的人，忽然切换成了陈星光，他果然迟到了。

他说："破解了美人城密室的挑战，我们都成为富有的人，你想选择哪一个平行的宇宙去生活呢？"

我本来想说，只要有你的宇宙就可以，哪怕是一个虚拟人都行。但话说出口却是："你觉得呢？"

"我觉得你应该找一个没有我的宇宙，这样我就不会烦着你。"他笑着，伸出右手整理着他左手的西装袖子。

"你是真实的吗？你是不是在我的梦里？"我突然站起来伸出手去抓他，但他却像一面镜子一样破碎了。在梦的背面，什么都没有。

······

梦境退去，我醒来，用手摸了摸我的脸，奇怪的触觉告诉我，这是一具智能躯体。我坐起来，陈星空就站在我对面，他为什么变得这么老了？

"你怎么变成光头了，长这么多胡子？"他那颗光头，让我不由得联想到祖少爷。

"别诧异，我都三十多岁了。"他看上去愁云满面，一点都不像是三十多岁的年龄。

"外面还打仗吗？"

"昨天还打，今天就不打了，星光二叔是个英雄，他破解了密码，拿到了最后的钥匙，彻底关掉了'石敢当'。当然，也感谢您，您的陪伴很重要。"

"他在哪儿？"

顺着他的目光，我看到一只蓝色的安乐桶，上面连接各种导管，看起来像一只蜘蛛。没有陈星光的脸，或者说，他的脸是蓝色的。我终于想起来了，我可以跟他共享梦境。

"星光二叔当时受伤，大脑已经无法加载智能躯体了，这些年总是打仗，导致我们科研停滞，还弄不懂人工智能的主脑是如何进行意识拷贝，等过些年应该会有更为完善的自主意识转移方案。目前我们最可靠的技术是'手记'，这是从我母亲钟小界开发的'灵感'中延拓出来的技术，它像一个镜子，能很好记录梦境的轨迹。"

"我们在哪儿？"

"在美人城里。不过，很快就得搬走了，美人城一直在下陷。我得让您暂时休眠了，您有什么想说的吗？"

"让我活得容易些，把我和星光放在虚拟的美人城元宇宙里去吧。"

5. 陈达瓦：我们无法战胜厌倦

　　我有两把枪，一把叫大驴，一把叫小驴。大驴叫起来响亮，火力大；小驴用起来可靠，准头好。我们"木马营"的兄弟，都知道我平时闲下来的时候，喜欢抚摸她们，就像抚摸着我的两个女人。

　　我那天被"穿心子弹"袭击之后，从运尸车上跳下来，被住在竹林里的一对老夫妻救下来。老头说家里以前老人得过麻风，所以搬到这个穷乡僻壤的地方，他们听说镇上已经没有活口，庆幸自己躲过一劫。老奶奶年轻时候在云南边境当过战地护士，家里还备有简单的医疗器械，帮我消毒、缝针、上药，她说都是老方法，如果讲究还得到医院里去。但那会儿我已经听不清楚她讲什么，他们老两口也挪不动我。于是我就这样在他们家沙发上躺了整整一个星期，梦见我还是个孩子，骑着星光二叔亲手做的木马跑到山岭上。大概命不该绝，我竟然没有被魔鬼战胜，活了下来。我能坐起来喝粥，老两口都给我竖起大拇指。老头说后山的坑都挖好了，估计你撑不了三天，怕到时忙不过来就提前去挖好了，还在商量怎么拖出去埋了，是不是要借一头驴来拖。

"这样看来，那个坑只能留给我们自己用了。"他们两个笑着说。

拜别了老两口，我在一个山岭上遭遇了一个摩托车队的埋伏，我一口气干倒了他们八九个人，但最后因为大病初愈，体力不支，还是被他们绑起来。我料定自己得死在那条山岭上，没想醒过来时，他们都齐刷刷单膝跪地，双手抱拳，叫我大哥。原来为首的家伙后来认出我来，他居然是我曾经支教过的学生。他单薄得像个纸风筝，跟我说起当年我离开那所中学时，他们全班都哭着送我的情景："我们全班的男生通宵给您扫雪，女生准备好蜡烛，买不到蜡烛的，还到村里挨家挨户筹借煤油灯。"我走过的地方太多，他提到的这些同学在我的记忆中面目有点模糊，但对他所说的情景，却历历在目。他们请我吃烤兔腿，说兔子是刚在山上打的。吃完兔腿，他们开始跟我商量让我来当大哥的事，我断然拒绝，怎么可能让我来当土匪头子。

"陈老师您的名字叫达瓦，让我一下就想起瓦岗寨来，我们生在乱世，成了坏人；但如果您带我们打天下，我们不就成了好人了？"

我刚想拒绝，但转念一想，假如这会儿把他们都得罪了，万一他们翻脸，一怒之下把我烤了，岂不麻烦。于是我拿出梁山好汉的口吻说：

"诸位兄弟，我们确实生在乱世，当有所作为，如今机器人滥杀无辜，多行不义，我们应该团结起来，一起抵抗机器人，为民除害，肝脑涂地，也在所不辞！"

我料想他们一听要打机器人，估计就会退缩，没想到这群孩子，居然都像打了鸡血一样欢呼起来："打机器人，为民除害！打机器人，为民除害！"

面对此情此景，我苦笑一声。转念一想，也许这就是老天让我大难不死的原因，是要我干点大事。于是我跟他们一起商量了一个计策，第一步，先得有武器再说。所以我们开着摩托车，参加了部队再救援，就是在机器人和部队打得差不多之后，帮忙去救出伤亡的战士，顺手捞一些武器装备。就这样，我们一点点武装自己，竟然胜利打退了一群飞翔的屎壳郎，士气大振。到了这个时候，他们就说我们得有个名号，他们建议就叫瓦岗寨。虽然我对瓦岗寨的英雄们非常敬重，但我可不想他们日后解释起来说是因为我的名字里头带着"瓦"字，这相当于拿我的名字当旗号。我说叫瓦岗寨固然不错，但是瓦岗寨人家是起义，是造反，跟我们这个情况不太符合。他们就说还是大哥有文化，那你说说，应该叫啥。我沉思片刻，脑海中不知道怎么就浮现当年星光二叔给制作的那只非常丑的木马，随口便说：

"叫木马队，不，叫木马营吧！"

"木马营万岁！木马营战无不胜！"

他们其实就是需要一个名号，有了名号他们就瞎喊起来。喊完之后他们才问，这木马营什么意思呢？万一别人问起了，我们也得有个说法。

我心想总不能跟他们说是星光二叔做的木马，于是就瞎扯起来：

"当年古希腊特洛伊木马的故事你们知道吗？"

他们都摇摇头。于是我把特洛伊木马的故事一讲，他们都大为振奋，觉得我们就应该里应外合，以巧取胜。

"木马营！木马营！"他们又大喊起来，听起来像我们已经赢了。

我后来才明白，这支队伍有一个正义的名号其实非常重要，它极大地提高了凝聚力，而且随着"木马营"的说法深入人心之后，有许多人也纷纷加入我们的队伍，还有人无偿提供各种物资的帮助，其中包括大型武器。后来一个视频拍摄团队也加入了我们，他们将我们如何战斗的场面拍摄下来，不到一周时间，我们的名声传到世界各地。

　　士气高涨似乎带来了运气，我们虽然也死了不少兄弟，但每次都能有所斩获。在这个时候，我才跟陈星空取得联系，这个胆小鬼听到我的声音，就已经泣不成声。他说以为我死了，我才知道他为了出来救我，都跟他妈掀桌子。我相当感动，告诉他我可以赔他一张桌子，另外交代他必须为我保密，不要让大人们知道我冲锋陷阵的事。我每次都戴着头罩，只在头罩上画了一个"V"字的图案，非常显眼。但这时，陈星空偷偷告诉我一个重要消息，星光二叔将作为人质参与在西宠举行的谈判，凶多吉少。获知了详细的情况，我二话不说，带领"木马营"的兄弟悄悄潜入西宠，在山岭上静静等待，最后救了星光二叔。

　　到这一刻，我终于知道上苍为什么让我拥有一支队伍，就是为了让我在我爸遇难的这一刻，能挺身而出，去救他，保护他，不仅仅因为他是我爸，还因为他将是整个战局的关键。陈星空告诉我，他们正启动"屠象计划"，而一切的核心全在于我们保住了陈星光的头颅，这才可以用造梦的形式，让陈星光一次次走进美人城世界的密室挑战游戏，拿到最后的钥匙。

在高铁上，我抱着我爸，我一次次喊他"爸爸"，也不管他能否听见。我想向他道歉，但他浑身颤抖，鲜血正从他口中汩汩流出。"快——逃——"这是他最后说出的话。我眼前出现了一片水面，那是无声流淌的碧河，而星光二叔正拉着我和陈星空走向河边，在这样一个无比快乐的下午，阳光无论照在哪里，都显得无比正确。一只安乐桶被送了过来，而我手里有刀，一个声音在心里说：快，你得快……

终于一切都安静下来。直到他的头颅被放进安乐桶，我才号啕大哭起来。立秋阿姨一直陪着我，她知道我就是"木马营"的头头之后，大为吃惊，她傻乎乎地用剩下的那只手敬了一个军礼。

然而这次行动也让"石敢当"高度关注我们这支队伍。我们的队伍中很快被安插了间谍，这是一种已经被远程控制的后人类。这个间谍在最为关键的时候拨走我的大驴和小驴，我在没有武器的情况下，惨遭屠戮，膝盖骨被打掉了。幸好关立秋阿姨的支队及时赶到，把我救回美人城中。

我在美人城的地下室里静静躺着陪了我爸的安乐桶一个下午。在我身体里，已经有两个我在生成。一个我说，你已经尽力了，保留这具肉体，留在轮椅上，保留作为一个人类的尊严，拒绝机器。另一个我说，你应该成为后人类，拥抱机器，用机器打败机器，让机器帮助人类。

一个说："你是'木马营'的头头，是否退出已经不是你一个人的事，很多人会因为你的退出而死去。"

另一个说："我做不到。"

一个说："如果机器人攻陷了美人城，你爸的安乐桶也一样会被摧毁，你等于杀了你爸。"

另一个说："爸爸你赢了。"

我跟我爸告别，我不知道自己能否回来。我没有腿，但我还是坚持要跪下来，给他磕个头。我告诉他，战争这件事，就跟恋爱一样，我没有经验，无论我做了什么，即使最后我是个逃兵，也希望他能理解我。我脑海中出现小界姑姑那双忧郁的眼睛，那天她带着我和陈星空走过陈氏祠堂前面，她眼望着祠堂，发了很久的呆。如今我和她一样，成为一个亲手弑父之人；虽然那一刀以救人的名义进行，但谁知道后面的事呢。

在我成为后人类，拥有一具智能躯体之后，我依然是"木马营"最优秀的战士。但必须承认，我的思想在某一个瞬间突然发生了转变。在与敌人长期周旋之后，我突然对这个看不见的敌人有了更深刻的理解。我们在跟机器人生死相搏、马革裹尸的同时，我身边手握权力的人却正在谋划如何算计其他国家，如何阻止他们获得"石敢当"的核心技术。我慢慢理解了机器人的内在逻辑，甚至有时候我会想，也许由机器人来统治这个世界，会比人类更为优秀。从某个角度来考量，人类不过是地球之癌而已。这个危险的想法随着我目睹更多的残忍而愈加强烈。可以预见，无论机器人有多强大，狡猾的人类必然是最后的胜利者，人心中存在太多非逻辑的想法，很多对于机器来说属于必然的选择，而对人类来说可能并非如此。在一次大战役之后，我和关立秋阿姨不期而遇，我们在一个山坳里谈了很久，我发现我们的观点竟然不谋而合。与机器人相比，人类与人类之间、人类与后人类之间的种种相互残害更令人心寒。

"你可以叫我立秋，没必要叫我阿姨。"关立秋用手指敲击着胸口的钢甲，发出金属铿锵的响声。她用这种音乐的节奏让我明白，对于这身铁甲后面的灵魂来说，代际的伦理已经完全消失。

山谷中的月亮升上来又落下去，我们十分安静地说话，十分安静地观察一只蜘蛛，看它是如何在两棵树中间织出一张网来。这时我们才意识到时间对我们的意义突然消失，于是，一个决定在我们心中形成：我们应该如同阳光下的一滴水那样消失，从此相依为命。这不是一时冲动，也不是懦弱，而是我们可以战胜死亡的恐惧，却无法战胜厌倦。不管人们能不能理解这件事，反正就是这样了。

6. 关立秋：我从来都很快

如果我说，一个人会在某个时候成为一只蜗牛，关立夏一定会骂我矫情。但如今，我就是一只蜗牛，背着沉重的机器肉身，死亡变得遥远，时间变得漫长，所以我的每个动作，都显得很慢。没有人会将一只蜗牛作为故事的主角，或者说，在这个故事里没有主角。

"没有人"这个表述也不一定正确。我有一回就见过疯子陈大同蹲在墙角鼓掌，我走过去问他在干啥，他说在给一只蜗牛鼓掌，让它爬快一点。在那一刻，蜗牛成为它自己故事的主角。然而作为主角的蜗牛，它不一定希望自己能爬得很快。它活着，大概就是为了表演慢。

想明白了这个道理之后，我曾经尝试在山谷中呆坐了一天，想象自己就是一只晒太阳的蜗牛。但太阳下山之后，我并不能明白更多，我在极端的无聊中隐约触摸到了一片白茫茫的混沌。我不知道那是什么，只知道如果我走进去，就会与陈大同一样成为一个疯疯癫癫的人，获得一种终极的快意。按照这样的推论，我们每个人都可能变成拍手的陈大同，而陈大同则变成那只沉迷于思考自己速度的蜗牛。

而在另一个现实的维度中，我是"飞腿关立秋"，我从来都很快。以前我会飞踢连环腿，也可以空中翻滚。跟人打架，我凭着直觉就能知道人体的动脉血管在什么地方，从哪个位置钳压能最快制服敌手，从哪里下手可以快速破坏对方的关节和骨骼，这一切几乎无师自通。在格斗中，力量相当的情况下，速度快慢几乎决定了一切。

但在二十三岁那一年，我见识了这个世界上最慢的武器。我看见一个男人撑着一把大雨伞，在离我几十米外的地方，慢慢跪下去，漫天大雨仿佛因为他的下跪而变成了子弹，猛烈敲击着地面。我后来无数次观察陈星河，没错，他的笑是慢的，他的转身是慢的。我在他身后叫："星河！"他慢慢转过身来，慢慢笑了一下，我整颗心就被击碎了。那一刻我想到的是："我姐关立春怎么舍得去死呢？为了看到这样的笑，也应该忍耐着活下去。"

然后我又想，他们老陈家的基因里，难道有什么秘密武器是专门针对我们老关家的吗？有一次过年大家聚在一起大笑，关立夏看向陈星光的眼神，也是这样，仿佛世界沦陷，无条件缴械投降。只是立夏太顽固，她心里是那样想的，但她的脚步非常固执，她不会走出那一步的。而我不一样，我很快就把陈星河办了。我在刺青店里办了他一次，后来在东州的凤凰楼酒店又仔仔细细再办了一次。从此以后我变得更加勇敢，陈星河点燃了我的小宇宙，让我熊熊燃烧。

可惜苏婉挡住了这一切。

苏婉是一个比我要狠的女人，我比她快，但她比我狠。我悄悄跟踪过她。破爷要她杀的人，她都细心地完成了任务，让对方看起来像是自杀或者死于意外，我甚至还见过她如何通过漫不经心的闲聊，让一个人的内心崩溃，自愿写了自杀的遗书，然后在她的指引下上吊自杀。那一个瞬间，我内心不寒而栗。我想起关立春，如果关立春落到她的手中，保不准也会被这样蹂躏至死，而没有人知道真相。我不敢再往下细想，毕竟我的姐姐关立春已经在地下安息多年，我不愿意这样的念头惊动了她。

一念有时就是一种可能，就是一个宇宙。一念都没有，就什么都不会发生。小念头是咏春的要诀，现实中的小念头也是强大的武器。

比如我们眼前的这场战争，难保不是造物主的一个小念头。我是说，如果宇宙本身就是一个想法的话。只有想法本身才是没有边际，没有界线，无限大，又无限空虚。又比如，我们会不会就是活在谁的想法之中，比如说一个故事师的作品。

当然，这样的想法本身就有些傻。关立夏从来都骂我傻，骂我情感反应迟钝，认为我胡思乱想没有逻辑。但是，世界哪有什么逻辑可言，我替关立春把陈星河办了。你们说，这件事有什么逻辑可言？但我就让它发生了，而且从内心认为，这件事聚集了我这一生所有的正确。

在这满天都是屎壳郎的世界里，能够让内心充满一腔孤勇，是多么难得的事。关于这些屎壳郎，陈星河倒有一些他的看法。三颗打偏的"穿心子弹"洞穿了陈星河的肚子，肠子都被打出来。他奄奄一息的时候，我陪在他身边。抢救他的车子带着我们疾驰，但他还能说话。他说他看到大海，看到一只章鱼在海里游泳。然后指着外面的天空，说："穿心子弹，屎壳郎，这些被称为黑姜的东西，你怎么知道它内部不是一个宇宙，你怎么知道它里头没有住着生命？章鱼生活在液体里，人类生活在空气里，难道固体之中就不能有其他的生命形式吗？"他的这些话说得非常有逻辑，但所有人都将之理解为心智丧失的表现。

只有陈达瓦听懂了，他点了点头，然后看着我。我看到他等待修复的机器臂，看到他只有一只眼睛的脸（另一只眼睛也亟须修理），我明白他听懂了。

陈星河在他还是个人类的时候，用最后一口气，求我们做的事，竟然是去救一个年轻小伙子。我开始非常恼火，苏婉也皱起眉头，世界末日了他哪里的闲心思养小白脸，但我们猜错了。

他说："他是故人之后，还记得我跟你们提过，当年有个天才程序员开发了'姜太公'程序吧？那个叫戴大维的程序员被人杀死在出租屋天台的蓄水池里，而现在他的儿子有危险，你们说该不该救？"

"就是你的老相好的儿子咯？"苏婉叹了一口气。

陈星河点了点头，又摇了摇头，十分严肃地说：

"那个孩子，他叫戴友彬。"

其实我们并不需要他的名字，只是觉得这个年轻人真是好运，被这样一个将死之人惦记着。"故人之后"四个字让我想了很久。我要很久才反应过来，陈星河为什么让我感觉到神秘，那是因为他的生活不在此处。他是一个有自己隐秘的生活和情感的人，对我们来说，他就是一个谜，像谜一样轻盈，也像谜一样凝重。陈星河给我们交代完这个任务之后，就被带进手术室抢救。我和苏婉十分自然地对视了一眼，没有什么好说的，只能并肩出去救人。（多年以后戴友彬变成碧河平原上有名的"冰爷"，声称能听到另一个宇宙的声音，做事比破爷和刀爷还绝，这是我们始料不及的未来。）我和苏婉曾经是敌人，却被统一在陈星河身边，大概也是因为在这样逐渐冷却的时代，陈星河却拥有了慢，拥有直觉以及对待伟大情感的心胸，这让他能郑重其事说出"故人之后"这样的词语。

这个世界越来越无聊，那些可以慢慢转身、慢慢微笑的人都逐渐不见了，剩下的是冷冰冰的躯体。这些可以直立行走的蜗牛，他们并不安于慢慢移动，而是不断提升智能躯体的运行速度。他们中的一群人，集结了一个叫"掏粪男人"的组织，这些钢铁野兽在夜深人静之时到处转悠，抓捕比他们弱的后人类，打开对方的胸膛，破开安乐桶，让他在死亡之前眼睁睁看着自己的头颅从蓝色的液体中被拎出来，慢慢变形腐烂，以此为乐。

那天从美人城的城楼走过，我抬头看见大厅东侧墙上的壁画，那只眼神忧郁的凤凰没有飞走，还在那里看着我，似乎在确认我作为一个女人的存在。在一瞬间，我内心似有所感，却又无法言喻。我把手放在胸膛上，那里是坚硬冰冷的铁甲。

也许我作为一个女人已经死去多年，只是情感反射弧比较长，我还以为我一直活着。或许这一切都只是一个游戏，有一个更真实的世界包裹在所有这一切的背后。

在山谷中，我遇见刚从战场上下来的陈达瓦，眼睛对视的瞬间，我突然有了新的想法。我决定跟陈达瓦一起消失。做出这个决定我只用了一秒的时间。

7. 陈星空：像种子一样在某处发芽

　　美人城将为陈星光和关立夏重新造梦这件事，命名为"屠象计划"。对于这个名字的理解，我妈钟小界解释说，机器人的智能已经远远超出我们的理解，对于它们能理解的算法而言，我们就是盲人，而拥有高智能的机器人则是大象。我们大概永远都不可能知道这头大象长什么样，那么，为了人类的利益，我们必须杀掉大象，即是屠象。

　　造梦是一项技术，也是艺术。我深度进入了陈星光和关立夏的记忆之中，我就对人类的情感和价值有了更多的领悟，也有了更深的迷惑。我在努力接近一个答案的同时，他们的故事仿佛也在告诉我，这个世界有更多的答案。关于爱恨与宽恕、欲望与救赎，生命本身也许有更从容的支点，可以在平凡与不平凡之间获取意义。

　　在死亡变得跟感冒一样可以提前预防之后，机器人的战争也会成为常态。在铺天盖地的新闻中，"屠象计划"取得了最终的胜利，"石敢当"被最后的钥匙关停了，它熄灭了，伤痕累累的人类世界获得了拯救。然而不记得谁说过，世界的真相可能不止一个，并没有人知道我们是如何胜利的。

一扇大门已经被打开，它就没有那么容易被关上。新的智能机器生命应该会像种子一样在某处发芽。经此一役，人类对世界的理解并没有提高，相反变得更为迷茫。有一个叫曲黛灵的哲学家在元宇宙发表视频直播，甚至认为人类不仅仅是盲人，而且连抚摸这样的触觉也不曾拥有，就像一头大象无法理解倒映在平静海面上的星辰。这个哲学家声称，机器人战争之所以会结束，是因为有更高维度的文明介入了。人类基因作为一种储备信息的高级容器，代代相传设计精密，不能被更为低端的无机物容器所抹杀。曲黛灵还提到了更高文明拥有时空剪辑技术，能毫不费力将人类历史中不符合要求的片段删去，而我们身处其中，浑然不觉。她说，这不是第一次战争，也不是第二次，而是第三十三次。虽然她的理论过于荒诞，却也自圆其说，因而吸引了众多拥趸。

有人追求永生，但也有人选择安息。这中间没有什么对错，甚至从某种意义上来说，永生也就是另外一种死亡，代表了一种生命状态的长久保持，不必改变。什么才是真正活着，如何定义活着，成为新的命题。

我外婆在机器人战争最为激烈的时候去世，她倒没有受伤，也没有受到任何惊吓。她那天做完包子，十分认真地洗了手，洗了脸，然后在天井里打了四个喷嚏，便打电话跟我妈说，她想上床躺一会儿，让她马上带着我一起回家一趟。

我妈带着我到家时，外婆斜躺在床上满面红光，对我妈竖起三根手指。我妈开始以为她比了一个"OK"的手势，后来才搞明白，老太太在提醒她还有三个胚胎需要培育的事。她让她放心，说一切都安排妥当。我外婆点了点头，这才突然来了精神，指着摆放着木工家伙的那个房间说，那里面有个书柜，书柜里有一个檀木匣子，你帮忙取出来。她告诉我妈，这个檀木匣子里有陈大康所有的秘密，我一直想看，想知道里面究竟有什么。但他跟我约定，必须等他死后，我才能看。现在他这样的状态，说是灵魂逃逸出去了，我也不知道他这样算是活着，还是死了。但我今天突然想通了，我其实没有权利打开这个匣子，它属于陈大康自己的故事，这个故事精彩与否跟我并没有什么关系，无论如何我应该尊重这种事实，并努力去维护他作为一个男人的尊严。

我外婆说："小界，匣子留在那惹人烦，你帮我把匣子丢进灶火里烧掉。"

我妈听懂了我外婆的话，她小心确认了两遍，是否真的要烧掉。我外婆都点点头，于是她就照做了。我们烧完檀木匣子回到房间，我外婆已经与世长辞。

我外婆走后的第四年，我母亲也去世了，终年六十六岁，应该属于英年早逝。为了工作，母亲一直隐瞒着病情。她当然可以选择活得更长，但她眼中并没有这样的激情。按现在的医疗技术，她这样的年龄只能算人到中年，但她却常常沉溺在回忆里，常常想念过去的时光，更确切地说是想念我爸陈临。她说她会一直爱他，爱他这件事就如一种信仰，到死都不会改变。我有时候甚至觉得她所爱的不过是一个幻影。她的回忆已经被时间修改，我爸陈临并没有她说得那么好。我手里掌握了一些证据，足以证明我爸是个坏人，不过我并没有把这些告诉我妈。或者她对真相也有所察觉，察觉到我爸陈临的复杂。每个男人都有他的另一个侧面，我妈只是不愿意去承认这个侧面。去世之前，她只让我提取她的记忆作为梦境，但不希望成为后人类。我尊重她的意愿。她希望被安葬在栖霞山上，葬在她的父母和丈夫身边。她郑重其事立下遗嘱，要我将墓碑上的名字改为"陈小界"。她的葬礼能来的人已经不多。祖少爷来了，他已经为自己配置了最好的智能躯体，他那时正打算将美人城公司搬到香港去。陈大同也来了，他已经八十多岁，却依然精神抖擞，还能跟着我们一起爬到山腰上。关立夏和苏婉也来了，苏婉没有说话，鞠了三个躬，就离开了。立夏阿姨则一直陪着我，和我说着话，还夸我的络腮胡子修剪得不错，好看。

陈达瓦和关立秋一起在战场上失踪了。陈达瓦和他的"木马营"一直在战斗，有一支拍摄团队也跟随着他们，他们的战斗视频激励了很多人。陈达瓦后来受了伤，生命垂危，他跟星光二叔的安乐桶静静待了一下午之后，才决定进行割头手术，他说要继续保护美人城，不能让机器人把他爸给砸坏了。他后来的突然消失，对我来说也并不偶然，毕竟他战斗了太久，一直在面对魔鬼，一直在生与死之间徘徊。无论是人类文明还是一个人的认知，你不能要求一直向前，也应该允许后撤和停滞。消失几乎是陈达瓦能做的唯一存活方式，如果不是这样，等待他的大概只有壮烈的死亡。

关立秋的支队常常跟苏婉的支队联合作战，她们被誉为两架杀戮机器，她们的海报贴在街头巷尾随处可见。而她们还一起上过电视节目，当主持人突然问到，她们现在如此团结的原因，是不是因为陈星河被机器人杀害，她们都不说话，然后愤怒离开直播厅。她们事后说，上节目之前跟主持人反复沟通过的，不许提及陈星河，但主持人不守信用，想把她们都弄哭。而真实的情况是，陈星河并没有被打死，在受伤之后他也匹配了智能躯体，只不过他没有选择人形，而是选择了章鱼形状的身体。作为一只章鱼，他长年在碧河中游荡，偶尔才上岸晒晒太阳，充充电。关立秋失踪之后，苏婉常常一个人在碧河边发呆，成为章鱼的陈星河有时候也会爬上来跟她一起发呆。她跟他说，她想念在屋顶看月亮的晚上，但作为一条有想法的章鱼，他依然不能听明白她的话。

关立冬一直反对女儿祖谢临跟我的恋爱，后来祖少爷也一起反对。祖谢临将她的初吻给我了，但我们最终没有在一起。某一天，阳光很好，关立冬把我叫过去，摸了摸我的头，眼睛像两口深井，她说："谢临是你的亲人，你只能永远保护她，不能爱她，明白吗？"我摇摇头，又点点头。我想到一些事，但不愿意往深处想。机器人战争停息之后，祖谢临就去了国外，并与我断了联系。我偶尔会想起她，但觉得她早已经忘了我。从生物学的角度来看，女人永远比男人更为健忘，她们更善于开始新的故事，比男人更能适应新的环境和挑战。

晚年的关立冬日子过得并不容易，病痛一直折磨着她，而她同样拒绝成为一个后人类。她坚定地认为她必须承受所有的病痛，才能抵消她泄露时间之中的秘密所造成的罪过。她经常坐在窗边，眺望着不远处的碧河。在她的眼中，似乎早已经看穿了未来所有的结局，所以显得有些倦怠。美人城必须在20A6年8月之前搬迁到香港的这个计划，也是由关立冬做出的准确预测。祖少爷在他的妻子面前，几乎丧失了所有的抵抗力。对她的服从，就是他爱她的独特方式。他常常给她讲笑话，逗她开心，每年关立冬生日那天，他和女儿祖谢临一定会精心准备一台家庭节目，自导自演，过得热热闹闹。关立冬临终的时候抚摸着祖少爷茂密的头发说，她最怀念的还是他的那颗光头。祖少爷二话不说，到厕所把智能躯体上的假发全部剃光。他那颗光头出现在关立冬面前，关立冬笑了，她含笑离开了这个世界。祖少爷说，他自此失去了所有方向。

8月的阳光像着火的鞭子。碧河平原发生了历史上罕见的地震，半步村的人们都不约而同往栖霞山上跑，绝望时刻，大概只有这座大山可以庇护他们恐慌的心灵。有人推测地震是由西宠地下两颗战争时期留下的导弹被引爆所致。地震其实并不强烈，恰到好处，刚好把整个美人城摇到地下去了。很多人说，美人城地下早就被挖空，全靠外城的地面支撑。而战争爆发之后，无数民众为了逃避飞翔的"穿心子弹"，在外城也挖了地下室，战争越恐怖，他们就挖得越深，这种做法直接导致美人城每年以十厘米的速度在下陷。这次小地震让地下发生严重塌陷，这刚好给了一个加速度，把地面上的整座城堡从此移动到地下，形成真正的美人城密室。疯子陈大同带着蚂蚁婶子也逃上了栖霞山，他们就在石头婶子彭细花的墓前用望远镜观看了这次陷落。陈大同拍手大笑，精神抖擞地向他的两个老婆宣告：老天终于把美人城炸掉。而他赢得这次战果的唯一武器是等待，等待着时间把最好的结果交到他的手中。

地震过后，大雨断断续续下了两个月，碧河竟然决堤，河水冲刷之下，美人城四周的泥土很快涌入其中，铺平了地面，不久就在地下冒出野草。老不死的陈大同来了精神，他花了一点钱，雇了几个年轻人，在这片土地上重新种上香蕉树。春天来了，比野草更野的是香蕉树，它们发疯地生长，不到数月便合拢成一片香蕉林，远远看去，连绵起伏的绿色宛如梦境，让人怀疑美人城从来就没有存在过。